AF539901

ओलम्पिक खेल और भारत

ओलम्पिक खेल और भारत

डॉ. कनिष्क पाण्डेय

राधाकृष्ण प्रकाशन

ISBN : 978-81-953085-9-0

ओलम्पिक खेल और भारत (खेल)

पहला संस्करण : 2021
दूसरा संस्करण : 2022
मूल्य : ₹595

प्रकाशक
राधाकृष्ण प्रकाशन प्राइवेट लिमिटेड
जी-17, जगतपुरी, दिल्ली-110 051
शाखाएँ : अशोक राजपथ, साइंस कॉलेज के सामने, पटना-800 006
पहली मंज़िल, दरबारी बिल्डिंग, महात्मा गांधी मार्ग, प्रयागराज-211 001
36 ए, शेक्सपियर सरणी, कोलकाता-700 017
वेबसाइट : www.radhakrishnaprakashan.com
ई-मेल : info@radhakrishnaprakashan.com

मुद्रक
बी.के. ऑफसेट
नवीन शाहदरा, दिल्ली-110 032

OLYMPIC KHEL AUR BHARAT

by Dr. Kanishk Pandey

भूमिका

ओलम्पिक खेल आपके कौशल, निपुणता, साहस, धैर्य, दमखम, शारीरिक और मानसिक प्रबलता तथा जज्बे की असली परीक्षा होता है। किसी भी खिलाड़ी का परम लक्ष्य होता है ओलम्पिक में खेलना यानी ओलम्पियन बनना। आधुनिक ओलम्पिक खेलों के जन्मदाता बैरोन पियरे डे कोबेर्टिन ने कहा था, "असल में ओलम्पिक में जीतने से ज्यादा भाग लेना महत्त्वपूर्ण है। इसका असली उद्देश्य खेलों की भावना को समझना है।" दुनिया का सबसे बड़ा खेल महाकुम्भ है ओलम्पिक जहाँ प्रत्येक खिलाड़ी, प्रत्येक टीम और प्रत्येक देश अपने प्रतिद्वन्द्वी को पछाड़ने के लिए जोर आजमाइश करता है। उनका लक्ष्य होता है पदक हासिल करना लेकिन वे खेल भावना से खिलवाड़ नहीं करते। इसलिए ओलम्पिक में भाग लेनेवाले खिलाड़ी युवा वर्ग के लिए आदर्श बन जाते हैं।

हर खिलाड़ी का सपना होता है कि वह ओलम्पिक खेलों का हिस्सा बने लेकिन यह बहुत मुश्किल नहीं है तो आसान भी कतई नहीं है। ओलम्पिक तक वही खिलाड़ी पहुँच पाता है जिसने जिसने संकल्प, साधना और समर्पण के साथ अपने खेल पर ध्यान दिया हो। जिसने कड़ी मेहनत की हो और जिसने अपने काम के प्रति पूरी ईमानदारी बरती हो। ओलम्पिक खेल किसी भी प्रतिस्पर्धा का चरम हैं और इसलिए यहाँ तक वही खिलाड़ी पहुँच पाते हैं जिन्होंने अपना लक्ष्य तय किया हो और फिर उसे हासिल करने के लिए अपनी जी-जान लगा दी हो। प्राचीन ओलम्पिक से लेकर आधुनिक ओलम्पिक तक ये खेल ऐसे कई महान खिलाड़ियों का गवाह रहा है जो देश-दुनिया और समाज के लिए आदर्श बन गए। जिन्होंने दुनिया को दिखाया कि विषम परिस्थितियों में हार नहीं मानने से आप चरम बिन्दु तक पहुँच सकते हैं।

आपको इस पुस्तक में ओलम्पिक में शामिल तमाम खेलों के अलावा इन खेलों के नायकों के बारे में भी जानकारी मिलेगी। प्रत्येक खेल में भारत के प्रदर्शन का विशेष उल्लेख किया गया है। यह किताब न सिर्फ ओलम्पिक के बारे में जानने, समझने और सामान्य ज्ञान में मददगार साबित होगी बल्कि यह ओलम्पियन बनने के आपके सपने को साकार करने में पथ-प्रदर्शक का भी काम करेगी।

—कनिष्क पाण्डेय

क्रम

ओलम्पिक खेलों का इतिहास

ओलम्पिक खेलों का इतिहास प्राचीन सभ्यता से जुड़ा है। ओलम्पिक खेल यूनानी सभ्यता की देन हैं जहाँ ओलम्पिया में ये ईसा पूर्व 776 से लेकर 393 ईसवी सन तक चलते रहे। ओलम्पिया पर्वत पर इनके आयोजन के कारण ही इनका यह नामकरण हुआ था। एक दंतकथा के अनुसार हरक्यूलिस और उनके पिता ज्यूस को ओलम्पिक खेलों का जनक माना जाता है तथा इन्हें ओलम्पिक नाम हरक्यूलिस ने दिया था। उन्होंने यह तय किया था कि इनका आयोजन हर चार साल में होगा। ज्यूस को यूनानी देवताओं का राजा कहा जाता है और यह भी माना जाता है कि हरक्यूलिस ने ज्यूस के सम्मान में ओलम्पिक स्टेडियम का निर्माण करवाया था। इस तरह से माना जाता है कि इन खेलों की शुरुआत धार्मिक उत्सव के रूप में हुई लेकिन बाद में इनमें प्रतिस्पर्धा जुड़ गयी और सदियों तक ये आकर्षण के केन्द्र बने रहे। मुक्केबाजी से लेकर घुड़दौड़ तक हर खेल में खतरा जुड़ा हुआ था। यहाँ खून भी बहता था तो जुनून और जज्बे की पराकाष्ठा भी दिखती थी। इसलिए लगभग 1200 साल तक यूनान के खेल यानी ओलम्पिक खेल समाज और संस्कृति के केन्द्रबिन्दु रहे।

प्राचीन ओलम्पिक खेलों का ईसा पूर्व 776 से 393 ईसवी सन तक हर चार साल में आयोजन होता रहा। इसमें यूनान के सभी पुरुषों को भाग लेने की छूट थी। अमीर-गरीब का कोई भेद नहीं था। महिलाएँ इसमें भाग नहीं लेती थीं। यहाँ तक कि वे खेलों को देखने के लिए भी नहीं आ सकती थीं क्योंकि खेलों का यह नियम था कि खिलाड़ी को नग्न होकर ही प्रतिस्पर्धा के लिए उतरना होगा। हालाँकि महिलाएँ भी इन खेलों में चैम्पियन बनीं। है न अजीब बात। लेकिन ऐसा इन खेलों की खामियों के कारण हुआ। जैसे कि रथ दौड़ में रथ पर सवार व्यक्ति नहीं बल्कि उसका मालिक ओलम्पिक चैम्पियन बनता था। यही वजह

है कि स्पार्टन के राजा की पुत्री किनिष्का दो बार (ईसा पूर्व 396 और 392) में ओलम्पिक चैम्पियन बन गयी थी। विजेताओं को तब जैतून के पत्तों का ताज और फूलों का गुच्छा पुरस्कार में दिया जाता था।

शुरू में इन खेलों का आयोजन केवल एक दिन होता था लेकिन बाद में ये चार से पाँच दिन तक चलने लगे और इनमें पुरस्कार भी जोड़ दिए गए। ईसा पूर्व पाँचवीं सदी तक ओलम्पिक खेल पाँच दिन तक चलते थे जिसमें दौड़, कूद, मुक्केबाजी, कुश्ती, रथ दौड़, पेंटाथलॉन और मल्ल युद्ध शामिल थे। पेंटाथलॉन में पाँच स्पर्धाएँ—कूद, चक्का फेंक, भाला फेंक, दौड़ (फुट रेस) और कुश्ती होती थी। मल्ल युद्ध कुश्ती और मुक्केबाजी का मिला-जुला रूप था। दौड़ में ट्रैक पर दौड़ते समय किसी या शुरुआत में किसी भी गलती के लिए सजा मिलती थी। मुक्केबाजी में कोई वजन वर्ग नहीं होता था। इसमें समय की पाबन्दी भी नहीं थी और हार-जीत पर ही विजेता का फैसला होता था।

इन खेलों से हालाँकि बर्बरता भी जुड़ी हुई थी। खेल महोत्सव के बीच में यूनानी देवताओं के राजा ज्यूस के सम्मान में बड़ी संख्या में पशुबलि दी जाती थी। रोमन सम्राट थियोडोसियस या उनके पुत्र ने 400 ईसवी सन के आसपास इन खेलों को बन्द करवा दिया था।

आधुनिक ओलम्पिक खेल

प्राचीन ओलम्पिक खेलों के बन्द किए जाने के 1503 वर्ष बाद इनकी नए स्वरूप में वापसी हुई और पहले ओलम्पिक खेल यूनान की राजधानी एथेंस में ही खेले गए। ओलम्पिक खेलों को फिर से शुरू करवाने का श्रेय फ्रांस के बैरोन पियरे डे कोबेर्टिन को जाता है जिन्हें 'आधुनिक ओलम्पिक का जनक' भी कहा जाता है। उन्होंने सबसे पहले 1892 में ओलम्पिक खेलों के आयोजन का विचार रखा। इसके बाद जून 1894 में उन्होंने फिर एक बैठक के दौरान पुरजोर तरीके से अपनी बात रखी। वह चाहते थे कि 1900 में पहले ओलम्पिक खेलों का आयोजन पेरिस में किया जाए लेकिन इस बार विभिन्न देशों के प्रतिनिधि उनके विचार से इतने प्रभावित थे कि उन्होंने कोबेर्टिन को उससे चार साल पहले इनका आयोजन एथेंस में करने के लिए राजी कर लिया।

कोबेर्टिन इंग्लैंड के डॉ. विलियम पेनी ब्रूक्स के लेखों से प्रभावित थे। वह ब्रूक्स ही थे जिन्होंने कोबेर्टिन से पहले प्राचीन ओलम्पिक खेलों की पुनर्जीर्वित करने का विचार रखा था। उन्हें भी यूनान में 1859 से शुरू हुए ग्रीक ओलम्पियाड से प्रेरणा मिली थी। ग्रीक ओलम्पियाड की शुरुआत एवेंजेलिस जप्पास ने की

थी लेकिन वह यूनानी कवि पैनजोटिस सौतोस थे जिन्होंने 1833 में ओलम्पिक खेलों को शुरू करने विचार दिया था। ब्रूक्स के प्रयास से 1866 में लन्दन में ब्रिटिश ओलम्पियाड का सफल आयोजन किया था। कोबेर्टिन बाद में ब्रूक्स से मिले और उनसे ओलम्पिक खेलों के आयोजन के बारे में लम्बी चर्चा की तथा 25 नवम्बर 1892 को पेरिस में एक बैठक के दौरान ओलम्पिक खेलों को फिर से शुरू करने का विचार रखा था।

जून 1894 की बैठक के दौरान ही कोबेर्टिन और यूनान के दिमित्रियोस विकिलास के प्रयासों से अन्तरराष्ट्रीय ओलम्पिक समिति (आईओसी) गठित की गयी जिसने ओलम्पिक खेलों के आयोजन का जिम्मा संभाला। समिति में तब 14 सदस्य देश और कोबेर्टिन शामिल थे। विकिलास इसके पहले अध्यक्ष बने जबकि कोबेर्टिन 1896 से 1925 तक इसके प्रमुख बने रहे। आईओसी के अध्यक्ष पद पर अधिकतर यूरोपीय देशों के प्रतिनिधि ही आसीन रहे। इस बीच 1952 से 1972 तक ही कोई गैर यूरोपीय नागरिक आईओसी अध्यक्ष रहा। इस दौरान अमेरिका के एवरी ब्रंडेज ने यह पदक संभाला था। वर्तमान में जर्मनी के थामस बॉक आईओसी के अध्यक्ष हैं। वह 2013 से इस पद पर आसीन हैं।

ओलम्पिक खेलों का आयोजन 1896 से लगातार हर चार साल में किया जाता रहा है। इस बीच प्रथम विश्व युद्ध के कारण 1916 और द्वितीय विश्व युद्ध के कारण 1940 और 1944 में इन खेलों का आयोजन नहीं हो पाया था। कोविड-19 महामारी के कारण टोक्यो ओलम्पिक खेलों को भी एक साल के लिए स्थगित कर दिया गया लेकिन इन्हें टोक्यो 2020 के नाम से ही जाना जाएगा।

शीतकालीन ओलम्पिक खेलों का आयोजन पहली बार 1924 में किया गया था। इसके बाद ओलम्पिक वर्ष में ही हर चार साल में शीतकालीन ओलम्पिक भी आयोजित किए जाने लगे। बाद में इन दोनों खेलों में दो वर्ष का अन्तर रखा गया। इसकी शुरुआत 1994 में शीतकालीन ओलम्पिक खेलों के आयोजन से हुआ था।

ओलम्पिक ध्वज, शपथ और मशाल दौड़

ओलम्पिक के दौरान खेल स्थलों पर भागीदार देशों के ध्वजों के साथ ओलम्पिक ध्वज भी लहराता रहता है। सबसे पहले 1914 में कोबेर्टिन ने ही आंपिक ध्वज की रूपरेखा तैयार की थी। इसकी पृष्ठभूमि सफेद रंग की होती है जिसके बीच में नीले, पीले, काले, हरे और लाल रंग की पाँच रिंग होती हैं जो दुनिया के

पाँच भू-भागों का प्रतिनिधित्व करती हैं। एंटवर्प ओलम्पिक 1920 में पहली बार ओलम्पिक ध्वज फहराया गया था। इन्हीं ओलम्पिक खेलों में पहली बार खिलाड़ियों को सच्ची खेल भावना के साथ प्रतियोगिताओं में भाग लेने की शपथ दिलायी गयी थी। पहली बार खिलाड़ियों को शपथ बेल्जियम के तलवारबाज विक्टर बॉइन ने दिलायी थी।

प्राचीन ओलम्पिक खेलों में मशाल रिले नहीं होती थी और आधुनिक ओलम्पिक खेलों के शुरू होने पर भी ऐसी कोई व्यवस्था नहीं थी। ओलम्पिक खेलों से पहले मशाल रिले के आयोजन का विचार सबसे पहले एम्सटर्डम ओलम्पिक खेल 1928 में रखा गया। उस समय हालाँकि केवल एक ऊँची मीनार पर ओलम्पिक मशाल जलायी गयी थी। मशाल रिले बर्लिन ओलम्पिक 1936 से शुरू हुई। मशाल रिले को मेजबान देश के अलावा अन्य देशों में भी घुमाया जाता है। ओलम्पिक मशाल ओलम्पिक अभियान का प्रतीक है। ओलम्पिक खेलों से कई महीने पहले यूनान के ओलम्पिया में ओलम्पिक मशाल जलायी जाती है। यहीं से मशाल रिले की शुरुआत होती है और ओलम्पिक उद्घाटन समारोह के दौरान ओलम्पिक अग्निकुंड को प्रज्वलित करने के साथ इसका समापन होता है।

ओलम्पिक खेल
एथेंस 1896 से टोक्यो 2020 तक

एथेंस 1896

आधुनिक ओलम्पिक खेलों के जन्म के बाद पहले खेलों का आयोजन उसी यूनान में किया गया जहाँ प्राचीन ओलम्पिक खेल हुआ करते थे। पहले ओलम्पिक खेल 6 से 15 अप्रैल, 1896 के बीच एथेंस में खेले गए जिनमें 14 देशों के 241 खिलाड़ियों ने हिस्सा लिया। इनमें यूनान के दिमित्रियोस लौंड्रास भी थे जिनकी उम्र तब केवल 10 साल 216 दिन थी। एथेंस 1896 में 9 खेलों की कुल 43 स्पर्धाएँ शामिल थी। मेजबान यूनान 10 स्वर्ण पदक सहित सर्वाधिक 47 पदक जीतने में सफल रहा। अमेरिका हालाँकि 11 स्वर्ण, 7 रजत और 2 कांस्य सहित कुल 20 पदक लेकर पहले स्थान पर रहा। यूनान ने 10 स्वर्ण, 18 रजत और 19 कांस्य पदक जीते। जर्मनी 6 स्वर्ण, 5 रजत और 2 कांस्य पदक लेकर तीसरे स्थान पर रहा। जर्मनी के कार्ल शूमैन इन खेलों के सबसे सफल खिलाड़ी थे। उन्होंने कुश्ती और जिम्नास्टिक में कुल 4 स्वर्ण पदक जीते थे। इसके अलावा शूमैन ने एथलेटिक्स और भारोत्तोलन में भी भाग लिया था। भारत ने इन खेलों में हिस्सा नहीं लिया था।

पेरिस 1900

आधुनिक ओलम्पिक के जनक पियरे डे कोबेर्टिन चाहते थे कि 1900 में पहले ओलम्पिक खेलों का आयोजन पेरिस में हो लेकिन फ्रांस की राजधानी ने दूसरे ओलम्पिक खेलों की मेजबानी की थी। पेरिस ओलम्पिक खेल 14 मई से 28

अक्टूबर 1900 तक आयोजित किए गए थे। इस तरह से खेल पाँच महीने से अधिक समय तक चले और कई खिलाड़ियों को लगा ही नहीं कि वे वास्तव में ओलम्पिक का हिस्सा हैं। इन खेलों में 24 देशों के 997 खिलाड़ियों ने हिस्सा लिया था। इन्हीं खेलों में पहली बार महिलाएँ भी ओलम्पिक का हिस्सा बनी थीं। पेरिस ओलम्पिक में कुल 19 खेलों की 95 स्पर्धाएँ शामिल थीं। पाँच ऐसे खेल थे जिनमें विभिन्न देशों के खिलाड़ी किसी एक टीम में खेले।

मेजबान फ्रांस 27 स्वर्ण, 37 रजत और 37 कांस्य सहित कुल 101 पदक लेकर शीर्ष पर रहा था। फ्रांस का शीर्ष पर रहने का एक कारण यह भी था कि कई ऐसी प्रतिस्पर्धाएँ थीं जिनमें केवल फ्रांसीसी खिलाड़ियों ने भाग लिया था। अमेरिका (19 स्वर्ण सहित 48 पदक) दूसरे और ब्रिटेन (15 स्वर्ण सहित 32 पदक) तीसरे स्थान पर रहा था। इन खेलों के स्टार अमेरिका के एल्विन क्रीन्जलीन थे जिन्होंने 60 मीटर, 110 मीटर बाधा दौड़, 200 मीटर बाधा दौड़ और लम्बी कूद में स्वर्ण पदक जीते थे।

भारत ने इन खेलों में आधिकारिक तौर पर भाग नहीं लिया था लेकिन ब्रिटिश मूल के नार्मन प्रिचार्ड ने तब भारत का प्रतिनिधित्व किया था और उन्होंने पुरुषों की 200 मीटर दौड़ और 200 मीटर बाधा दौड़ में रजत पदक जीते थे। अन्तरराष्ट्रीय ओलम्पिक समिति ने इन पदकों को भारत के नाम पर दर्ज कर रखा है।

सेंट लुई 1904

अमेरिका के सेंट लुई में 1 जुलाई से 23 नवम्बर 1904 के बीच तीसरे ओलम्पिक खेलों का आयोजन किया गया था। पिछले ओलम्पिक खेलों की तरह सेंट लुई खेल भी लगभग साढ़े चार महीने से अधिक समय तक चले। इन ओलम्पिक खेलों से पहले तीन स्थानों पर रहनेवाले खिलाड़ियों या टीमों को स्वर्ण, रजत और कांस्य पदक दिए जाने लगे थे। इन खेलों में 12 देशों के 651 खिलाड़ियों ने 16 खेलों की 95 स्पर्धाओं में हिस्सा लिया था। इन खेलों में पूरी तरह से मेजबान अमेरिका का दबदबा रहा। उसने 76 स्वर्ण, 78 रजत और 77 कांस्य पदक सहित 231 पदक जीते। जर्मनी दूसरे नम्बर पर रहा लेकिन वह अमेरिका से काफी पीछे था। जर्मनी ने 4 स्वर्ण सहित 15 पदक जीते थे। कनाडा (4 स्वर्ण सहित 6 पदक) तीसरे स्थान पर रहा। अमेरिका के जिम्नास्ट एंथनी हीडा ने 5 स्वर्ण और 1 रजत पदक जीतकर नया इतिहास रचा था। अमेरिका के आर्ची हॉन ने 60 मीटर, 100 मीटर और 200 मीटर की फर्राटा

दौड़ जीती। अमेरिका के जिम्नास्ट जार्ज ईसर ने बायाँ पाँव नकली (लकड़ी का बना हुआ) होने के बावजूद 3 स्वर्ण सहित 6 पदक जीते थे। भारत ने इन खेलों में भाग नहीं लिया था।

लन्दन 1908

इन खेलों का आयोजन पहले रोम में होना था लेकिन जब यह सुनिश्चित हो गया कि इटली की राजधानी खेलों के लिए तैयार नहीं हो पाएगी तो लन्दन को मेजबानी सौंपी गयी जहाँ 27 अप्रैल से 31 अक्टूबर के बीच चौथे ओलम्पिक खेलों का आयोजन किया गया। कम समय के बावजूद इन खेलों का बेहतर आयोजन किया गया। पहली बार तैराकी प्रतियोगिताएँ खुले में नहीं हुईं।

इन खेलों में 22 देशों के 2008 खिलाड़ियों ने भाग लिया जिनमें 37 महिलाएँ थीं। इन खिलाड़ियों ने 22 खेलों की 110 स्पर्धाओं में अपनी चुनौती पेश की थी। इन खेलों में भी मेजबान का दबदबा रहा। ब्रिटेन ने 56 स्वर्ण, 51 रजत और 39 कांस्य पदक सहित कुल 146 पदक जीते। अमेरिका 23 स्वर्ण सहित 47 पदक लेकर दूसरे स्थान पर रहा। स्वीडन (8 स्वर्ण सहित 25 पदक) ने तीसरा स्थान हासिल किया। ब्रिटेन के हेनरी टेलर (तैराकी) और अमेरिका के मेल शेफर्ड (एथलेटिक्स) ने 3-3 स्वर्ण पदक जीते। भारत इन खेलों का हिस्सा नहीं था।

स्टाकहोम 1912

स्वीडन की राजधानी स्टाकहोम में 5 मई से 27 जुलाई 1912 के बीच पाँचवें ओलम्पिक खेलों का आयोजन हुआ था। इन खेलों में ही पहली बार पाँच महाद्वीपों के खिलाड़ियों ने हिस्सा लिया। स्टाकहोम खेलों में 28 देशों ने भाग लिया। कुल 2407 खिलाड़ियों ने 14 खेलों की 102 स्पर्धाओं में चुनौती पेश की। इन खेलों में भाग लेनेवाली महिला खिलाड़ियों की संख्या 48 थी।

अमेरिका ने इन खेलों में 26 स्वर्ण, 19 रजत और 19 कांस्य पदक सहित 64 पदक जबकि मेजबान स्वीडन ने 24 स्वर्ण, 24 रजत और 17 कांस्य पदक सहित कुल 65 पदक जीते। ब्रिटेन 10 स्वर्ण सहित 41 पदक लेकर तीसरे स्थान पर रहे। स्वीडन के गुस्ताफ विल्हेम कार्लबर्ग ने निशानेबाजी में 3 स्वर्ण सहित 5 पदक जीते थे। उनके जुड़वाँ भाई एरिक कार्लबर्ग ने भी निशानेबाजी में 2 स्वर्ण और 2 रजत पदक हासिल किए थे। भारत इन खेलों में भी नहीं खेला था।

एंटवर्प 1920

बर्लिन को 1916 ओलम्पिक की मेजबानी सौंपी गयी थी लेकिन पहले विश्व युद्ध के कारण इनका आयोजन नहीं हो पाया। युद्ध के दौरान बेल्जियम के लोगों को हुए नुकसान को देखते हुए 1920 के ओलम्पिक खेलों की मेजबानी उसके शहर एंटवर्प को सौंपी गयी। इन खेलों का आयोजन 20 अप्रैल से 12 सितम्बर 1920 तक चला जिनमें 29 देशों के 2622 खिलाड़ियों ने हिस्सा लिया। इनमें कुल 22 खेलों की 156 स्पर्धाएँ शामिल थीं। एंटवर्प ओलम्पिक खेलों में ही उद्घाटन समारोह में पहली बार पाँच रिंग वाला ओलम्पिक ध्वज फहराया गया था। सभी प्रतिभागियों की तरफ से पहली बार एक खिलाड़ी ओलम्पिक में खेल भावना से खेलने की शपथ ली।

अमेरिका ने 41 स्वर्ण, 27 रजत और 27 कांस्य सहित 95 पदक हासिल करके एंटवर्प ओलम्पिक में पहला स्थान हासिल किया था। स्वीडन (19 स्वर्ण सहित 64 पदक) दूसरे और मेजबान बेल्जियम (16 स्वर्ण सहित 42 पदक) तीसरे स्थान पर रहा था। अमेरिका के निशानेबाज विलिस ली ने 5 स्वर्ण सहित 7 पदक जीते जबकि इटली के नेदो नादी ने तलवारबाजी में 6 में से 5 स्वर्ण पदक अपने नाम किए थे।

भारत ने पहली बार आधिकारिक तौर पर एंटवर्प ओलम्पिक में ही भाग लिया था। उसने एथलेटिक्स में 3 और कुश्ती में 2 खिलाड़ी उतारे थे। फर्राटा धावक पूर्मा बनर्जी भारत के ध्वजवाहक थे। पहलवान रणधीर शिंदे फ्रीस्टाइल फीदरवेट के सेमीफाइनल में पहुँचे थे, लेकिन लगातार दो मुकाबले हारने से कांस्य पदक से भी चूक गए थे।

पेरिस 1924

पेरिस ने भले ही 1900 में दूसरे ओलम्पिक खेलों का आयोजन किया था लेकिन पियरे डे कोबेर्टिन चाहते थे कि उनका घरेलू शहर फिर से मेजबान बने। उनके प्रयास रंग लाये और फ्रांस की राजधानी को ओलम्पिक खेलों की मेजबानी मिल गयी। इन खेलों को चार मई से 27 जुलाई 1924 के बीच आयोजित किया गया जिनमें 44 देशों के 3088 खिलाड़ियों ने भागीदारी की। इन खेलों में 17 खेल शामिल थे जिनकी 126 स्पर्धाओं में खिलाड़ियों ने चुनौती पेश की। अमेरिका 45 स्वर्ण, 27 रजत और 27 कांस्य सहित कुल 99 पदक लेकर पहले स्थान पर रहा। मेजबान फ्रांस (14 स्वर्ण, 15 रजत, 12

कांस्य) ने दूसरा और फिनलैंड (14 स्वर्ण, 13 रजत, 10 कांस्य) ने तीसरा स्थान हासिल किया। फिनलैंड के धावक पावो नूरमी ने 5 स्वर्ण पदक जीते। उन्होंने 1920 में भी 3 स्वर्ण पदक हासिल किए थे। इस बीच 10 जुलाई को उन्होंने 1500 मीटर दौड़ जीतने के 55 मिनट बाद 5000 मीटर दौड़ में हिस्सा लेकर उसका भी स्वर्ण पदक जीता।

भारत ने पेरिस ओलम्पिक में एथलेटिक्स और टेनिस में अपने खिलाड़ी उतारे थे। नोरा मारग्रेट पोली ओलम्पिक में भारत का प्रतिनिधित्व करनेवाली पहली महिला खिलाड़ी बनी थीं। उन्होंने टेनिस एकल और मिश्रित युगल में हिस्सा लिया था। एथलेटिक्स में भारतीय उल्लेखनीय प्रदर्शन नहीं कर पाये लेकिन टेनिस में सिडनी जैकब पुरुष एकल के क्वार्टर फाइनल में पहुँचने में सफल रहे थे। सैयद मोहम्मद हादी और डोनाल्ड रुतनाम ने पुरुष युगल के अन्तिम आठ में जगह बनायी थी।

एम्सटर्डम 1928

नीदरलैंड की राजधानी एम्सटर्डम में 28 जुलाई से 12 अगस्त 1928 के बीच ओलम्पिक खेल आयोजित किए गए। इन खेलों में भाग लेनेवाले देशों की संख्या 46 पहुँच गयी लेकिन इनमें 2883 खिलाड़ियों ने हिस्सा लिया था। एम्सटर्डम में 14 खेलों की 109 स्पर्धाओं में इन खिलाड़ियों ने अपना भाग्य आजमाया था। इन खेलों में पहली बार स्टेडियम के एक टावर के ऊपर प्रतीकात्मक रूप में मशाल जलायी गयी थी। इन्हीं खेलों में पहली बार उद्घाटन समारोह में यूनान के खिलाड़ी सबसे पहले जबकि मेजबान देश के खिलाड़ी सबसे बाद में मार्चपास्ट के लिए आये। महिलाओं को पहली बार जिम्नास्टिक और एथलेटिक्स में भाग लेने की अनुमति मिली।

अमेरिका 22 स्वर्ण, 18 रजत और 16 कांस्य पदक जीतकर पदक तालिका में शीर्ष पर रहा था। जर्मनी (11 स्वर्ण सहित 39 पदक) दूसरे और फिनलैंड (8 स्वर्ण सहित 25 पदक) तीसरे स्थान पर रहा। इन ओलम्पिक में कोई एक खिलाड़ी स्टार बनकर नहीं उभरा था। स्विट्जरलैंड के जिम्नास्ट जियोर्गीस मीज 3 स्वर्ण सहित 4 पदक जीतकर शीर्ष पर रहे थे।

भारतीय हॉकी टीम ने पहली बार एम्सटर्डम खेलों से ही ओलम्पिक में पदार्पण किया था तथा सभी मैच जीतकर स्वर्ण पदक जीता। यह भारत का ओलम्पिक में पहला स्वर्ण पदक था। भारत ने इसके अलावा एथलेटिक्स में भी अपने एथलीट उतारे थे।

लास एंजिल्स 1932

लास एंजिल्स में ओलम्पिक खेलों का आयोजन 30 जुलाई से 14 अगस्त के बीच हुआ था लेकिन उससे पहले विश्व आर्थिक मंदी से जूझ रहा था। इस कारण कुछ देश अपने खिलाड़ियों को अमेरिका नहीं भेज पाये थे। यही वजह थी इन ओलम्पिक खेलों में 37 देशों के 1334 खिलाड़ियों ने ही हिस्सा लिया था जो पिछले खेलों की तुलना में आधे से भी कम थे। अमेरिका ने हालाँकि भव्य खेलों का आयोजन किया तथा उद्घाटन समारोह में लगभग एक लाख दर्शक पहुँचे। लास एंजिल्स में 14 खेलों की 117 स्पर्धाओं में खिलाड़ियों ने जोर आजमाइश की। मेजबान अमेरिका 41 स्वर्ण सहित 103 पदक लेकर शीर्ष पर रहा। इटली ने 12 स्वर्ण सहित 36 पदक जीते और दूसरा स्थान हासिल किया। अमेरिका की हेलेन मेडिसन (तैराकी) और इटली के रोमियो नेरी (जिम्नास्टिक) ने 3-3 स्वर्ण पदक जीते थे। फ्रांस 10 स्वर्ण पदक लेकर पदक तालिका में तीसरे स्थान पर रहा।

भारत ने इस बार हॉकी और एथलेटिक्स के अलावा तैराकी में भी एक खिलाड़ी (नलिन मलिक) को उतारा था। भारत ने हॉकी में अपने खिताब का सफलतापूर्वक बचाव किया था। हॉकी खिलाड़ी लाल शाह बोखारी भारतीय दल के ध्वजवाहक थे।

बर्लिन 1936

जर्मनी की राजधानी बर्लिन में 1 से 16 अगस्त 1936 के बीच खेले गए ओलम्पिक खेलों में 49 देशों के 3963 खिलाड़ियों ने भागीदारी की। इन खेलों में 19 खेलों की कुल 129 स्पर्धाएँ शामिल थीं। पहली बार यहीं से ओलम्पिक खेलों का टेलीविजन पर प्रसारण शुरू हुआ था। बर्लिन ओलम्पिक खेलों से ही मशाल रिले शुरू हुई थी। ओलम्पिया में मशाल जलाये जाने के बाद वह कई देशों का सफर करके मेजबान शहर पहुँचती है।

जर्मनी ने मेजबान होने का पूरा फायदा उठाया और अमेरिका को पीछे छोड़कर पदक तालिका में शीर्ष पर रहा। जर्मनी ने 38 स्वर्ण, 31 रजत और 32 कांस्य पदक जीते, जबकि अमेरिका 24 स्वर्ण, 21 रजत और 12 कांस्य पदक लेकर दूसरे स्थान पर रहा। हंगरी ने 10 स्वर्ण जीते थे जिसके दम पर उसे तीसरा स्थान मिला था। अफ्रीकी मूल के अमेरिकी फर्राटा धावक जेसी ओवेन्स ने इन खेलों में 100 मीटर, 200 मीटर 4×100 मीटर रिले और लम्बी कूद में

स्वर्ण पदक जीतकर धूम मचायी थी। अमेरिका की 13 वर्षीय जिम्नास्ट मरजोरी गेस्ट्रिंग ने स्वर्ण पदक जीतकर सबसे कम उम्र में ओलम्पिक चैम्पियन बनने का नया रिकॉर्ड बनाया था।

भारतीय हॉकी टीम ने बर्लिन में भी धूम मचायी थी। हॉकी के जादूगर ध्यानचन्द भारतीय दल के ध्वजवाहक थे और उन्होंने अपने खेल से हिटलर तक को प्रभावित किया था। भारतीय हॉकी टीम ने स्वर्ण पदक जीतकर खिताबी हैट्रिक पूरी की थी। भारत ने हॉकी के अलावा एथलेटिक्स, कुश्ती और भारोत्तोलन में भी खिलाड़ी उतारे थे।

लन्दन 1948

द्वितीय विश्व युद्ध के कारण 1940 और 1944 में ओलम्पिक खेलों का आयोजन नहीं हो पाया था। टोक्यो को पहले 1940 के ओलम्पिक खेलों की मेजबानी सौंपी गयी थी लेकिन बाद में हेलसिंकी में खेलों के आयोजन का फैसला किया गया था। लन्दन को 1944 के खेलों की मेजबानी मिली थी। लन्दन को ही 1948 में ओलम्पिक आयोजित करने के लिए कहा गया जहाँ आखिर में 12 साल बाद इन खेलों की वापसी हुई। लन्दन में 29 जुलाई से 14 अगस्त के बीच ओलम्पिक खेल हुए थे जिनमें 59 देशों के 4104 खिलाड़ियों ने 136 स्पर्धाओं में अपना दमखम और कौशल दिखाया था। ये पहले खेल थे जिनका टेलीविजन पर प्रसारण किया गया लेकिन तब बहुत कम घरों में टीवी सेट हुआ करते थे।

अमेरिका ने इन खेलों में 38 स्वर्ण सहित 84 पदक जीतकर पहला स्थान हासिल किया था। स्वीडन (17 स्वर्ण सहित 46 पदक) दूसरे और फ्रांस (11 स्वर्ण सहित 32 पदक) तीसरे स्थान पर रहा था। नीदरलैंड की फर्राटा दौड़ की धाविका फैनी ब्लैंकर्स कोइन ने 4 स्वर्ण पदक जीतकर सभी खिलाड़ियों में सर्वश्रेष्ठ प्रदर्शन किया था। अमेरिका के 17 वर्षीय बॉब मैथियास डेकाथलॉन से जुड़ने के 4 महीने के अन्दर स्वर्ण पदक जीतकर एथलेटिक्स में खिताब जीतनेवाले सबसे युवा एथलीट बने। स्वतंत्रता हासिल करने के बाद भारत ने पहली बार ओलम्पिक में 79 खिलाड़ियों का बड़ा दल ओलम्पिक में भेजा जिन्होंने 10 खेलों में हिस्सा लिया। फिर से भारतीय हॉकी टीम ने चमत्कारिक प्रदर्शन करके स्वर्ण पदक जीता। अन्य खेलों में भारतीय खिलाड़ी प्रभावित करने में असफल रहे।

हेलसिंकी 1952

फिनलैंड की राजधानी हेलसिंकी में 19 जुलाई से 3 अगस्त 1952 के बीच ओलम्पिक खेल आयोजित किए गए थे। इन खेलों में 59 देशों के 4955 खिलाड़ियों ने 149 स्पर्धाओं में चुनौती पेश की थी। सोवियत संघ और इस्राइल ने पहली बार इन्हीं खेलों से ओलम्पिक में प्रवेश किया था। सोवियत महिला जिम्नास्टों ने यहीं से अपना दबदबा बनाना शुरू किया था। सोवियत संघ ने 22 स्वर्ण, 30 रजत और 19 कांस्य पदक जीतकर अमेरिका को कड़ी चुनौती दी थी जो 40 स्वर्ण, 19 रजत और 17 कांस्य पदक हासिल करके शीर्ष पर रहा था। हंगरी 16 स्वर्ण सहित 42 पदक जीतकर तीसरे स्थान पर रहा था। चेकोस्लोवाकिया के एमिल जातोपेक ने लम्बी दूरी की दौड़ में बेहतरीन प्रदर्शन करके सभी को अचंभित कर दिया था। उन्होंने 5000 मीटर की दौड़ जीती। अपने 10,000 के खिताब का सफलतापूर्वक बचाव किया और फिर अपनी पहली मैराथन में ही स्वर्ण पदक जीतकर अनोखी तिकड़ी बना दी थी।

भारत के लिए भी हेलसिंकी ओलम्पिक यादगार बन गए थे। हॉकी में हमेशा की तरह भारतीय टीम का दबदबा रहा और उसने अपना पाँचवाँ स्वर्ण पदक जीता। इस बार कुश्ती में खसाबा जाधव ने भी कांस्य पदक हासिल किया था। हॉकी दिग्गज बलबीर सिंह सीनियर भारतीय टीम के ध्वजवाहक थे। भारत ने 11 खेलों में 64 खिलाड़ियों (60 पुरुष और चार महिलाएं) को उतारा था।

मेलबर्न 1956

आस्ट्रेलिया दक्षिण गोलार्द्ध का पहला देश था जहाँ ओलम्पिक का आयोजन किया गया। मेलबर्न में 22 नवम्बर से 8 दिसम्बर के बीच 16वें ओलम्पिक खेल आयोजित किए गए जिनमें 72 देशों के 3314 खिलाड़ियों भाग लिया। इन खेलों में कुल 151 स्पर्धाओं में खिलाड़ियों ने अपना भाग्य आजमाया। इन ओलम्पिक खेलों की घुड़सवारी प्रतियोगिताएँ हालाँकि सुदूर स्टाकहोम में हुई थीं। ऐसा घोड़ों के आस्ट्रेलिया में पहुँचने पर पृथकवास के नियमों के बचने के लिए किया गया था। इस तरह से पहली बार एक ओलम्पिक खेल दो देशों, दो महाद्वीपों और दो अलग सत्रों (जून और नवम्बर) में आयोजित किए गए। इन खेलों में दोनों जर्मनी (पूर्वी और पश्चिमी) एक ध्वज तले खेले थे। हंगरी पर सोवियत संघ के आक्रमण के कारण स्पेन, स्विट्जरलैंड और नीदरलैंड जैसे देशों ने इन खेलों का बहिष्कार किया। मिस्र, लेबनान और इराक ने भी मेलबर्न

खेलों का बहिष्कार किया था। चीन ने ताइवान की मौजूदगी के कारण भाग लेने से इनकार कर दिया था। समापन समारोह में वैश्विक एकता प्रदर्शित करने के लिए एक युवा आस्ट्रेलियाई जॉन इयान विंग की सलाह पर सभी देशों के खिलाड़ियों ने एक साथ स्टेडियम में प्रवेश किया था।

सोवियत संघ इन खेलों में अपने चिर प्रतिद्वन्द्वी अमेरिका को पदक तालिका में पीछे छोड़ने में सफल रहा। सोवियत संघ ने 37 स्वर्ण, 29 रजत और 32 कांस्य सहित कुल 98 पदक जीते। अमेरिका 32 स्वर्ण सहित 74 पदक लेकर दूसरे जबकि मेजबान आस्ट्रेलिया 13 स्वर्ण सहित 35 पदक लेकर तीसरे स्थान पर रहा। हंगरी की एथलीट एग्नेस केलेटी और सोवियत संघ की लारिसा लेटिनिना ने 4-4 स्वर्ण पदक जीते।

भारत ने आठ खेलों की 32 स्पर्धाओं में भाग लिया लेकिन उसे केवल 1 पदक मिला। भारतीय हॉकी टीम ने अपना विजय अभियान जारी रखकर लगातार छठे ओलम्पिक खेलों में स्वर्ण पदक जीतकर नया इतिहास रचा। हॉकी दिग्गज बलबीर सिंह सीनियर इन खेलों में भी भारतीय ध्वजवाहक थे। भारतीय फुटबॉल टीम सेमीफाइनल तक पहुँची थी लेकिन उससे आगे नहीं बढ़ पायी और कांस्य पदक के मुकाबले में भी बुल्गारिया से हार गयी थी।

रोम 1960

रोम को सबसे पहले 1908 के ओलम्पिक खेलों की मेजबानी मिली थी, लेकिन माउंट विसूवियस ज्वालामुखी के फटने के कारण इटली तक खेलों का आयोजन नहीं कर पाया था। आखिर में 26 साल बाद 1960 में उसे इसका मौका मिला और इटली की राजधानी रोम में 25 सितम्बर से 11 अगस्त के बीच खेल आयोजित किए गए। इन खेलों में 83 देशों के 5338 खिलाड़ियों ने 150 स्पर्धाओं में हिस्सा लिया था। सोवियत संघ 103 पदक (43 स्वर्ण, 29 रजत और 31 कांस्य) लेकर शीर्ष पर रहा। अमेरिका (34 स्वर्ण सहित 71 पदक) ने दूसरा और मेजबान इटली (13 स्वर्ण सहित 36 पदक) ने तीसरा स्थान हासिल किया। सोवियत संघ के बोरिस साखलिन ने सर्वाधिक 4 स्वर्ण पदक जीते। इथोपिया के मैराथन धावक अबेदे बिकिला जब दौड़ के लिए उतरे तो नंगे पाँव होने के कारण उन पर ताने कसे गए लेकिन वह आखिर में चैम्पियन बने। बिकिला पहले अश्वेत अफ्रीकी ओलम्पिक चैम्पियन थे। कैसियर मार्सेलस क्ले यानी मोहम्मद अली ने इन्हीं खेलों की मुक्केबाजी प्रतियोगिता के लाइट हैवीवेट में स्वर्ण पदक जीतकर पहली बार दुनिया का ध्यान खींचा था।

भारत के लिए ये खेल दिल तोड़नेवाले रहे। हॉकी में भारतीय टीम का विजय अभियान फाइनल में चिर प्रतिद्वन्द्वी पाकिस्तान से 0-1 से हार के कारण थम गया जबकि एथलेटिक्स में पुरुषों की 400 मीटर दौड़ में मिल्खा सिंह मामूली अन्तर से कांस्य पदक से चूक गए और उन्हें चौथे स्थान से संतोष करना पड़ा। भारत ने छह खेलों में कुल 45 खिलाड़ी उतारे थे जिनमें कोई महिला खिलाड़ी शामिल नहीं थी।

टोक्यो 1964

एशिया में पहली बार ओलम्पिक खेल 1964 में टोक्यो में आयोजित किए गए। इन खेलों के मशाल वाहक एक युवा योशिनोरी सकाई थे क्योंकि उनका जन्म 6 अगस्त 1945 को हुआ था जिस दिन हिरोशिमा पर परमाणु बम गिराया गया था। टोक्यो में 10 से 24 अक्टूबर 1964 के बीच ओलम्पिक खेल खेले गए। इन खेलों में 93 देशों के 5151 खिलाड़ियों ने 163 स्पर्धाओं में प्रतिस्पर्धा पेश की। अमेरिका 36 स्वर्ण, 26 रजत और 28 कांस्य पदक लेकर पदक तालिका में शीर्ष पर रहा लेकिन सोवियत संघ कुल पदकों (30 स्वर्ण सहित 96 पदक) की संख्या में सबसे आगे रहा। मेजबान जापान ने 16 स्वर्ण सहित 29 पदक जीते और वह तीसरे स्थान पर रहा। अमेरिका के तैराक डॉन स्कोलैंडर ने 4 स्वर्ण पदक अपनी झोली में डाले जबकि लारिसा लेटिनिना ने जिम्नास्टिक में 2 स्वर्ण सहित 6 पदक जीते। इथोपिया के अबेदे बिकिला दो बार मैराथन चैम्पियन बननेवाले पहले एथलीट बने।

भारतीय हॉकी टीम ने रोम की निराशा को भुलाकर फिर से स्वर्ण पदक जीता। उसने फाइनल में पाकिस्तान को 1-0 से हराकर रोम की हार का बदला भी चुकता किया। भारत ने आठ खेलों में 53 खिलाड़ी उतारे थे जिनमें एक महिला धाविका स्टेफनी डिसूजा भी शामिल थी। भारतीय खिलाड़ी हालाँकि हॉकी के अलावा बाकी खेलों में बैरंग वापस लौटे थे। इन खेलों में भारतीय ध्वजवाहक गुरबचन सिंह रंधावा थे।

मैक्सिको सिटी 1968

मैक्सिको सिटी में 12 से 27 अक्टूबर के बीच 18वें ओलम्पिक खेलों का आयोजन किया गया था। इस शहर के ऊँचाई पर स्थित होने के कारण मैक्सिको सिटी को मेजबानी सौंपने की आलोचना भी हुई थी। ओलम्पिक में पहली बार भाग लेनेवाले देशों की संख्या 100 के पार गयी। मैक्सिको सिटी ओलम्पिक

में 112 देशों ने भाग लिया था और इनमें 5516 खिलाड़ियों ने 172 स्पर्धाओं में अपनी चुनौती पेश की थी। मैक्सिको की एनरिक्वेटा बासिलियो उद्घाटन समारोह में अग्निकुंड प्रज्वलित करनेवाली पहली महिला खिलाड़ी बनी थी। अमेरिका ने फिर से अपना दबदबा जमाया तथा 45 स्वर्ण, 28 रजत और 34 कांस्य सहित सर्वाधिक 107 पदक पर कब्जा किया। सोवियत संघ (29 स्वर्ण सहित 91 पदक) दूसरे और जापान (11 स्वर्ण सहित 25 पदक) तीसरे स्थान पर रहा। चेकोस्लोवाकिया की वेरा कासलावस्का ने अपनी खूबसूरती से ही नहीं खेल से भी प्रभावित किया था तथा 4 स्वर्ण और 2 रजत पदक जीते। जापान के जिम्नास्ट अकीनोरी नकायामा ने भी 4 स्वर्ण सहित 6 पदक जीते थे।

भारत ने मैक्सिको सिटी में केवल पाँच खेलों में भाग लिया था जिनमें हॉकी भी शामिल थी। पहली बार भारतीय हॉकी टीम फाइनल में पहुँचने में नाकाम रही और उसे आखिर में कांस्य पदक से संतोष करना पड़ा था।

म्यूनिख 1972

जर्मनी के शहर म्यूनिख ने 26 अगस्त से 11 सितम्बर 1972 के बीच ओलम्पिक खेलों की मेजबानी की थी। इस बीच पाँच सितम्बर को आठ फलस्तीनी आतंकवादी ओलम्पिक गाँव में प्रवेश कर गए और उन्होंने इस्राइली टीम के दो सदस्यों की हत्या करके नौ अन्य को बंधक बना दिया था। बाद में सभी नौ इस्राइली बंधकों को अपनी जान गँवानी पड़ी। पाँच आतंकवादी भी मारे गए। इस कारण 34 घंटों तक किसी तरह के खेल नहीं हुए। म्यूनिख खेलों में सर्वाधिक 121 देशों के 7134 खिलाड़ियों ने 195 स्पर्धाओं में भाग लिया था। पहली बार महिला खिलाड़ियों की संख्या 1000 से अधिक (1059) थी। सोवियत संघ ने 50 स्वर्ण, 27 रजत और 22 कांस्य सहित कुल 99 पदक जीतकर अमेरिका (33 स्वर्ण सहित 94 पदक) को फिर से पीछे छोड़ा। पूर्वी जर्मनी ने 20 स्वर्ण सहित 66 पदक जीते जबकि मेजबान पश्चिम जर्मनी चौथे स्थान पर रहा। अमेरिकी तैराक मार्क स्पिट्ज ने तरणताल में धूम मचायी और सात विश्व रिकॉर्ड के साथ 7 स्वर्ण पदक जीते लेकिन वह सोवियत संघ की जिम्नास्ट ओल्गा कोरबुट (3 स्वर्ण सहित 4 पदक) थीं जिन्होंने अपने प्रदर्शन से विश्व भर के खेल प्रेमियों का ध्यान अपनी तरफ खींचा था।

भारत ने म्यूनिख में सात खेलों में भाग लिया और उसके 41 खिलाड़ियों ने चुनौती पेश की। भारतीय हॉकी टीम लगातार दूसरी बार फाइनल में नहीं पहुँच पायी और उसे कांस्य पदक लेकर ही स्वदेश लौटना पड़ा।

मांट्रियल 1976

म्यूनिख में अगर 100 से अधिक देशों ने हिस्सा लिया था तो 17 जुलाई से 1 अगस्त 1976 तक कनाडा के शहर मांट्रियल में आयोजित ओलम्पिक खेलों में भाग लेनेवाले देशों की संख्या 92 पर पहुँच गयी। इसका कारण अफ्रीका के 22 देशों का बहिष्कार करना था जिन्होंने न्यूजीलैंड की रग्बी टीम के दक्षिण अफ्रीका दौरे का विरोध किया था। न्यूजीलैंड ओलम्पिक खेलों का हिस्सा था। मांट्रियल खेलों में 6084 खिलाड़ियों ने 198 स्पर्धाओं में चुनौती पेश की थी। सोवियत संघ ने 49 स्वर्ण, 41 रजत और 35 कांस्य सहित कुल 125 पदक जीतकर अमेरिका को काफी पीछे छोड़ दिया था। अमेरिका इन खेलों में 34 स्वर्ण सहित 94 पदक लेकर तीसरे स्थान पर रहा था। पूर्वी जर्मनी ने 90 पदक जीते थे लेकिन इसमें 40 स्वर्ण पदक शामिल थे और इसलिए उसे दूसरा स्थान मिला। सोवियत संघ के जिम्नास्ट निकोलेई आंद्रियानोव ने 4 स्वर्ण सहित 7 पदक जीते लेकिन वह रोमानिया की नादिया कोमानेची थीं जिन्होंने पहली बार 'परफेक्ट 10' का स्कोर बनाकर धूम मचायी थी। क्यूबा के अल्बर्टो जुआनथोरेना ने 400 मीटर और 800 मीटर के स्वर्ण पदक जीतकर इतिहास रचा था।

भारत के लिए मांट्रियल ओलम्पिक खेल निराशाजनक साबित हुए क्योंकि 1928 से लगातार पदक तालिका में जगह बनाने के बाद पहली बार इस तालिका से उसका नाम नदारद था। भारतीय हॉकी टीम पहली बार सेमीफाइनल में नहीं पहुँच पायी और इस तरह से पदक की दौड़ से बाहर हो गयी। यह आलम तब था जबकि इससे एक साल पहले 1975 में भारतीय टीम विश्व चैम्पियन बनी थी।

मास्को 1980

सोवियत संघ के अफगानिस्तान पर हमले के विरोध में अमेरिका की अगुवाई में कई देशों ने मास्को ओलम्पिक खेलों में भाग नहीं लिया था जो 19 जुलाई से 3 अगस्त 1980 के बीच आयोजित किए गए थे। बहिष्कार का परिणाम रहा कि इन खेलों में केवल 80 देशों ने हिस्सा लिया। केवल 5179 खिलाड़ियों ने मास्को ओलम्पिक में अपने देशों का प्रतिनिधित्व किया और उन्होंने 203 स्पर्धाओं में भाग लिया। अमेरिका की अनुपस्थिति में सोवियत संघ ने रिकॉर्ड 80 स्वर्ण सहित 195 पदक अपने नाम किए। इसके बाद पूर्वी जर्मनी का नम्बर आता है जिसने 47 स्वर्ण सहित 126 पदक जीते। बुल्गारिया केवल

8 स्वर्ण पदक जीतने के बावजूद तीसरे नम्बर पर रहा। रूस के अलेक्सांद्र दितयातिन ने पुरुष जिम्नास्टिक की प्रत्येक स्पर्धा में पदक जीता और कुल 3 स्वर्ण सहित 8 पदक हासिल किए। क्यूबा के टियोफिलो स्टीवेनसन एक ही भार वर्ग में तीन बार चैम्पियन बननेवाले पहले मुक्केबाज बने थे। जिम्बाब्वे ने आखिरी क्षणों में महिला हॉकी में अपनी टीम उतारी। उसने खेलों से एक सप्ताह के अन्दर टीम चुनी और इस टीम ने स्वर्ण पदक जीतकर सभी को हैरान कर दिया।

भारतीय पुरुष हॉकी टीम ने अपना खोया सम्मान हासिल किया और ओलम्पिक में अपना आठवाँ स्वर्ण पदक जीता। भारत ने आठ खेलों में 76 खिलाड़ी उतारे थे लेकिन पुरुष हॉकी टीम को छोड़कर बाकी सभी को निराशा ही हाथ लगी थी।

लास एंजिल्स 1984

अमेरिका के लास एंजिल्स में 28 जुलाई से 12 अगस्त 1984 के बीच 23वें ओलम्पिक खेल आयोजित किए गए थे। सोवियत संघ ने मास्को खेलों के प्रति अमेरिकी रुख के बदले में लास एंजिल्स खेलों का बहिष्कार किया जिससे कई खेलों में प्रतिस्पर्धा पूर्व की तरह कड़ी नहीं रही। इसके बावजूद इन खेलों में 140 देशों ने हिस्सा लिया था जो उस समय का रिकॉर्ड था। लास एंजिल्स में 6829 खिलाड़ियों (1566 महिलाएँ और 5263 पुरुष) ने 221 स्पर्धाओं में अपना भाग्य आजमाया था। मेजबान अमेरिका ने जमकर पदक बटोरे। उसने 83 स्वर्ण, 61 रजत और 30 कांस्य पदक सहित कुल 174 पदक जीते। रोमानिया (20 स्वर्ण सहित 53 पदक) दूसरे और पश्चिम जर्मनी (17 स्वर्ण सहित 59 पदक) तीसरे स्थान पर रहा। कार्ल लुईस ने 100 मीटर, 200 मीटर, 4×100 मीटर रिले और लम्बी कूद में स्वर्ण पदक जीतकर हमवतन अमेरिकी जेसी ओवेन्स की 1936 बर्लिन ओलम्पिक की उपलब्धियों की बराबरी की थी। रोमानिया की जिम्नास्ट एकटेरिना सजाबो ने भी 4 स्वर्ण पदक जीते थे।

भारत ने लास एंजिल्स में सात खेलों में 48 खिलाड़ी उतारे थे लेकिन सभी ने निराश किया। पी.टी. ऊषा महिलाओं की 400 मीटर बाधा दौड़ में मामूली अन्तर से पदक से चूक गयी और चौथे स्थान पर रही। भारतीय हॉकी टीम मास्को में स्वर्ण जीतने के करिश्मे को नहीं दोहरा पायी और पाँचवें स्थान पर रही थी। हॉकी खिलाड़ी जफर इकबाल इन खेलों में भारतीय ध्वजवाहक थे।

सियोल 1988

दक्षिण कोरिया की राजधानी सियोल ने 17 सितम्बर से 2 अक्टूबर 1988 के बीच 24वें ओलम्पिक खेलों की मेजबानी की थी। उत्तरी कोरिया, क्यूबा, इथोपिया और निकारागुआ ने इन खेलों का बहिष्कार किया लेकिन तब भी 159 देशों ने इनमें भाग लिया जिनमें से 52 देशों ने पदक जीते। सियोल में कुल 8391 खिलाड़ी पहुँचे थे जिन्होंने 237 स्पर्धाओं में हिस्सा लिया था। सोवियत संघ ने ओलम्पिक खेलों में वापसी की तथा 55 स्वर्ण पदक सहित 132 पदक जीतकर शीर्ष पर रहा। पूर्वी जर्मनी 37 स्वर्ण सहित 102 पदक लेकर दूसरे जबकि अमेरिका 36 स्वर्ण सहित 94 पदक लेकर तीसरे स्थान पर रहा। कनाडा के बेन जॉनसन ने पुरुषों की 100 मीटर दौड़ में विश्व रिकॉर्ड बनाया लेकिन उन्हें स्टेरॉयड के सेवन का दोषी पाया गया। जॉनसन को अयोग्य घोषित कर दिया और कार्ल लुईस को 100 मीटर का स्वर्ण पदक सौंपा गया। पूर्वी जर्मनी की तैराक क्रिस्टीन ऑटो ने तरणताल में धूम मचाई और 6 स्वर्ण पदक जीते। अमेरिकी तैराक मैट बियोंडी 5 स्वर्ण सहित 8 पदक जीतकर सर्वाधिक पदक हासिल करनेवाले खिलाड़ी रहे।

भारत ने सियोल में 11 खेलों में हिस्सा लिया और 46 खिलाड़ियों ने उसकी तरफ से प्रतिस्पर्धा पेश की लेकिन परिणाम 'सिफर' ही रहा। भारत लगातार दूसरी बार ओलम्पिक पदक तालिका में जगह नहीं बना पाया। भारतीय हॉकी टीम छठे स्थान पर रही थी।

बार्सिलोना 1992

स्पेन के शहर बार्सिलोना में 24 जुलाई से 9 अगस्त 1992 के बीच 25वें ओलम्पिक खेलों में 169 देशों के 9356 खिलाड़ियों ने भाग लिया। इन खेलों की विशेषता यह थी कि 1972 के बाद पहली बार कोई देश ओलम्पिक का बहिष्कार नहीं कर रहा था। सोवियत संघ 15 भागों में टूट चुका था लेकिन बार्सिलोना में इन सभी ने एकीकृत टीम के रूप में साथ में भाग लिया। बर्लिन की दीवार टूट चुकी थी तथा पश्चिम और पूर्व जर्मनी एक हो चुके थे। दक्षिण अफ्रीका में रंगभेद समाप्त हो चुका था। स्पेन की नौकायन की खिलाड़ी 11 वर्षीय कार्लोस फ्रोंट 1900 के बाद सबसे कम उम्र की ओलम्पिक प्रतिभागी बनी थी।

इन खेलों में 257 स्पर्धाएँ शामिल थीं। एकीकृत टीम ने अपना जलवा दिखाया तथा 45 स्वर्ण सहित 112 पदक जीते। अमेरिका (37 स्वर्ण सहित

108 पदक) भी उससे बहुत पीछे नहीं रहा जबकि जर्मनी विलय के बाद मजबूत टीम के रूप में उभरा। जर्मनी ने 33 स्वर्ण सहित 82 पदक अपनी झोली में डाले। एकीकृत टीम के विताली शेरबो ने जिम्नास्टिक में धूम मचायी। उन्होंने कुल 6 स्वर्ण पदक जीते जिसमें 4 स्वर्ण पदक तो उन्होंने एक ही दिन हासिल किए।

भारत लगातार तीसरे ओलम्पिक खेलों में पदक जीतने में असफल रहा। भारत के कुल 53 खिलाड़ियों ने बार्सिलोना में प्रतिस्पर्धा पेश की लेकिन कोई भी प्रभावित नहीं कर पाया। जिस हॉकी टीम पर भरोसा था वह आखिर में सातवें स्थान पर रही। शाहनी अब्राहम विल्सन इन खेलों में भारत की ध्वजवाहक थी।

अटलांटा 1996

अमेरिका के शहर अटलांटा में 19 जुलाई से 4 अगस्त 1996 के बीच 26वें ओलम्पिक खेलों का आयोजन किया गया जिनमें रिकॉर्ड 197 देशों और 10318 खिलाड़ियों ने 271 स्पर्धाओं में अपना दमखम और कौशल दिखाया। महान मुक्केबाज मोहम्मद अली ने इन खेलों का अग्निकुंड प्रज्वलित किया था। नौका चालकर हूबर्ट रोदेस्की (आस्ट्रिया) नौ ओलम्पिक खेलों में भाग लेनेवाले पहले खिलाड़ी बने। सोवियत संघ का विघटन हो चुका था और अमेरिका मेजबान था तो उसने इसका फायदा उठाकर फिर से पदक तालिका में पहला स्थान हासिल किया। अमेरिका ने 44 स्वर्ण, 32 रजत और 25 कांस्य सहित कुल 101 पदक जीते। रूस ने 26 स्वर्ण सहित 63 पदक लेकर दूसरा स्थान हासिल किया। जर्मनी ने 65 पदक जीते जिसमें 20 स्वर्ण पदक शामिल हैं। अमेरिका की तैराक एमी वान डायकेन ने तरणताल में धूम मचाई और 4 स्वर्ण पदक जीते। ट्रैक एवं फील्ड में फ्रांस की मेरी जोस पेरेक ने 200 मीटर की दौड़ जीती और 400 मीटर के खिताब का बचाव किया। वह दो बार 400 मीटर दौड़ जीतनेवाली पहली महिला एथलीट बनी। पुरुष वर्ग में अमेरिका के माइकल जॉनसन 200 और 400 मीटर दोनों दौड़ को जीतनेवाले पहले एथलीट बने।

टेनिस खिलाड़ी लिएंडर पेस ने अटलांटा में पुरुष एकल का कांस्य पदक जीतकर पिछले तीन खेलों से भारत के आगे लगे सिफर को समाप्त किया। भारत ने वैसे 13 खेलों में 49 खिलाड़ी उतारे थे लेकिन केवल पेस ही पदक जीत पाये। हॉकी टीम का खराब प्रदर्शन जारी रहा और अटलांटा

में उसे आठवाँ स्थान मिला। हॉकी खिलाड़ी परगट सिंह इन खेलों में भारतीय ध्वजवाहक थे।

सिडनी 2000

आस्ट्रेलियाई शहर सिडनी में 15 सितम्बर से 1 अक्टूबर तक आयोजित खेलों में भाग लेनेवाले देशों की संख्या 199 पर पहुँच गयी और स्पर्धाओं की संख्या भी बढ़कर 300 हो गयी जिनमें 10651 खिलाड़ियों ने चुनौती पेश की। सिडनी ने दुनिया को दिखाया कि सर्वश्रेष्ठ खेलों का आयोजन कैसे किया जाता है और खेलों के समापन समारोह में अन्तरराष्ट्रीय ओलम्पिक समिति के तत्कालीन अध्यक्ष जुआन एंटोनियो समारांच ने इन्हें अब तक के सर्वश्रेष्ठ खेल करार दिया था। अमेरिका फिर से 37 स्वर्ण सहित 93 पदक लेकर शीर्ष पर रहा लेकिन अब उसे रूस (32 स्वर्ण सहित 89 पदक) के अलावा चीन (28 स्वर्ण सहित 58 पदक) की भी चुनौती मिलने लगी थी। मेजबान आस्ट्रेलिया ने 16 स्वर्ण सहित 58 पदक जीते और चौथे स्थान पर रहा। आस्ट्रेलिया के 17 वर्षीय तैराक इयान थोर्प ने अपने दर्शकों के सामने यादगार प्रदर्शन किया तथा 3 स्वर्ण और दो रजत पदक हासिल किए।

अटलांटा में अगर पेस ने भारत का सम्मान रखा तो सिडनी में यही काम भारोत्तोलक कर्णम मल्लेश्वरी ने किया। यह आलम तब था जबकि भारत ने आठ खेलों में 65 खिलाड़ी सिडनी भेजे थे। मल्लेश्वरी ने महिलाओं के 69 किग्रा. में कांस्य पदक जीता। अटलांटा ओलम्पिक के कांस्य पदक विजेता पेस भारतीय ध्वजवाहक थे लेकिन एकल में पहले दौर में बाहर हो गए।

एथेंस 2004

एथेंस चाहता था कि वह ओलम्पिक के 100 साल पूरे होने पर 1996 में फिर से खेलों की मेजबानी करे लेकिन उसे इसके आठ साल बाद 2004 में इसका मौका मिला। एथेंस में 13 अगस्त से 29 अगस्त के बीच ओलम्पिक खेलों का आयोजन हुआ जिसमें रिकॉर्ड 201 देशों ने हिस्सा लिया। स्पर्धाओं की संख्या बढ़कर 301 पहुँच गयी। इन खेलों में 10625 खिलाड़ियों ने भाग लिया था। इनमें अमेरिकी तैराक माइकल फेल्प्स ने 6 स्वर्ण सहित 8 पदक जीतकर एक ओलम्पिक में सर्वाधिक पदक जीतने का नया रिकॉर्ड बनाया। उनके प्रयास से अमेरिका ने 36 स्वर्ण, 39 रजत और 26 कांस्य पदक सहित 101 पदक जीते और पहला स्थान हासिल किया। चीन (32 स्वर्ण सहित 63 पदक) दूसरे स्थान

पर पहुँच गया। रूस ने 90 पदक जीते लेकिन इनमें 28 स्वर्ण शामिल थे और उसे तीसरा स्थान मिला। एथलेटिक्स में लम्बी दूरी के धावक हिचेम अल गुरोज ने 1500 मीटर और 5000 मीटर जबकि महिला वर्ग में केली होम्स ने 800 मीटर और 1500 मीटर की दौड़ जीती। अर्जेंटीनी फुटबॉल टीम ने बिना गोल गँवाये खिताब जीता था।

भारत को इस बार फिर से 1 पदक मिला लेकिन इस बार उसका रंग बदल गया। निशानेबाज राज्यवर्धन सिंह राठौड़ ने पुरुष डबल ट्रैप में रजत पदक जीता। भारत ने 14 खेलों में 73 खिलाड़ी उतारे थे। इन खेलों में भारतीय ध्वजवाहक अंजू बॉबी जार्ज ने महिलाओं की लम्बी कूद में राष्ट्रीय रिकॉर्ड बनाया लेकिन वह पाँचवें स्थान पर रही। टेनिस में पुरुष युगल में लिएंडर पेस और महेश भूपति चौथे स्थान पर रहे थे।

बीजिंग 2008

चीन ने ओलम्पिक में अपनी जीवन्त उपस्थिति दर्ज कराने के बाद आठ अगस्त से 24 अगस्त 2008 के बीच राजधानी बीजिंग में इन खेलों की मेजबानी भी की। चीन ने इन खेलों का भव्य आयोजन में कोई कसर नहीं छोड़ी। इन खेलों में 204 देशों के 10942 खिलाड़ियों ने 302 स्पर्धाओं में प्रतिस्पर्धा पेश की। प्रत्येक खिलाड़ी ने अपना सर्वश्रेष्ठ देने के लिए सर्वोत्तम प्रयास किए। इसी का परिणाम था कि 40 से अधिक विश्व रिकॉर्ड और 130 से अधिक ओलम्पिक रिकॉर्ड टूटे। चीन के खिलाड़ियों ने भी अपना सर्वश्रेष्ठ प्रदर्शन करने में कसर नहीं छोड़ी। इससे चीन 51 स्वर्ण सहित 100 पदक लेकर पहली बार पदक तालिका में शीर्ष पर रहा। अमेरिका ने 110 पदक जीते लेकिन इनमें 36 स्वर्ण थे और इसलिए उसे दूसरा स्थान मिला। रूस 23 स्वर्ण सहित 73 पदक लेकर तीसरे स्थान पर रहा।

अमेरिकी तैराक माइकल फेल्प्स और जमैका के उसैन बोल्ट ने बीजिंग खेलों में सुर्खियाँ बटोरी। फेल्प्स ने 8 स्वर्ण पदक जीतकर मार्क स्पिट्ज के 1972 के म्यूनिख ओलम्पिक के रिकॉर्ड को तोड़ा जबकि बोल्ट ने 100 मीटर और 200 मीटर दोनों में विश्व रिकॉर्ड बनाया। उन्होंने 4×100 मीटर रिले में तीसरा स्वर्ण जीता था।

भारत के लिए भी बीजिंग ओलम्पिक खेल यादगार बन गए। निशानेबाज अभिनव बिन्द्रा ने इन खेलों में ही पुरुषों की 10 मीटर एयर राइफल में स्वर्ण पदक जीता था। वह ओलम्पिक में व्यक्तिगत स्वर्ण पदक जीतनेवाले पहले

खिलाड़ी बने थे। उनके अलावा मुक्केबाजी में विजेन्दर कुमार ने पुरुषों के 75 किग्रा. भार वर्ग और कुश्ती में सुशील कुमार ने पुरुषों के 66 किग्रा. में कांस्य पदक जीते। इस तरह से यह 1952 के बाद दूसरा अवसर था जबकि भारत ने एक से अधिक पदक अपनी झोली में डाले थे। भारत ने 12 खेलों में 67 खिलाड़ी उतारे थे, लेकिन इनमें हॉकी टीम शामिल नहीं थी। भारत पहली बार हॉकी में ओलम्पिक के लिए क्वालीफाई करने में असफल रहा था। राज्यवर्धन सिंह राठौड़ बीजिंग खेलों में भारत के ध्वजवाहक थे।

लन्दन 2012

लन्दन ने तीसरी बार ओलम्पिक खेलों की मेजबानी 27 जुलाई से 12 अगस्त 2012 को की थी। इससे पहले उसने 1908 में रोम के इनकार के बाद ओलम्पिक खेलों की मेजबानी की थी। इसके बाद 1948 में जब उसने दूसरी बार इन खेलों का आयोजन किया तो तब वह विश्व युद्ध की विभीषिका से उभर रहा था। लन्दन ने दोनों बार ओलम्पिक का सफल आयोजन किया और 2012 में उसने अपनी मेजबानी में एक नयी उपलब्धि जोड़ी।

लन्दन 2012 में 26 खेल शामिल थे जिनका 34 स्थलों पर आयोजन किया गया। इन खेलों में 204 देशों के 10568 खिलाड़ियों ने भाग लिया था और इनमें 302 स्पर्धाएँ शामिल थीं। अमेरिका ने पदक तालिका में फिर से शीर्ष स्थान हासिल किया। उसने 46 स्वर्ण सहित 103 पदक जीते थे। चीन ने 38 स्वर्ण सहित 88 पदक हासिल किए और उसे दूसरा स्थान मिला। मेजबान ब्रिटेन 29 स्वर्ण सहित 65 पदक लेकर तीसरे स्थान पर रहा। अमेरिकी तैराक माइकल फेल्प्स ने फिर से तरणताल में धूम मचायी तथा 4 स्वर्ण समेत 6 पदक जीते। अमेरिका की महिला तैराक मिसी फ्रैंकलिन ने 5 पदक जीते जिनमें चार सोने के तमगे शामिल हैं। उसैन बोल्ट ने फिर से 100 मीटर, 200 मीटर और रिले में स्वर्ण पदक जीतकर इतिहास रचा।

भारत ने इन खेलों में रिकॉर्ड 6 पदक जीते थे लेकिन इनमें कोई स्वर्ण पदक शामिल नहीं था। पहलवान सुशील कुमार ने दूसरी बार ओलम्पिक खेलों में अपना जलवा दिखाया और इस बार रजत पदक जीता। वह ओलम्पिक में दो व्यक्तिगत पदक जीतनेवाले पहले भारतीय खिलाड़ी बने। निशानेबाज विजय कुमार ने 25 मीटर रैपिड फायर पिस्टल में रजत पदक हासिल किया। एक और निशानेबाज गगन नारंग ने 10 मीटर एयर राइफल में कांस्य पदक जीता था। इनके अलावा साइना नेहवाल (बैडमिंटन), एम.सी.

मैरीकोम (मुक्केबाजी) और योगेश्वर दत्त (कुश्ती) ने भी कांस्य पदक अपनी झोली में डाले थे। भारत ने इन लन्दन 2012 में 13 खेलों में 83 खिलाड़ी उतारे थे। भारतीय हॉकी टीम ने लन्दन खेलों में तो जगह बनायी लेकिन वह 12वें और अन्तिम स्थान पर रही। सुशील कुमार उद्घाटन समारोह में भारत के ध्वजवाहक थे।

रियो डे जेनेरियो 2016

दक्षिण अमेरिकी महाद्वीप में पहली बार ओलम्पिक खेलों का आयोजन 5 अगस्त से 21 अगस्त के बीच ब्राजील के शहर रियो डे जेनेरियों में किया गया। इन खेलों में 207 देशों के 11238 खिलाड़ियों ने भाग लिया। कुल 306 स्पर्धाएँ आयोजित की गयीं। अमेरिका ने फिर से पदक तालिका में शीर्ष स्थान हासिल किया। उसने 46 स्वर्ण, 37 रजत और 38 कांस्य पदक सहित कुल 121 पदक अपने नाम किए। यही नहीं अमेरिका ने इस बीच ओलम्पिक खेलों में अपना 1000वां स्वर्ण पदक भी जीता। ग्रेट ब्रिटेन यहाँ चीन को पीछे छोड़कर दूसरा स्थान हासिल करने में सफल रहा। उसने 27 स्वर्ण सहित 67 पदक जीते। चीन ने 26 स्वर्ण पदक जीते थे जबकि उसके पदकों की संख्या 70 थी। मेजबान ब्राजील ने 7 स्वर्ण सहित 13 पदक जीते थे।

माइकल फेल्प्स और उसैन बोल्ट ने फिर से ओलम्पिक खेलों में डंका बजाया। फेल्प्स 5 स्वर्ण और एक रजत पदक जीतकर फिर से व्यक्तिगत तालिका में शीर्ष पर रहे जबकि बोल्ट ने लगातार तीसरे ओलम्पिक खेलों में 100 मीटर, 200 मीटर और रिले दौड़ जीतकर अनोखी तिकड़ी बनायी। अमेरिका की जिम्नास्ट सिमोन बाइल्स ने भी 4 स्वर्ण हासिल करके अपनी विशिष्ट छाप छोड़ी।

भारतीय खिलाड़ी बड़ी उम्मीदों के साथ रियो खेलों में भाग लेने के लिए गए थे। भारत ने 15 खेलों की 67 स्पर्धाओं में 117 खिलाड़ी उतारे थे लेकिन आखिर में उसे केवल 2 पदक ही मिले। पी.वी. सिंधू ने बैडमिंटन के महिला एकल में रजत और साक्षी मलिक ने महिलाओं के 58 किग्रा. में कांस्य पदक जीतकर भारत को सिफर से बचा दिया था। इन दोनों के अलावा जिम्नास्ट दीपा कर्माकर का प्रदर्शन उल्लेखनीय रहा। वह वॉल्ट स्पर्धा में चौथे स्थान पर रही थी। हॉकी में पुरुष टीम ने आठवाँ और महिला टीम ने 12वाँ स्थान हासिल किया था। अभिनव बिन्द्रा इन खेलों के उदघाटन समारोह में भारत के ध्वजवाहक थे।

टोक्यो 2020

जापान की राजधानी टोक्यो को 1964 के बाद पहली बार ओलम्पिक खेलों की मेजबानी का मौका मिला। उसने मेजबानी की दौड़ में इस्ताम्बुल और मैड्रिड को पीछे छोड़ा था। विश्व व्यापी महामारी कोविड-19 के कारण हालाँकि इन खेलों को एक साल के लिए टाल दिया गया। इन खेलों का आयोजन अब 23 जुलाई से 8 अगस्त 2021 को किया जाएगा लेकिन इन्हें टोक्यो 2020 के नाम से ही जाना जाएगा। यह पहला अवसर है जबकि विश्व युद्ध से इतर किन्हीं अन्य कारणों से ओलम्पिक खेल स्थगित करने पड़े।

टोक्यो के बाद अगले ओलम्पिक खेलों की मेजबानी पेरिस करेगा। फ्रांस की राजधानी में 26 जुलाई से 11 अगस्त 2024 के बीच ओलम्पिक खेल आयोजित किए जाएंगे। पेरिस ने इससे पहले 1900 और 1924 में ओलम्पिक खेलों की मेजबानी की थी। ओलम्पिक खेल 2028 की मेजबानी अमेरिका के शहर लास एंजिल्स को सौंपी गयी है जहाँ इससे पहले 1932 और 1984 में इन खेलों का आयोजन हो चुका है।

ओलम्पिक खेल

तीरंदाजी

आपने रामायण और महाभारत तो टेलीविजन पर देखी होगी और उसमें देखा होगा योद्धाओं को तीर कमान पर चढ़ाकर निशाना साधते हुए। यही तीरंदाजी है जो दुनिया के सबसे पुराने खेलों में शामिल है। अर्जुन को विश्व का पहला कुशल धनुर्धर भी माना जाता है, तो भीष्म पितामह, एकलव्य और कर्ण को भी दुनिया के सर्वश्रेष्ठ धनुर्धरों में आंका जाता है। यह थी हमारे पौराणिक पात्रों की बात लेकिन आपको यह जानकर हैरानी होगी कि पाषाण युग में भी शिकार के लिए धनुष और तीर का उपयोग किया जाता था।

भारत से बाहर भी धनुष और बाण का यह खेल आदिवासी लोगों में काफी लोकप्रिय रहा है। दक्षिण अफ्रीका में एक गुफा है सिब्दु जहाँ 60,000 से 70,000 वर्ष पहले की तीर के प्रमाण मिले थे। मिस्त्र के लोगों ने ईसा पूर्व 3000 में तीरंदाजी अपना ली थी। जहाँ तक प्रतियोगिताओं का सवाल है तो गुरु द्रोणाचार्य का अपने शिष्यों से चिड़िया की आँख पर निशाना साधने के लिए कहना और द्रौपदी के स्वयंवर में रेंगती मछली की आँख भेदने की शर्त भी किसी प्रतियोगिता से कम नहीं थी। मिस्त्र और चीन में ईसा पूर्व तीरंदाजी प्रतियोगिताओं का आयोजन किया जाने लगा था। आधुनिक युग में तीरंदाजी का पहली प्रतियोगिता इंग्लैंड की फिन्सबरी में 1583 में आयोजित की गयी थी जिसमें 3000 तीरंदाजों ने भाग लिया था।

उपकरण और प्रकार

अब हम आपको बताते हैं कि तीरंदाजी होती कैसी है और अगर आपको ओलम्पिक स्तर का तीरंदाज बनना है तो उसके लिए आपको क्या करना

है। आधुनिक तीरंदाजी में तीरंदाज एक लक्ष्य को निशाना बनाकर अपना तीर छोड़ते हैं। तीर एल्यूमिनियम या कार्बन ट्यूब का बना होता है। तीरंदाजी सीखने के लिए धनुष, बाण यानी तीर, तरकश (तीर रखने के लिए), हाथ के लिए कवच और वृत्ताकार चक्र (डिस्क) की जरूरत पड़ेगी। तीरंदाजी की शुरुआत उस धनुष से करनी चाहिए जिसका ऊपरी सिरा पीछे की तरफ मुड़ा हो। इसे रिकर्व धनुष कहते हैं। धनुष का दूसरा प्रकार कंपाउंड अर्थात यौगिक होता है। धनुषों के नाम के आधार पर ही तीरंदाजी के दो प्रकार होते हैं रिकर्व और कंपाउड। अन्तरराष्ट्रीय स्तर पर रिकर्व और कंपाउंड दोनों वर्गों में तीरंदाजी होती है। ओलम्पिक में केवल रिकर्व तीरंदाजी शामिल है।

अब हम आपको वृत्ताकार चक्र के बारे में बताते हैं। इस चक्र पर अलग-अलग रंगों के वलय बने होते हैं जिससे स्कोर तय होता है। प्रत्येक रंग के दो-दो वलय होते हैं। जैसे सबसे अन्दर पीले रंग का वलय होता है जिस पर तीर लगने पर 10 अंक मिलते हैं। उसके बाहर वाले पीले रंग पर तीर लगता है तो नौ अंक मिलेंगे। इसके बाद लाल, नीला, काला और सफेद रंग के दो-दो वलय आते हैं। लाल रंग के अन्दर वाले वलय के आठ तो बाहरी वलय के सात अंक होते हैं। यह क्रम अन्य रंगों के साथ आगे बढ़ता जाता है। सबसे बाहरी सफेद वलय होता है जिस पर तीर लगने का केवल एक अंक मिलेगा। अमूमन एक बार में एक खिलाड़ी तीन बार बाण चलाता है।

प्रमुख प्रशिक्षण केन्द्र

भारत में तीरंदाजी को आगे बढ़ाने में आदिवासी समुदाय का अहम योगदान रहा है। झारखंड के आदिवासी क्षेत्रों में इस खेल को बढ़ावा देने के प्रयास किए गए जिसके सकारात्मक परिणाम भी मिले हैं। इसमें टाटा तीरंदाजी अकादमी, जमशेदपुर ने भी महत्त्वपूर्ण भूमिका निभायी। इसके अलावा सेना खेल संस्थान, पुणे और मित्तल चैम्पियन्स ट्रस्ट, बेंगलुरू में तीरंदाजी की अच्छी सुविधाएँ हैं। भारतीय खेल प्राधिकरण (साइ) के दिल्ली एवं कोलकाता केन्द्र के अलावा झारखंड तीरंदाजी संघ, जमशेदपुर, आंध्र प्रदेश तीरंदाजी संघ, गुरुकुल प्रभात आश्रम, मेरठ आदि केन्द्रों पर भी तीरंदाजी का प्रशिक्षण लिया जा सकता है। भारत में तीरंदाजी का संचालन भारतीय तीरंदाजी संघ जबकि अन्तरराष्ट्रीय स्तर पर विश्व तीरंदाजी (World Archery) करता है।

ओलम्पिक में तीरंदाजी

ओलम्पिक में सबसे पहले 1900 में तीरंदाजी की प्रतियोगिताएँ आयोजित की गयी थीं। इसके बाद 1904, 1908 और 1920 में भी तीरंदाजी ओलम्पिक खेलों का हिस्सा थी। सेंट लुई में 2004 में खेले गए ओलम्पिक खेलों में पहली बार महिला तीरंदाजों ने हिस्सा लिया था। एंटवर्प 2020 के बाद हालाँकि तीरंदाजी की प्रतियोगिताएँ ओलम्पिक से हटा दी गयीं और इस खेल को ओलम्पिक में वापसी के लिए 52 वर्ष का लम्बा इन्तजार करना पड़ा। म्यूनिख 1972 ओलम्पिक खेलों में तीरंदाजी की महिला एवं पुरुष वर्ग की एकल स्पर्धाओं में वापसी हुई थी। बाद में इसमें युगल और टीम स्पर्धाएँ भी जोड़ी गयीं। इसके बाद तीरंदाजी प्रत्येक ओलम्पिक खेलों का हिस्सा रहा है।

ओलम्पिक तीरंदाजी में दक्षिण कोरिया का कोई सानी नहीं जिसने अब तक 23 स्वर्ण पदक सहित कुल 39 पदक जीते हैं। इसके बाद अमेरिका (14 स्वर्ण) और बेल्जियम (11 स्वर्ण) का नम्बर आता है। बेल्जियम ने अपने सभी पदक 1900 से 1920 के बीच जीते थे। इन खेलों में बेल्जियम के निशानेबाज हूबर्ट वान इनिस ने 6 स्वर्ण और 3 रजत पदक जीते थे तथा वह अब भी ओलम्पिक के सबसे सफल तीरंदाज हैं। दक्षिण कोरिया के किम सू नयुंग ने 1988, 1992 और 2000 ओलम्पिक में 4 स्वर्ण, 1 रजत और 1 कांस्य पदक जीता था। कोरिया के ही पार्क सुंग ह्यून, की बो बे और युन मी जिन ने 3-3 स्वर्ण पदक जीते हैं।

ओलम्पिक में भारतीय तीरंदाज

भारत ने ओलम्पिक में तीरंदाजी खेल में सबसे पहले 1988 में सोल ओलम्पिक में भाग लिया था। इसके बाद सिडनी ओलम्पिक (2000) को छोड़कर प्रत्येक खेल में भारतीय तीरंदाजों ने हिस्सा लिया लेकिन अब भी उन्हें ओलम्पिक खेलों में पहले पदक का इन्तजार है। लिम्बा राम, संजीव सिंह और श्याम लाल ओलम्पिक खेलों में भाग लेनेवाले पहले भारतीय तीरंदाजों में शामिल हैं। लिम्बा राम ने बार्सिलोना ओलम्पिक 1992 और अटलांटा ओलम्पिक 1996 में भी भाग लिया था। बार्सिलोना में वह केवल एक अंक से कांस्य पदक से चूक गए थे। एथेंस ओलम्पिक 2004 में पहली बार तीन भारतीय महिला

तीरंदाजों डोला बनर्जी, रीना कुमारी और सुमंगला शर्मा ने हिस्सा लिया था। मंगल सिंह चंपिया बीजिंग ओलम्पिक 2008 में पुरुष एकल के फाइनल्स के दूसरे दौर तक पहुँचे थे। रियो ओलम्पिक 2016 में अतनु दास ने पुरुष एकल के फाइनल में जगह बनायी थी।

महिला एकल में दीपिका कुमारी और लेशराम बोम्बायला देवी नौवें स्थान पर रही थीं। भारत के कुल 21 तीरंदाजों (13 पुरुष, आठ महिला) ने 1988 से 2016 तक ओलम्पिक खेलों में भाग लिया है।

एथलेटिक्स

एथलेटिक्स यानी ट्रैक एवं फील्ड प्रतियोगिताएँ असल में खेलों का वास्तविक स्वरूप हैं। पौराणिक काल में कुश्ती, तीरंदाजी जैसे खेलों का अस्तित्व था लेकिन ये युद्ध कला के अंग हुआ करते थे खेलों के नहीं। यह कहा जा सकता है कि दुनिया का खेल शब्द से वास्तविक परिचय ट्रैक एवं फील्ड प्रतियोगिताओं से हुआ था। एथलेटिक्स शब्द प्राचीन ग्रीक से लिया गया है। शुरू में इस शब्द का प्रयोग शारीरिक दमखम वाली प्रतियोगिताओं के लिए किया गया लेकिन बाद में दौड़, चाल, कूद और फेंकने की स्पर्धाओं के लिए भी एथलेटिक्स का उपयोग होने लगा।

प्राचीन समय में विभिन्न धार्मिक उत्सवों के अवसर पर एथलेटिक्स प्रतियोगिताओं के आयोजन के प्रमाण मिलते हैं। प्राचीन ओलम्पिक से लेकर आधुनिक ओलम्पिक तक एथलेटिक्स की स्पर्धाएँ इन खेलों की केन्द्र बिन्दु रही हैं। एथलेटिक्स को ओलम्पिक की आत्मा कहा जा सकता है जिसकी शुरुआत 776 ईसा पूर्व यूनान में प्राचीन ओलम्पिक खेलों से हो गयी थी। प्राचीन ओलम्पिक खेलों की जिस पहली स्पर्धा का रिकॉर्ड उपलब्ध है वह 192 मीटर की स्टेडियम दौड़ थी। इसके बाद प्राचीन ओलम्पिक खेलों में कई ट्रैक एवं फील्ड स्पर्धाएँ शामिल कर दी गयी थीं जिनमें लम्बी दूरी की पैदल चाल, विभिन्न दूरियों की दौड़, पैंटाथलान की स्पर्धाएँ जैसे स्टेडियम दौड़, लम्बी कूद, चक्का फेंक, भाला फेंक आदि थीं। कुश्ती भी तब पैंटाथलान का ही हिस्सा थी। इन प्रतियोगिताओं में केवल पुरुष एथलीट ही भाग लेते थे। प्राचीन ओलम्पिक खेलों का आयोजन भी हर चार साल में होता था। सम्राट थियोडोसियस ने 394 ईसवी सन में इन खेलों पर प्रतिबंध लगा दिया था।

ब्रिटेन में 12वीं सदी के आसपास कुछ समय के लिए ट्रैक एवं फील्ड प्रतियोगिताओं का आयोजन हुआ था। इस दौरान आयरलैंड और स्कॉटलैंड में फील्ड स्पर्धाओं विशेषकर गोला फेंक के तौर पर बड़ा पत्थर फेंकने या हैमर थ्रो (तार गोला फेंक) की तरह वजनी वस्तु को फेंकने की प्रतियोगिताओं का आयोजन होता था। ट्रैक एवं फील्ड प्रतियोगिताओं की वास्तविक शुरुआत ब्रिटेन में उन्नीसवीं सदी में हुई। वहाँ स्कूली और विश्वविद्यालय स्तर पर एथलेटिक्स प्रतियोगिताओं का आयोजन होने लगा। रॉयल मिलट्री अकादमी ने 1849 में ट्रैक एवं फील्ड प्रतियोगिता का आयोजन किया था जिससे एथलेटिक्स प्रतियोगिताओं ने धीरे-धीरे अपने पाँव पसारने शुरू किए थे। इसके बाद एमेच्योर एथलेटिक क्लब का गठन हुआ जिसने 1866 में पहली इंग्लिश चैम्पियनशिप आयोजित की थी। इसमें पुरुष एमेच्योर एथलीटों ने हिस्सा लिया था। एमेच्योर एथलेटिक क्लब 1880 में एमेच्योर एथलेटिक एसोसिएशन बन गया जो हर वर्ष राष्ट्रीय चैम्पियनशिप आयोजित करने लगा था। उधर उत्तरी अमेरिका में भी 1839 से ट्रैक एवं फील्ड स्पर्धाओं का आयोजन होने लगा था जबकि 1868 में न्यूयार्क एथलेटिक क्लब का गठन किया गया था। संयुक्त राज्य अमेरिका में ट्रैक एवं फील्ड क्लबों के संघ 'एमेच्योर एथलेटिक यूनियन ऑफ द यूनाइटेड स्टेट्स' का गठन 1887 में हुआ था।

आधुनिक ओलम्पिक शुरू होने के बाद 17 जुलाई 1912 को स्वीडन के स्टॉकहोम में पाँचवें ओलम्पिक खेलों के समापन के बाद 'इंटरनेशनल एमेच्योर एथलेटिक फेडरेशन (आईएएएफ) यानी अन्तरराष्ट्रीय एमेच्योर एथलेटिक महासंघ का गठन किया गया था जो कि ट्रैक एवं फील्ड एथलेटिक्स की विश्व संचालन संस्था है। पिछले 100 वर्षों में एथलेटिक्स में कई बदलाव हुए और यहाँ तक आईएएएफ का नाम भी बदला गया। इसे 2001 में एथलेटिक्स महासंघों का अन्तरराष्ट्रीय संघ (इंटरनेशनल एसोसिएशन ऑफ एथलेटिक्स फेडरेशन्स) और फिर 2019 में विश्व एथलेटिक्स (वर्ल्ड एथलेटिक्स) नाम मिला। इस संस्था का मुख्यालय लगभग 34 वर्षों (1912-1946) तक स्वीडन में और इसके बाद लगभग 47 वर्षों (1946-1993) तक ब्रिटेन में रहा लेकिन अगस्त 1993 में स्टुटगार्ट में संस्था की 39वीं कांग्रेस में विश्व एथलेटिक्स का मुख्यालय मोनाको में स्थापित करने का फैसला किया गया और 10 जून 1994 को इसका औपचारिक उद्घाटन किया गया था। एथलेटिक्स प्रतियोगिताओं का आयोजन, नियम तय करना और विश्व रिकॉर्ड या अन्य रिकॉर्ड को मान्यता देना विश्व एथलेटिक्स के मुख्य काम हैं। विश्व

एथलेटिक्स चैम्पियनशिप इसकी सबसे बड़ी प्रतियोगिता है जिसका आयोजन हर दो साल में किया जाता है।

अगर रिले रेस को छोड़ दिया जाए तो एथलेटिक्स मुख्य तौर पर व्यक्तिगत खेल है। एथलेटिक्स सादगीपूर्ण खेल है। मतलब इसके लिए आपको महंगे उपकरणों की जरूरत नहीं पड़ती है लेकिन इसके साथ ही यह दुनिया का सबसे प्रतिस्पर्धी खेल भी है।

एथलेटिक्स में पहले केवल पुरुष एथलीट ही भाग लेते थे। महिलाओं के लिए 1921 में छह देशों ने एथलेटिक्स महासंघ गठित किया था जिसका 1936 में आईएएएफ (अब विश्व एथलेटिक्स) में विलय हो गया था। इसके बाद ही 1928 में पहली बार ओलम्पिक में महिलाओं ने ट्रैक एवं फील्ड प्रतियोगिता में हिस्सा लिया था।

भारत में एथलेटिक्स का संचालन भारतीय एथलेटिक्स महासंघ (एएफआई) करता है जिसे विश्व एथलेटिक्स, एशियाई एथलेटिक्स संघ और भारतीय ओलम्पिक संघ से मान्यता प्राप्त है। इसकी कुल 32 मान्यता प्राप्त राज्य और संस्थानिक इकाइयाँ हैं। एएफआई का गठन 1946 में किया गया था। महासंघ देश में राष्ट्रीय चैम्पियनशिपों और राष्ट्रीय शिविरों का आयोजन करता है। ओलम्पिक खेल, विश्व चैम्पियनशिप, एशियाई खेल, राष्ट्रमंडल खेल, एशियाई चैम्पियनशिप आदि के लिए टीमों का चयन भी एएफआई ही करता है।

आप भी बन सकते हैं एथलीट

हर किसी इनसान के अन्दर एक एथलीट छुपा होता है, बस जरूरत उसे पहचानने की होती है। एक एथलीट अपने दमखम और कौशल के कुशल संयोजन से राष्ट्रीय और अन्तरराष्ट्रीय स्तर पर सफलता हासिल करता है। इसकी शुरुआत स्कूली स्तर पर हो जाती है। प्रत्येक माता-पिता और शिक्षकों का कर्तव्य है कि वे बच्चों को स्कूली स्तर पर ट्रैक एवं फील्ड स्पर्धाओं में भाग लेने के लिए प्रेरित करें। अब बाकायदा प्रत्येक स्कूल में खेल शिक्षक होते हैं। स्कूली स्तर पर अच्छा प्रदर्शन करके ही कोई खिलाड़ी जिला, राज्य और राष्ट्रीय स्तर तक पहुँचता है। इसके बाद अन्तरराष्ट्रीय स्तर पर अपना कौशल दिखाने के लिए भी किसी खिलाड़ी का मार्ग प्रशस्त हो जाता है। खेलों विशेषकर एथलेटिक्स में भाग लेने से बच्चा न सिर्फ तंदुरुस्त रहेगा बल्कि उसे अपनी प्रतिभा दिखाने का मौका भी मिलेगा। एथलेटिक्स में भारत का परचम लहरानेवाले अधिकतर एथलीट स्कूली स्तर से ही ट्रैक एवं फील्ड स्पर्धाओं से जुड़ गए थे और यहीं उसे उन्हें आगे बढ़ने का मौका मिला था।

भारत में स्कूली स्तर पर एथलेटिक्स की विभिन्न प्रतियोगिताओं का आयोजन किया जाता है जिसका संचालन भारतीय स्कूल खेल महासंघ (एसजीएफआई) करता है। भारत सरकार का खेलो इंडिया कार्यक्रम बेहद सराहनीय कदम है जिसका मुख्य उद्देश्य प्रतिभा खोजने, उसे निखारने और अन्तरराष्ट्रीय स्तर का खिलाड़ी तैयार करना है। खेलो इंडिया में जो खेल शामिल हैं उनमें एथलेटिक्स प्रमुख है। खेलो इंडिया स्कूली खेल, युवा खेल और विश्वविद्यालय खेलों का आयोजन करता है। इसमें खिलाड़ियों को न सिर्फ अपना कौशल दिखाने का मौका मिलता है बल्कि सरकार का अच्छा प्रदर्शन करनेवाले खिलाड़ियों के लिए अभ्यास, उचित पोषण और शिक्षा का प्रबंध करने का प्रावधान भी है। प्रतिभा खोज और विकास खेलो इंडिया का प्रमुख उद्देश्य है। कोई भी युवा एथलीट इसका लाभ उठाकर अपने सपनों को साकार कर सकता है। खेलो इंडिया से जुड़े खेलों के लिए इसकी आधिकारिक वेबसाइट से पंजीकरण करवाया जा सकता है।

जैसा हमने बताया कि भारत में स्कूली स्तर पर एथलेटिक्स की शुरुआत हो जाती है, जिसमें जिला और राज्य अहम भूमिका निभाते हैं। प्रतिभावान खिलाड़ियों के लिए भारतीय खेल प्राधिकरण (साइ) प्रशिक्षण की व्यवस्था कराता है। भारतीय खेल प्राधिकरण से जुड़ा सबसे बड़ा संस्थान पटियाला स्थित नेताजी सुभाष राष्ट्रीय खेल संस्थान है जिसे भारत में खेलों का प्रमुख केन्द्र माना जाता है। यहाँ खिलाड़ियों के लिए हर तरह की सुविधाएँ उपलब्ध हैं। साइ के क्षेत्रीय केन्द्रों में विभिन्न खेलों के एथलीटों के लिए प्रशिक्षण और अभ्यास की अच्छी सुविधाएँ हैं। कुछ पूर्व एथलीट भी अपनी निजी अकादमियाँ चलाते हैं जिनमें उड़नपरी पी.टी. ऊषा का केरल में कोझिकोड के पास स्थित किनालूर में लड़कियों के लिए 'ऊषा स्कूल ऑफ एथलेटिक्स' प्रमुख है। यहाँ से देश को टिंटु लुका और जिसना मैथ्यू जैसी एथलीट मिली हैं।

ओलम्पिक में ट्रैक एवं फील्ड स्पर्धाएँ

प्राचीन ओलम्पिक से लेकर आधुनिक ओलम्पिक तक ट्रैक एवं फील्ड प्रतियोगिताएँ इन खेलों का अहम अंग रही हैं। जब 1896 में आधुनिक ओलम्पिक खेल शुरू हुए थे तो उसमें एथलेटिक्स प्रमुख प्रतियोगिता थी। यह कह सकते हैं कि ओलम्पिक की जान एथलेटिक्स में बसती है जिसमें ट्रैक एवं फील्ड की विभिन्न स्पर्धाओं का आयोजन होता है। इसमें 100 मीटर फर्राटा दौड़ से लेकर

42.195 किमी. की मैराथन जैसी लोकप्रिय स्पर्धाएँ भी शामिल हैं। ओलम्पिक में शामिल विभिन्न ट्रैक एवं फील्ड स्पर्धाओं का वर्णन आगे दिया गया है।

एथलेटिक्स पहले ओलम्पिक खेल 1896 से लेकर अब तक प्रत्येक खेलों के कार्यक्रम में शामिल रहा है। असल में एथलेटिक्स के कारण ही इन ओलम्पिक खेलों की लोकप्रियता लगातार बढ़ती गयी। ओलम्पिक में पहले केवल पुरुष एथलीट ही भाग लेते थे लेकिन एम्सटर्डम में 1932 में खेले गए पहले ओलम्पिक खेलों में पहली बार महिलाओं ने भी ट्रैक एवं फील्ड स्पर्धाओं में हिस्सा लिया था। शुरू में महिलाओं को कुछ स्पर्धाओं में ही भाग लेने की अनुमति थी लेकिन वर्तमान समय में उन्हें पुरुषों के समान ही सभी तरह की स्पर्धाओं में अपना कौशल दिखाने का अवसर मिलता है।

ओलम्पिक एथलेटिक्स में अमेरिका का दबदबा रहा है। उसे यूरोपीय देशों से चुनौती जरूर मिली। हाल के कुछ दशकों में अफ्रीकी देशों जैसे केन्या (30 स्वर्ण सहित 96 पदक) और इथियोपिया (22 स्वर्ण सहित 53 पदक) तथा कैरेबियाई देशों विशेषकर जमैका (22 स्वर्ण सहित 77 पदक) ने एथलेटिक्स में अपनी विशेष पहचान बनायी है। अमेरिका ने ओलम्पिक एथलेटिक्स में अब तक सर्वाधिक 795 पदक जीते हैं जिनमें 332 स्वर्ण पदक भी शामिल हैं। उसके बाद सोवियत संघ (64 स्वर्ण सहित 193 पदक), ग्रेट ब्रिटेन (55 स्वर्ण सहित 205 पदक) और फिनलैंड (48 स्वर्ण सहित 114 पदक) का नम्बर आता है।

फिनलैंड के पाओ नूरमी ओलम्पिक एथलेटिक्स के सबसे सफल एथलीट हैं। लम्बी दूरी के धावक नूरमी ने 1920 से 1928 तक तीन ओलम्पिक खेलों में हिस्सा लिया तथा 9 स्वर्ण सहित कुल 12 पदक जीते। उन्होंने पेरिस ओलम्पिक 1924 में 5 स्वर्ण पदक जीते थे जो किसी एक ओलम्पिक में ट्रैक एवं फील्ड में सर्वश्रेष्ठ प्रदर्शन है। फिनलैंड के विला रितोला (1924), अमेरिका के एल्विन करानजिन (1900), जेसी ओवेन्स (1936), कार्ल लुईस (1984) और नीदरलैंड के फैनी ब्लैंकर्स कोइन (1948) ने भी एक ओलम्पिक में 4-4 स्वर्ण पदक जीतने का कारनामा किया। कार्ल लुईस ने 1984 से लेकर 1996 तक चार ओलम्पिक खेलों में भाग लिया और 9 स्वर्ण पदक सहित 10 पदक जीते। जमैका के फर्राटा के बादशाह उसैन बोल्ट और अमेरिका के रे एवरी ने ओलम्पिक खेलों की एथलेटिक्स में आठ-8 स्वर्ण पदक हासिल किए हैं। अमेरिका की फर्राटा धाविका एलिसन फेलिक्स महिला वर्ग में एथलेटिक्स की रानी हैं। उन्होंने 2004 से लेकर 2016 तक चार ओलम्पिक खेलों में 9 पदक जीते जिसमें 6 स्वर्ण पदक शामिल हैं।

ओलम्पिक एथलेटिक्स में भारत

ओलम्पिक की प्रमुख प्रतियोगिता एथलेटिक्स में भारत का प्रदर्शन अब तक निराशाजनक रहा है। रिकॉर्ड के लिए भारत के नाम पर ओलम्पिक में दो रजत पदक दर्ज हैं लेकिन ये दोनों पदक एंग्लो इंडियन एथलीट नार्मन प्रिचार्ड ने पेरिस ओलम्पिक 1900 में 200 मीटर दौड़ और 200 मीटर बाधा दौड़ में जीते थे। प्रिचार्ड ओलम्पिक में भारत का प्रतिनिधित्व करनेवाले पहले भारतीय थे। वह 1905 में स्थायी तौर पर ब्रिटेन में बस गए थे जहाँ वह अभिनय से जुड़े और बाद में हॉलीवुड की फिल्मों में काम करने के लिए लॉस एंजिल्स चले गए थे। प्रिचार्ड का जन्म 23 जून 1875 को कलकत्ता (अब कोलकाता) में हुआ था। उन्होंने 30 अक्टूबर 1929 को लॉस एंजिल्स में अन्तिम सांस ली थी।

भारत की तरफ से 1900 से 2016 तक एथलेटिक्स में 119 पुरुष और 53 महिला एथलीटों (कुल 172) ने भाग लिया लेकिन प्रिचार्ड को छोड़कर कोई भी पोडियम तक नहीं पहुँच पाया। प्रिचार्ड के बाद फर्राटा धावक पूरमा बनर्जी, लम्बी दूरी के धावक पादेपा चौगुले और सदरशिर दातार ने एंटवर्प ओलम्पिक 1920 में एथलेटिक्स में भारत का प्रतिनिधित्व किया था। ओलम्पिक में भाग लेनेवाले ये मूल भारतीय थे। नीलिमा घोष और मेरी डिसूजा ओलम्पिक में भाग लेनेवाली पहली भारतीय महिला एथलीट थीं। उन्होंने 1952 हेलंसिकी ओलम्पिक में 100 मीटर दौड़ में हिस्सा लिया था। घोष ने 80 मीटर बाधा दौड़ में भी देश का प्रतिनिधित्व किया था। ओलम्पिक एथलेटिक्स में भारतीयों के सर्वश्रेष्ठ प्रदर्शन की बात करें तो उड़न सिख मिल्खा सिंह 1960 रोम ओलम्पिक में पुरुषों की 400 मीटर दौड़ में चौथे स्थान पर रहे थे। उड़नपरी पी.टी. ऊषा ने 1984 लॉस एंजिल्स ओलम्पिक में महिलाओं की 400 मीटर बाधा दौड़ में चौथा स्थान हासिल किया था।

एथलेटिक्स-ट्रैक स्पर्धाएँ

एथलेटिक्स में ट्रैक एवं फील्ड की प्रतियोगिताएँ अक्सर एक ही स्टेडियम में होती हैं। ओलम्पिक या किसी भी बड़े खेल आयोजन में यह मुख्य स्टेडियम होता है। प्रत्येक स्टेडियम में अंडाकार ट्रैक होता है जिसमें फर्राटा, मध्यम दूरी और लम्बी दूरी की दौड़ होती हैं। मैराथन और 20 या 50 किमी. की पैदल चाल को हालाँकि बाहर खुली सड़क पर आयोजित किया जाता है। स्टेडियम में ट्रैक के अन्दर वाले स्थान को 'फील्ड' कहा जाता है जिसमें कूद और फेंकने

की स्पर्धाएँ होती है जैसे लम्बी कूद, गोला फेंक आदि। ट्रैक एवं फील्ड की प्रतियोगिताएँ एक ही समय में साथ-साथ चलती रहती हैं। कुछ ऐसी भी स्पर्धाएँ होती हैं जिनमें ट्रैक एवं फील्ड की दोनों स्पर्धाएँ शामिल होती हैं। जैसे पुरुषों की डेकाथलॉन और महिलाओं की हेप्टाथलॉन।

ट्रैक स्पर्धाओं में 100 मीटर की फर्राटा दौड़ से लेकर 10,000 मीटर, मैराथन और लम्बी दूरी की पैदल चाल शामिल होती हैं। फर्राटा दौड़ में 100 मीटर, 200 मीटर और 400 मीटर, मध्यम दूरी की दौड़ में 800 से 2,000 मीटर की दौड़ जबकि लम्बी दूरी की दौड़ में 3,000 मीटर से 30,000 मीटर और मैराथन शामिल हैं। इसके अलावा बाधा दौड़ होती है जिसमें धावकों को बीच-बीच में बैरियर को पार करना होता है।

दौड़ शुरू होने में धावक या धाविका शुरुआती लाइन पर अपने लेन के पीछे खड़े हो जाते हैं। इसके बाद वे एक घुटने के बल बैठकर दोनों हाथों को लाइन से पीछे रखकर दौड़ के लिए तैयार होते हैं। जैसे ही दौड़ के संकेत (गेट, सेंट, कमांड) मिलते हैं, धावक अपनी घुटने को ऊपर कर लेते हैं और बन्दूक की आवाज के साथ ही तेजी से दौड़ना शुरू कर देते हैं। झुककर शुरुआत यानी क्राउच स्टार्ट का मुख्य उद्देश्य पाँवों को ऐसे स्थान पर रखना होता है जिससे कि धावक सहजता से दौड़ सके। क्राउच स्टार्ट में आगे की ओर गति पर जोर दिया जाता है।

मध्यम दूरी की दौड़ में धावक को शुरू से लेकर आखिर तक एक गति सुनिश्चित करनी होती है। उन्हें तेजी दिखानी होती है ताकि वे कम से कम समय में दौड़ पूरी कर सकें। लम्बी दूरी की दौड़ में शुरू में प्रतिस्पर्धी को धीमी गति से आगे बढ़ना होता है और फिर धीरे-धीरे अपनी गति बढ़ानी होती है। इस तरह की दौड़ में एथलीट का यह सुनिश्चित करना भी जरूरी होता है कि उसके शरीर में पानी की कमी न हो। पानी की कमी से ऐंठन होने पर एथलीट को बीच में ही दौड़ से हटना पड़ सकता है। पैदल चाल में तेजी से चलना होता है लेकिन इसमें एथलीट को यह ध्यान रखना होता है कि उसका जमीन से सम्पर्क नहीं टूटे। कहने का मतलब है जब एथलीट अपना पिछला पैर उठाये तो उसका अगला पाँव जमीन पर होना चाहिए। यही नहीं, आगे वाला पाँव जमीन पर पड़ने से पहले सीधा होना चाहिए।

एथलेटिक्स का आकर्षण है फर्राटा दौड़

एक ऐसी दौड़ जो बमुश्किल 10 सेकेंड में समाप्त हो जाती है लेकिन यह किसी भी खेल प्रतियोगिता का सबसे बड़ा आकर्षण होती है। यह है 100 मीटर की

दौड़ जिस पर दुनिया भर के खेल प्रेमियों की नजर लगी रहती है। 100 मीटर की दौड़ जीतनेवाला दुनिया का सबसे तेज धावक कहलाता है। इस दौड़ में शुरू से ही अपना पूरा दमखम लगाकर सबसे आगे निकलना होता है और आखिर तक उसे बरकरार रखना पड़ता है।

दुनिया भर के लोगों का ध्यान अपनी तरफ खींचनेवाली 100 मीटर की दौड़ 1896 से ही ओलम्पिक खेलों का अहम अंग रही है। अमेरिका के थामस बुर्के ने 1896 ओलम्पिक में 100 मीटर की दौड़ जीती थी। उन्होंने 11.8 सेकेंड में यह दूरी पूरी की थी लेकिन यह तब विश्व रिकॉर्ड नहीं था। अमेरिका के लूथर कैरी ने 4 जुलाई 1891 को 10.8 सेकेंड में यह दूरी नाप ली थी। अमेरिका के ही जिम हाइन्स पहले धावक थे जिन्होंने 10 सेकेंड के अन्दर 100 मीटर की दूरी तय की थी। उन्होंने 1968 में मैक्सिको सिटी ओलम्पिक में 9.95 सेकेंड का समय लेकर नया विश्व और ओलम्पिक रिकॉर्ड बनाया था। अमेरिका के कैल्विन स्मिथ ने 1983 में 9.93 सेकेंड के साथ यह विश्व रिकॉर्ड अपने नाम किया जबकि कार्ल लुईस ने 1988 सियोल ओलम्पिक में 9.92 सेकेंड के साथ नया रिकॉर्ड बनाया था। वर्तमान समय में 100 मीटर का विश्व और ओलम्पिक रिकॉर्ड जमैका के उसैन बोल्ट के नाम पर है। बोल्ट के नाम पर ओलम्पिक में 100 मीटर दौड़ में सर्वाधिक 3 स्वर्ण पदक जीतने का रिकॉर्ड भी है। कार्ल लुईस ने 2 स्वर्ण पदक जीते हैं जबकि अमेरिका के जस्टिन गैटलिन ने 1 स्वर्ण, 1 रजत और 1 कांस्य पदक सहित 3 पदक जीते हैं। महिलाओं में जमैका के शैली एन फ्रेजर प्राइस तथा अमेरिका के व्योमिया टाइस और गेल डेवर्स ने 2-2 स्वर्ण पदक हासिल किए हैं। शैली एन फ्रेजर प्राइस ने 1 कांस्य पदक भी जीता है। अमेरिका ने पुरुष और महिला वर्ग में कुल मिलाकर 25 स्वर्ण सहित 57 पदक जीते हैं। उसके बाद जमैका (6 स्वर्ण सहित 20 पदक) का नम्बर आता है।

ओलम्पिक 100 मीटर में भारत का प्रतिनिधित्व करनेवाले पहले धावक नार्मन प्रिचार्ड थे। अब तक भारत के पुरुष वर्ग में 14 और महिला वर्ग में 5 एथलीटों ने 100 मीटर दौड़ में हिस्सा लिया है लेकिन कोई भी फाइनल में जगह नहीं बना पाया। मास्को ओलम्पिक 1980 के बाद कोई भी भारतीय पुरुष भारतीय धावक 100 मीटर के लिए क्वालीफाई नहीं कर पाया है। महिला वर्ग में दुतीचन्द ने 2016 रियो ओलम्पिक में 100 मीटर में भाग लिया था लेकिन वह पहले दौर में ही 7वें नम्बर पर रहकर बाहर हो गयी थी।

अगर 200 मीटर की बात करें तो यह स्पर्धा 1900 में ओलम्पिक में शामिल हुई जिसमें नार्मन प्रिचार्ड ने रजत पदक जीता था। 100 मीटर की तरफ 200

मीटर में उसैन बोल्ट का दबदबा रहा है। उन्होंने 2008 से 2016 तक इस स्पर्धा में लगातार 3 स्वर्ण पदक जीतकर खिताबी हैट्रिक बनायी थी। महिलाओं के वर्ग में 200 मीटर की स्पर्धा पहली बार 1948 में लन्दन ओलम्पिक में शामिल की गयी थी। अमेरिका ने 200 मीटर दौड़ में पुरुष वर्ग में सर्वाधिक 17 और महिला वर्ग में 6 स्वर्ण पदक जीते हैं। जमैका क्रमश 4 और 3 स्वर्ण के साथ दोनों वर्गों में दूसरे स्थान पर है।

फर्राटा दौड़ में 400 मीटर की दौड़ भी शामिल है जो पहले ओलम्पिक से ही इन खेलों का हिस्सा है। महिलाओं के वर्ग में पुरुषों यह दौड़ 1964 में ओलम्पिक में पहली बार शामिल की गयी है। पुरुषों में अमेरिका के बेन जॉनसन (1996 और 2000) और महिलाओं में फ्रांस की मेरी जोस पेरेक (1992 और 1996) एकमात्र ऐसे एथलीट हैं जिन्होंने ओलम्पिक 400 मीटर में अपने खिताब का बचाव किया है। अमेरिका का इस दौड़ में भी दबदबा रहा है। उसने पुरुष वर्ग में 19 स्वर्ण पदक जीते हैं। महिला वर्ग में फ्रांस 3 स्वर्ण पदक के साथ शीर्ष पर है।

फर्राटा दौड़ के रिकॉर्ड

100 मीटर

पुरुष
विश्व रिकॉर्ड : 9.58 सेकेंड, उसैन बोल्ट (जमैका), 16 अगस्त 2009, बर्लिन
ओलम्पिक रिकॉर्ड : 9.63 सेकेंड, उसैन बोल्ट (जमैका), 05 अगस्त 2012, लन्दन
भारतीय रिकॉर्ड : 10.26 सेकेंड, अमिया कुमार मलिक, 28 अप्रैल 2016, नयी दिल्ली

महिला
विश्व रिकॉर्ड : 10.49 सेकेंड, फ्लोरेंस ग्रिफिथ जॉयनर (अमेरिका), 16 जुलाई 1988, इंडियानापोलिस
ओलम्पिक रिकॉर्ड : 10.62 सेकेंड, फ्लोरेंस ग्रिफिथ जॉयनर (अमेरिका), 24 सितम्बर 1988, सियोल
भारतीय रिकॉर्ड : 11.22 सेकेंड, दुतीचन्द, 11 अक्टूबर 2019, रांची

200 मीटर

पुरुष

विश्व रिकॉर्ड : 19.19 सेकेंड, उसैन बोल्ट (जमैका), 20 अगस्त 2009, बर्लिन

ओलम्पिक रिकॉर्ड : 19.30 सेकेंड, उसैन बोल्ट (जमैका), 20 अगस्त 2008, बीजिंग

भारतीय रिकॉर्ड : 20.63 सेकेंड, मोहम्मद अनस, 15 अगस्त 2018, जाबलोनेक नाद निसोउ (चेक गणराज्य)

महिला

विश्व रिकॉर्ड : 21.34 सेकेंड, फ्लोरेंस ग्रिफिथ जॉयनर (अमेरिका), 29 सितम्बर 1988, सियोल

ओलम्पिक रिकॉर्ड : 21.34 सेकेंड, फ्लोरेंस ग्रिफिथ जॉयनर (अमेरिका), 29 सितम्बर 1988, सियोल

भारतीय रिकॉर्ड : 22.82 सेकेंड, सरस्वती साहा, 28 अगस्त 2002, लुधियाना

400 मीटर

पुरुष

विश्व रिकॉर्ड : 43.03 सेकेंड, वेडे वान नीकर्क (दक्षिण अफ्रीका), 14 अगस्त 2016, रियो डि जेनेरियो

ओलम्पिक रिकॉर्ड : 43.03 सेकेंड, वेडे वान नीकर्क (दक्षिण अफ्रीका), 14 अगस्त 2016, रियो डि जेनेरियो

भारतीय रिकॉर्ड : 45.21 सेकेंड, मोहम्मद अनस, 13 जुलाई 2019, क्लाडनो (चेक गणराज्य)

महिला

विश्व रिकॉर्ड : 47.60 सेकेंड, मार्टिता कोच (जर्मनी), 16 अक्टूबर 1985, कैनबरा

ओलम्पिक रिकॉर्ड : 48.25 सेकेंड, मेरी जोस पेरेक (फ्रांस), 29 जुलाई 1996, अटलांटा

भारतीय रिकॉर्ड : 50.79 सेकेंड, हिमा दास, 26 अगस्त 2018, जकार्ता

मध्यम दूरी की दौड़

मध्यम दूरी की दौड़ में 800 मीटर से 3000 मीटर की स्पर्धाएँ शामिल होती हैं। ओलम्पिक में 800 और 1500 मीटर की दौड़ मध्यम दूरी की दौड़ में शामिल हैं। इसमें 3000 मीटर की स्टीपलचेज को भी रखा जाता है लेकिन हम उसका जिक्र बाधा दौड़ के साथ करेंगे। मध्यम दूरी की दौड़ में शुरू में कम तेजी की जरूरत पड़ती है लेकिन एथलीट को पूरी दौड़ में अपनी गति बनाये रखनी होती है और आखिर में उसे बढ़ाना होता है। मतलब साफ है कि आपको आखिर के लिए भी अपना दमखम बचाकर रखना होगा।

ओलम्पिक की बात करें तो 800 मीटर दौड़ 1896 में भी इन खेलों में शामिल थी लेकिन महिलाओं ने 1928 में पहली बार इस स्पर्धा में भाग लिया था। ब्रिटेन के डगलस लॉव, अमेरिका के मैट वाइटफील्ड, न्यूजीलैंड के पीटर स्नेल और केन्या के डेविड रूडिसा ने ओलम्पिक में इस स्पर्धा में दो-दो बार स्वर्ण पदक जीते हैं। महिला वर्ग में यह कारनामा केवल दक्षिण अफ्रीका की कास्टर सेमेन्या ने किया है। इस दौड़ में भी पुरुष वर्ग में अमेरिका 8 स्वर्ण सहित 21 पदक जीतकर शीर्ष पर है। महिलाओं के वर्ग सोवियत संघ और रूस ने मिलकर 5 स्वर्ण पदक हासिल किए हैं।

दर्शकों के लिए 1500 मीटर की दौड़ भी आकर्षण का केन्द्र रही है और ओलम्पिक में इसे भी 1896 में ही जगह मिल गयी थी। महिलाओं को 1500 मीटर में दौड़ने का मौका बहुत बाद में 1972 में म्यूनिख ओलम्पिक में मिला था। ब्रिटेन के धावकों ने पुरुषों की 1500 मीटर में दबदबा बनाया है। ब्रिटेन ने इस स्पर्धा में 5 स्वर्ण सहित 13 पदक जीते हैं। इनमें सेबेस्टियन को के 1980 और 1984 में जीते गए स्वर्ण पदक भी शामिल हैं। सेबेस्टियन को अभी विश्व एथलेटिक्स के अध्यक्ष हैं और वह अकेले ऐसे पुरुष एथलीट हैं जिन्होंने ओलम्पिक में 1500 मीटर में 2 स्वर्ण पदक हासिल किए हैं। महिलाओं में यह कारनामा सोवियत संघ की तातयाना कजानकिना (1976 और 1980) ने किया है।

मध्यम दूरी की दौड़ के रिकॉर्ड

800 मीटर

पुरुष

विश्व रिकॉर्ड : 1:40.91 (एक मिनट 40.91 सेकेंड) डेविड रूडिसा (केन्या), 09 अगस्त 2012, लन्दन

ओलम्पिक रिकॉर्ड : 1:40.91, डेविड रूडिसा (केन्या), 09 अगस्त 2012, लन्दन

भारतीय रिकॉर्ड : 1:45.65, जिनसन जॉनसन, 27 जून 2018, गुवाहाटी

महिला

विश्व रिकॉर्ड : 1:53.28, जर्मिला क्रातोचविलोवा (चेक गणराज्य), 26 जुलाई 1983, मंचेन (जर्मनी)

ओलम्पिक रिकॉर्ड : 1:53.43, नेदेत्जा ओलिजारेंको (सोवियत संघ), 27 जुलाई 1980, मास्को

भारतीय रिकॉर्ड : 1:59.17, टिंटु लुका, 04 सितम्बर 2010, स्पिलिट (क्रोएशिया)

1500 मीटर

पुरुष

विश्व रिकॉर्ड : 3:26.00, हिचेम अल गुएरोज (मोरक्को), 14 जुलाई 1998, रोम

ओलम्पिक रिकॉर्ड : 3:32.07, नोआह एनगेनी (केन्या), 29 सितम्बर 2000, सिडनी

भारतीय रिकॉर्ड : 3:35.24, जिनसन जॉनसन, 01 सितम्बर 2019, बर्लिन

महिला

विश्व रिकॉर्ड : 3:50.07 गेंजेबे दिबाबा (इथियोपिया), 17 जुलाई 2015, मोनाको

ओलम्पिक रिकॉर्ड : 3:53.96 पाउला इवान (रोमानिया), 01 अक्टूबर 1988, सियोल

भारतीय रिकॉर्ड : 4:06.03, सुनीता रानी, 10 अक्टूबर 2002, बुसान

लम्बी दूरी की दौड़

लम्बी दूरी की दौड़ में ट्रैक रनिंग और रोड रनिंग शामिल हैं। ट्रैक रनिंग में 5,000 मीटर, 10,000 और 20,000 मीटर तो रोड रनिंग में हाफ मैराथन और मैराथन शामिल हैं। हम यहाँ पर 5,000 मीटर, 10,000 मीटर और मैराथन का जिक्र करेंगे क्योंकि लम्बी दूरी की दौड़ में ये तीनों ही ओलम्पिक

का हिस्सा हैं। लम्बी दूरी की कोई भी दौड़ हो उसमें रणनीति अहम होती है क्योंकि इसमें समय का ध्यान रखते हुए आखिर तक दमखम बनाये रखना महत्त्वपूर्ण होता है।

ओलम्पिक में पहले केवल पुरुषों को भाग लेने की अनुमति थी लेकिन अब महिलाएँ भी प्रत्येक दौड़ में समान रूप से भाग लेती हैं। यही वजह है पिछले कुछ दशकों से ओलम्पिक में उन सभी स्पर्धाओं में महिलाएँ भी हिस्सा लेती हैं जिनमें पुरुषों की भागीदारी होती है।

सबसे पहले बात करते हैं 5,000 मीटर दौड़ की जिसमें पुरुषों ने 1912 स्टाकहोम ओलम्पिक से भाग लेना शुरू कर दिया था लेकिन महिलाओं को 1996 में अटलांटा ओलम्पिक में पहली बार मौका मिला था। ब्रिटेन के मोहम्मद फराह 5,000 मीटर दौड़ के स्टार है। उन्होंने 2012 और 2016 ओलम्पिक में इस स्पर्धा में स्वर्ण पदक जीते। फिनलैंड के लेसी वीरेन (1972-1976) ने उनसे पहले 5,000 मीटर में 2 स्वर्ण पदक जीते थे। फिनलैंड का इस दौड़ में दबदबा रहा और उसने 6 स्वर्ण सहित 12 पदक जीते हैं। महिलाओं में इथियोपिया ने 3 स्वर्ण सहित 8 पदक 5,000 मीटर दौड़ में जीते हैं। इथियोपिया की मेसर डेफार 2 स्वर्ण पदक सहित 3 पदक इस स्पर्धा में हासिल किए हैं।

फिनलैंड के एथलीटों ने 5,000 मीटर की तरह 10,000 मीटर में भी अपना दबदबा जमाया है। फिनलैंड ने 1912 से ओलम्पिक का हिस्सा बनी 10,000 मीटर दौड़ के पुरुष वर्ग में 7 स्वर्ण सहित 15 पदक जीते हैं। उसके बाद इथियोपिया (5 स्वर्ण सहित 14 पदक) का नम्बर आता है। फिनलैंड के पावो नूरमी और लेसी वीरेन, इथियोपिया के हेल गैब्रिसेलासी और केनेनिसा बेकले और चेकोस्लोवाकिया के एमिल जाटोपेक ने 2-2 स्वर्ण जीते हैं। इथियोपिया की देराती टुलु और तिरूनेस दिबाबा ने महिला वर्ग में यह कमाल दिखाया है। महिलाओं ने 10,000 मीटर में पहली बार 1988 में सियोल ओलम्पिक में भाग लिया था तथा इथियोपिया की धाविकाओं ने अब तक आठ ओलम्पिक में से पाँच बार खिताब जीता है।

मैराथन रोड पर होनेवाली ओलम्पिक की एकमात्र स्पर्धा है जो आकर्षण का केन्द्र होती। मैराथन में कुल 42.195 किमी. की दूरी तय करनी होती है। मैराथन में शारीरिक और मानसिक फिटनेस की परीक्षा होती है इसलिए इसका अलग रोमांच होता है। मैराथन 1896 से ही ओलम्पिक का हिस्सा है लेकिन महिलाओं ने इस दौड़ में 1984 में लास एंजिल्स ओलम्पिक से भाग लेना शुरू

किया था। इथियोपिया के अबेबे बिकिला ने 1960 और 1964 में लगातार दो ओलम्पिक में मैराथन जीती थी। पूर्वी जर्मनी का प्रतिनिधित्व करनेवाले व्लादीमर क्लेरपिन्स्की ने 1976 और 1980 में यह कारनामा किया था। इथियोपिया ने पुरुष मैराथन में 4 स्वर्ण सहित 8 पदक जीते हैं। अमेरिका और फ्रांस ने भी 3-3 स्वर्ण पदक हासिल किए हैं। महिला मैराथन में जापान और इथियोपिया ने 2-2 स्वर्ण पदक जीते हैं।

लम्बी दूरी की दौड़ के रिकॉर्ड

5000 मीटर

पुरुष

विश्व रिकॉर्ड : 12:35.36, जोशुआ चेपटेगेई (युगांडा), 14 अगस्त 2020, मोनाको
ओलम्पिक रिकॉर्ड : 12:57.82, केनेनिसा बेकले (इथियोपिया), 23 अगस्त 2008, बीजिंग
भारतीय रिकॉर्ड : 13:29.70, बहादुर प्रसाद, 27 जून 1992, बर्मिंघम

महिला

विश्व रिकॉर्ड : 14:06.62, लेटिजिनबिट गिडी (इथियोपिया), 07 अक्टूबर 2020, वेलेंसिया
ओलम्पिक रिकॉर्ड : 14:26.17, विवियन जेपकेमोइ चेरूयोट (केन्या) 19 अगस्त 2016, रियो डि जेनेरियो
भारतीय रिकॉर्ड : 15:15.89, प्रीजा श्रीधरन, 26 नवम्बर 2010, ग्वांग्झू

10,000 मीटर

पुरुष

विश्व रिकॉर्ड : 26:11.00, जोशुआ चेपटेगेई (युगांडा), 07 अक्टूबर 2020, वेलेंसिया
ओलम्पिक रिकॉर्ड : 27:01.17, केनेनिसा बेकले (इथियोपिया), 17 अगस्त 2008, बीजिंग
भारतीय रिकॉर्ड : 28:02.89, सुरेन्द्र सिंह कुमार, 12 जुलाई 2008, विगो (स्पेन)

महिला

विश्व रिकॉर्ड : 29:17.45, अलमाज अयाना (इथियोपिया), 12 अगस्त 2016, रियो डि जेनेरियो

ओलम्पिक रिकॉर्ड : 29:17.45, अलमाज अयाना (इथियोपिया), 12 अगस्त 2016, रियो डि जेनेरियो

भारतीय रिकॉर्ड : 31:50.47, प्रीजा श्रीधरन, 21 नवम्बर 2010, ग्वांग्झू

मैराथन

पुरुष

विश्व रिकॉर्ड : 2:01:39 (2 घंटे, 01 मिनट 39 सेकेंड), इलियुड किपचोगे (केन्या), 16 सितम्बर 2018, बर्लिन

ओलम्पिक रिकॉर्ड : 2:06:32, सैमुअल कमाउ वानजिरू (केन्या), 24 अगस्त 2008, बीजिंग

भारतीय रिकॉर्ड : 2:12.00, शिवनाथ सिंह, 28 मई 1978, जालंधर

महिला

विश्व रिकॉर्ड : 2:14:04, ब्रिगिड कोसगेई (केन्या), 13 अक्टूबर 2019, शिकागो

ओलम्पिक रिकॉर्ड : 2:23:07, तिकी गेलेना (इथियोपिया) 05 अगस्त 2012, लन्दन

भारतीय रिकॉर्ड : 2:34:43, ओ पी जैशा, 30 अगस्त 2015, बीजिंग

पैदल चाल

पैदल चाल ट्रैक या सड़क कहीं पर भी आयोजित की जाती रही है। यह दौड़ से भिन्न है और इसमें प्रतिभागी को एक पाँव हमेशा जमीन पर रखना होता है। मतलब उसका जमीन से सम्पर्क नहीं टूटना चाहिए। अगर ऐसा होता है तो प्रतिभागी को चेतावनी मिलती है और फिर उसे स्पर्धा से बाहर भी किया जा सकता है। पैदल चाल के मुकाबलों में 10 निर्णायक होते हैं जो किसी एथलीट की गलती पर पीला कार्ड दिखाते हैं। दूसरी गलती पर लाल कार्ड दिखाया जाता है। अगर किसी एथलीट को तीन लाल कार्ड मिल जाते हैं तो उसे बाहर कर दिया जाता है। इसमें आप तेज गति से चल सकते हैं लेकिन दौड़ नहीं सकते। दौड़ने

पर एथलीट को अयोग्य घोषित कर दिया जाता है। पैदल चाल में प्रतिभागी मुख्य लाइन पर खड़े होते हैं। उन्हें नीचे हाथ नहीं रखने होते हैं। पुरुष 20 किमी. और 50 किमी. की पैदल चाल में हिस्सा लेते हैं जबकि महिलाएँ केवल 20 किमी. की पैदल चाल में भाग लेती हैं।

ओलम्पिक में पैदल चाल पहली बार 1908 में लन्दन ओलम्पिक में शामिल की गयी थी। तब पुरुषों के वर्ग में 3500 मीटर और 10 मील पैदल चाल की स्पर्धाएँ आयोजित की गयी थीं। इसके चार साल बाद 1912 ओलम्पिक में 10 किमी. पैदल चाल का आयोजन किया गया। लास एंजिल्स ओलम्पिक 1932 में पहली बार 50 किमी. जबकि मेलबर्न ओलम्पिक 1956 में 20 किमी. पैदल चाल इन खेलों का हिस्सा बनी। अब ये दोनों ओलम्पिक का मुख्य आकर्षण हैं। महिलाओं की 20 किमी. पैदल चाल सिडनी ओलम्पिक 2000 से शुरू की गयी लेकिन इससे पहले 1992 बार्सिलोना में महिला वर्ग में 10 किमी. पैदल चाल जोड़ी गयी थी जो 1996 तक कायम रही।

पुरुषों की 20 किमी. पैदल चाल में सोवियत संघ के व्लोदोमीर होलुबनिची ने 1960 से 1972 तक 2 स्वर्ण सहित 4 पदक जीते। इस स्पर्धा में सोवियत रूस (सोवियत संघ और रूस) ने मिलकर 4 स्वर्ण सहित 12 पदक जीते हैं। पुरुषों की 50 किमी. पैदल चाल में पोलैंड के राबर्ट कोर्जिनियोवस्की बादशाह हैं। उन्होंने 1996 से लेकर 2004 तक लगातार तीन ओलम्पिक में स्वर्ण पदक जीते। पोलैंड के अलावा ब्रिटेन और इटली के एथलीटों ने भी 3-3 स्वर्ण पदक जीते हैं। पैदल चाल में भारत की बात करें तो 20 किमी. में नौ भारतीयों ने हिस्सा लिया है जिसमें से केटी इरफान लन्दन ओलम्पिक 2012 में 10वें स्थान पर रहे थे जो भारतीयों में सर्वश्रेष्ठ है जबकि 50 किमी. पैदल चाल में जिन पाँच भारतीयों ने भाग लिया है उनमें 1960 रोम ओलम्पिक में जोरा सिंह आठवें स्थान पर आये थे।

पैदल चाल के रिकॉर्ड

20 किमी. पैदल चाल

पुरुष

विश्व रिकॉर्ड : 1:16:36 (एक घंटा, 16 मिनट, 36 सेकेंड), युसुके सुजुकी (जापान), 15 मार्च 2015, नोमी (जापान)

ओलम्पिक रिकॉर्ड : 1:18:46, डिंग चेन (चीन), 04 अगस्त 2012, लन्दन
भारतीय रिकॉर्ड : 1:20:21, केटी इरफान, 04 अगस्त 2012, लन्दन—देवेंदर सिंह, 20 मार्च 2016, नोमी (जापान)

महिला
विश्व रिकॉर्ड : 1:24:38, होंग लियु (चीन), 06 जून 2015, लॉ कोरूना (स्पेन)
ओलम्पिक रिकॉर्ड : 1:25:02, येलेना लशमानोवा (रूस), 11 अगस्त 2012, लन्दन
भारतीय रिकॉर्ड : 1:31:29, बेबी सौम्या, 18 फरवरी 2018, नयी दिल्ली

50 किमी. पैदल चाल (पुरुष)

विश्व रिकॉर्ड : 3:32:33, योहान डिनिज (फ्रांस), 15 अगस्त 2014, ज्यूरिख
ओलम्पिक रिकॉर्ड : 3:36:53, जेरेड टैलेंट (आस्ट्रेलिया), 11 अगस्त 2012, लन्दन
भारतीय रिकॉर्ड : 3:55:59, संदीप कुमार, 18 फरवरी 2017, नयी दिल्ली

बाधा दौड़ और स्टीपलचेज

बाधा दौड़ जैसा नाम है वैसी ही दौड़ भी है। इसमें एथलीट को निश्चित दूरी पर रखी गयी बाधाओं को पार करना होता है। बाधा दौड़ का आयोजन 1850 के आसपास ब्रिटेन में किया जाने लगा था। बाधा दौड़ भी फर्राटा दौड़ की तरह ट्रैक पर होती है जिसमें एथलीट को अपनी तेज गति बनाये रखते हुए बाधाएँ भी पार करनी होती हैं। किसी भी एथलीट को उन बाधाओं पर स्पर्श होने से बचना चाहिए और इस बीच अपनी लेन से बाहर भी नहीं निकलना चाहिए। इन बाधाओं को पार करके जो एथलीट सबसे पहले फिनिश लाइन पर पहुँचता है वह विजेता बनता है। बाधाओं की दूरी दौड़, उम्र और लिंग पर निर्भर करती है। पुरुषों में 110 और 400 मीटर जबकि महिलाओं में 100 और 400 मीटर की बाधा दौड़ का आयोजन किया जाता है।

ओलम्पिक में 110 मीटर की बाधा दौड़ 1896 से ही इन खेलों का हिस्सा है जबकि 400 मीटर बाधा दौड़ इसके चार साल बाद से शुरू हो गयी थी। पेरिस ओलम्पिक 1900 में 200 मीटर की बाधा दौड़ भी शामिल थी जिसमें भारत का प्रतिनिधित्व करनेवाले नार्मन प्रिचार्ड ने रजत पदक जीता था। महिलाओं

को ओलम्पिक में बाधा दौड़ का हिस्सा बनने के लिए इन्तजार करना पड़ा। महिलाओं के लिए 1932 में 80 मीटर की बाधा दौड़ जोड़ी गयी जो 1972 में 100 मीटर की कर दी गयी। महिलाओं की 400 मीटर की बाधा दौड़ पहली बार 1984 लास एंजिल्स ओलम्पिक में शामिल की गयी थी। तब भारत की पी.टी. ऊषा मामूली अन्तर से इस दौड़ में पदक जीतने से चूक गयी थी।

पुरुषों की 110 मीटर बाधा दौड़ में अमेरिका के ली कैलहोन और रोजर किंगडम ने 2-2 स्वर्ण पदक जीते हैं। इस दौड़ में अमेरिका का दबदबा भी रहा है। उसके नाम पर इस स्पर्धा में 19 स्वर्ण सहित 56 पदक दर्ज हैं। भारत के गुरबचन सिंह रंधावा 1964 में इस दौड़ में पाँचवें स्थान पर रहे थे। महिलाओं की 100 मीटर बाधा दौड़ में भी अमेरिका ने 3 स्वर्ण सहित 9 पदक जीते हैं। पुरुषों की 400 मीटर बाधा दौड़ में अमेरिका का दबदबा देखने को मिला है और उसने 18 स्वर्ण सहित 40 पदक अब तक अपने नाम किए हैं। अमेरिका के एडविन मोजेस, ग्लेन डेविस और एंजेलो टेलर तथा डोमिनिका गणराज्य के फेलिक्स सांजेच ने ओलम्पिक 400 मीटर बाधा दौड़ में 2-2 स्वर्ण पदक जीते हैं। महिलाओं की 400 मीटर बाधा दौड़ में अमेरिका ने 9 पदक जीते हैं लेकिन उनमें केवल 1 स्वर्ण शामिल है। जमैका और रूस की एथलीटों ने 2-2 स्वर्ण पदक जीते हैं।

बाधा दौड़ जहाँ छोटी दूरी में आयोजित की जाती है वहीं लम्बी दूरी में स्टीपलचेज की दौड़ होती हैं। इनमें सबसे अधिक लोकप्रिय 3000 मीटर स्टीपलचेज है जो ओलम्पिक का भी हिस्सा है। इसमें 28 बाधाओं को उछलकर और पानी की 7 बाधाओं को कूद कर पार करना होता है। प्रत्येक एथलीट के लिए हर बाधा और पानी को कूदकर पार करना अनिवार्य होता है। प्रत्येक दौड़ में फिनिश लाइन पर शरीर का मुख्य भाग (केवल सिर, हाथ या पाँव नहीं) पार होने पर ही दौड़ पूरी मानी जाती है।

ओलम्पिक में 3000 मीटर स्टीपलचेज दौड़ पुरुष वर्ग में 1920 एंटवर्प में शामिल कर दी गयी थी लेकिन महिलाओं को इस दौड़ का हिस्सा बनने के लिए लम्बा इन्तजार करना पड़ा। महिलाओं की 3000 मीटर स्टीपलचेज पहली बार 2008 में बीजिंग ओलम्पिक में शामिल की गयी थी। पुरष वर्ग में फिनलैंड के वालमारी इसो होलो और केन्या के इजेकेल केम्बोई ने 2-2 स्वर्ण पदक हासिल किए हैं। केन्या ने इस दौड़ में दबदबा बनाया है। उसके नाम पर 11 स्वर्ण सहित 22 पदक दर्ज हैं। महिलाओं के वर्ग में भारत की ललिता बाबर 2016 रियो डि जेनेरियो में 10वें स्थान पर रही थी।

बाधा दौड़ और स्टीपलचेज के रिकॉर्ड

110 मीटर बाधा दौड़ (पुरुष)

विश्व रिकॉर्ड : 12.80 सेकेंड, एराइज मेरिट (अमेरिका), 07 सितम्बर 2012, ब्रूसेल्स

ओलम्पिक रिकॉर्ड : 12.91 सेकेंड, झियांग लियु (चीन), 27 अगस्त 2004, एथेंस

भारतीय रिकॉर्ड : 13.48 सेकेंड, सिद्धार्थ थिंगालया, 10 जून 2017, मेसा (अमेरिका)

100 मीटर बाधा दौड़ (महिला)

विश्व रिकॉर्ड : 12.20 सेकेंड, केंड्रा हैरिसन (अमेरिका), 22 जुलाई 2016, लन्दन

ओलम्पिक रिकॉर्ड : 12.35 सेकेंड, सैली पियर्सन (आस्ट्रेलिया), 07 अगस्त 2012, लन्दन

भारतीय रिकॉर्ड : 13.38 सेकेंड, अनुराधा बिस्वाल, 08 सितम्बर 2002, नयी दिल्ली

400 मीटर बाधा दौड़

पुरुष

विश्व रिकॉर्ड : 46.78 सेकेंड, केविन यंग (अमेरिका), 06 अगस्त 1992, बार्सिलोना

ओलम्पिक रिकॉर्ड : 46.78 सेकेंड, केविन यंग (अमेरिका), 06 अगस्त 1992, बार्सिलोना

भारतीय रिकॉर्ड : 48.80 सेकेंड, अयासामी धारुन, 16 मार्च 2019, पटियाला

महिला

विश्व रिकॉर्ड : 52.16 सेकेंड, डलिलाह मोहम्मद (अमेरिका), 04 अक्टूबर 2019, दोहा

ओलम्पिक रिकॉर्ड : 52.64 सेकेंड, मेलेनी वॉकर (जमैका), 20 अगस्त 2008, बीजिंग

भारतीय रिकॉर्ड : 55.42 सेकेंड, पी.टी. ऊषा, 08 अगस्त 1984, लॉस एंजिल्स

3000 मीटर स्टीपलचेज

पुरुष

विश्व रिकॉर्ड : 7:53.63 (सात मिनट 53.63 सेकेंड) सैफ सईद शाहीन (कतर), 03 सितम्बर 2004, ब्रूसेल्स
ओलम्पिक रिकॉर्ड : 8:03.28, कॉन्सिलस किपरुतो (केन्या), 17 अगस्त 2016, रियो डि जेनेरियो
भारतीय रिकॉर्ड : 8:21.37, अविनाश मुकुंद साबले, 04 अक्टूबर 2019, दोहा

महिला

विश्व रिकॉर्ड : 8:44.32, बीटराइस चेपकोइच (केन्या), 20 जुलाई 2018, मोनाको
ओलम्पिक रिकॉर्ड : 8:58.81, गुलनारा समितोवा गालकिना (रूस), 17 अगस्त 2008, बीजिंग
भारतीय रिकॉर्ड : 9:19.76, ललिता बाबर, 13 अगस्त 2016, रियो डि जेनेरियो।

रिले दौड़ (रिले रेस)

रिले दौड़ (रिले रेस) भी ट्रैक स्पर्धा है जिसमें चार धावक भाग लेते हैं। रिले रेस अमूमन कम दूरी यानी फर्राटा दौड़ में आयोजित की जाती है। इसमें एक टीम में चार धावक-धाविका होती हैं। एक धावक अपनी दौड़ पूरी करने के बाद अगले धावक को बैटन सौंपता है। यह क्रम आखिरी धावक तक चलता है जो आखिर में फिनिश लाइन तक पहुँचता है। बैटन प्लास्टिक या लकड़ी का बना होता है। एथलेटिक्स में दो मानक रिले दौड़ शामिल हैं 4×100 मीटर और 4×400 मीटर। ओलम्पिक में यही रिले दौड़ शामिल हैं। 4×200, 4×800 और 4×1500 मीटर भी रिले का आयोजन होता है लेकिन ये लोकप्रिय नहीं हैं और ओलम्पिक का भी हिस्सा नहीं हैं। अब मिश्रित रिले दौड़ भी आयोजित की जा रही है जिसमें दो पुरुष और दो महिला एथलीट भाग लेते हैं। 4×400 मीटर मिश्रित रिले दौड़ टोक्यो ओलम्पिक के कार्यक्रम में शामिल है। ओलम्पिक में पहली बार मिश्रित

रिले दौड़ का आयोजन होगा। रिले दौड़ सबसे पहले 1883 में अमेरिका में आयोजित की गयी थी।

ओलम्पिक में रिले दौड़ का आयोजन पहली बार 1912 में स्टाकहोम में किया गया था। तब पहली बार पुरुष वर्ग में 4×100 मीटर और 4×400 मीटर दौड़ का आयोजन किया गया था। महिलाओं के वर्ग में 4×100 मीटर दौड़ 1928 में एम्सटर्डम ओलम्पिक में शुरू हो गयी थी लेकिन 4×400 मीटर की दौड़ में महिलाएँ पहली बार 1972 में म्यूनिख में दौड़ी थीं। ओलम्पिक में इन दोनों दौड़ में अमेरिका का दबदबा रहा है।

अमेरिका ने 4×100 मीटर दौड़ के पुरुष वर्ग में 15 स्वर्ण सहित 17 पदक जबकि महिला वर्ग में 11 स्वर्ण सहित 15 पदक जीते हैं। अमेरिका के फ्रैंक वीकॉफ ने पुरुष वर्ग में जबकि इवलिन ऐशफोर्ड ने महिला वर्ग में 3-3 स्वर्ण पदक जीतने में मदद की है। इसी तरह से 4×400 मीटर दौड़ में भी अमेरिका ने पुरुष वर्ग में 17 स्वर्ण सहित 20 पदक और महिला वर्ग में 7 स्वर्ण सहित 11 पदक जीते हैं। महिला वर्ग में अमेरिका की सान्या रिचड्र्स रोस और एलिसन फेलिक्स ने 3-3 स्वर्ण पदक अपने नाम किए हैं। जहाँ तक भारत के प्रदर्शन का सवाल है तो भारतीय पुरुष या महिला टीमें उल्लेखनीय प्रदर्शन नहीं कर पायी हैं। भारत की महिला टीम 4×400 मीटर दौड़ में 1984 और 2004 में सातवें स्थान पर रही थी।

रिले दौड़ के रिकॉर्ड

4×100 मीटर रिले

पुरुष

विश्व रिकॉर्ड : 36.84 सेकेंड, जमैका, 11 अगस्त 2012, लन्दन
ओलम्पिक रिकॉर्ड : 36.84 सेकेंड, जमैका, 11 अगस्त 2012, लन्दन
भारतीय रिकॉर्ड : 38.89 सेकेंड, 12 अक्टूबर 2010, नयी दिल्ली

महिला

विश्व रिकॉर्ड : 40.82 सेकेंड, अमेरिका, 10 अगस्त 2012, लन्दन
ओलम्पिक रिकॉर्ड : 40.82 सेकेंड, अमेरिका, 10 अगस्त 2012, लन्दन
भारतीय रिकॉर्ड : 43.42 सेकेंड, 04 जुलाई 2016, अलमाटी (कजाखस्तान)

4×400 मीटर रिले

पुरुष
विश्व रिकॉर्ड : 2:54.29, अमेरिका, 22 अगस्त 1993, स्टुटगार्ट
ओलम्पिक रिकॉर्ड : 2:55.39, अमेरिका, 23 अगस्त 2008, बीजिंग
भारतीय रिकॉर्ड : 3:00.91, 10 जुलाई 2016, बेंगलुरू

महिला
विश्व रिकॉर्ड : 3:15.17, सोवियत संघ, 01 अक्टूबर 1988, सियोल
ओलम्पिक रिकॉर्ड : 3:15.17, सोवियत संघ, 01 अक्टूबर 1988, सियोल
भारतीय रिकॉर्ड : 3:26.89, 27 अगस्त 2004, एथेंस

फील्ड स्पर्धाएँ

एथलेटिक्स की ट्रैक स्पर्धाओं में अगर दौड़ना शामिल है तो फील्ड स्पर्धाओं में कूदने और फेंकने में खिलाड़ी अपना दमखम दिखाते हैं। इसमें ऊँची कूद, लम्बी कूद, त्रिकूद, बांस कूद यानी पोल वॉल्ट, भाला फेंक, गोला फेंक, चक्का फेंक, तार गोला फेंक यानी हैमर थ्रो शामिल हैं। स्टेडियम में ट्रैक के अन्दर निर्धारित स्थलों पर ये स्पर्धाएँ चलती रहती हैं। इन सभी में किसी एथलीट के दमखम और ताकत के साथ कौशल की भी परीक्षा होती है। ऊँची कूद और पोल वॉल्ट में एक निश्चित ऊँचाई पर लगे क्रासबार को पार करना होता है। इसके बाद इसे क्रमिक रूप से ऊपर बढ़ाया जाता है। आखिरी खिलाड़ी बचने तक ऐसा किया जाता है। लम्बी कूद, त्रिकूद में कोई निश्चित दूरी नहीं होती है। एथलीट को एक निश्चित स्थान से कूदना पड़ता है और कूद पूरी होने पर उसका जो भी हिस्सा पीछे रहेगा उसके आधार पर दूरी माप दी जाती है। फेंकनेवाली स्पर्धाओं में भी एथलीट एक निश्चित लाइन से भाला, गोला, चक्का या तारगोला को अधिक-से-अधिक दूरी तक पहुँचाने की कोशिश करता है।

ऊँची कूद, लम्बी कूद, त्रिकूद, पोल वॉल्ट, गोला फेंक और चक्का फेंक 1896 से ही ओलम्पिक का हिस्सा हैं। तार गोला फेंक 1900 में और भाला फेंक 1908 में ओलम्पिक में शामिल किए गए। इनमें से अधिकतर स्पर्धाओं में शुरू से अमेरिका ने अपना दबदबा बनाये रखा।

ऊँची कूद में अमेरिका 13 स्वर्ण सहित 35 पदक लेकर शीर्ष पर है। महिला वर्ग में वह हालाँकि 4 स्वर्ण सहित 9 पदक ही जीत पाया है। जर्मनी

की उलरिक मेफार्थ और रोमानिया की इयोलांडा ब्लास ने महिला वर्ग में 2-2 स्वर्ण पदक जीते हैं।

लम्बी कूद में अमेरिका के कार्ल लुईस का जवाब नहीं जिन्होंने 1984 से 1996 तक लगातार चार ओलम्पिक में इस स्पर्धा में अपना परचम लहराया। वह पुरुष वर्ग में एकमात्र एथलीट हैं जिन्होंने लम्बी कूद में एक से अधिक स्वर्ण पदक जीते हैं। जर्मनी की हीकी ड्रेसलर ने महिला वर्ग में 2 स्वर्ण पदक लम्बी कूद में अपने नाम किए हैं। अमेरिका ने लम्बी कूद में दोनों वर्गों में 25 स्वर्ण सहित 56 पदक जीते हैं।

सोवियत रूस के सर्गेई बुबका को एक समय पोल वॉल्ट का पर्याय माना जाता था लेकिन ओलम्पिक में उन्होंने केवल 1 स्वर्ण पदक (1988, सियोल) जीता है। वह अमेरिका के बॉब रिचड्र्स हैं जिन्होंने ओलम्पिक पोल वॉल्ट में 2 स्वर्ण पदक सहित 3 पदक जीतने का कारनामा किया है। महिलाओं में यही कमाल रूस की येलेना इसिनबायेवा ने किया है। अमेरिका ने दोनों वर्गों में 21 स्वर्ण सहित 50 पदक जीते हैं। स्वाभाविक है कि ओलम्पिक में उसने लम्बे समय तक बांस कूद में भी अपना दबदबा बनाये रखा। बांस कूद में एथलीट एक बांस के सहारे क्रॉस बार को पार करता है और इसमें बेहतर कौशल और नियंत्रण की जरूरत पड़ती है।

अमेरिका ने त्रिकूद में भी 8 स्वर्ण सहित 18 पदक जीते हैं लेकिन इसमें अन्य देशों जैसे सोवियत संघ (अब रूस), स्वीडन, जापान आदि ने भी उसे चुनौती पेश की है। सोवियत संघ के विक्टर सानेयेव ने तो 3 स्वर्ण पदक त्रिकूद में जीते हैं। महिलाओं में कैमरून की फ्रांकोइस मबांगो इटोन ने 2 स्वर्ण पदक अपने नाम किए हैं।

गोला फेंक में पूरी ताकत से गोले को अधिक-से-अधिक दूर तक फेंकना पड़ता है। पुरुष वर्ग के लिए गोले का वजन 7.26 किग्रा. और महिलाओं के लिए 4 किग्रा. होता है। गोला फेंक में अमेरिका के राल्फ रोज और पेरी ओ ब्रायन तथा महिलाओं में न्यूजीलैंड की वालेरी एडम्स और सोवियत संघ की तमारा प्रेस ऐसे एथलीट हैं जिन्होंने 2-2 स्वर्ण पदक जीते हैं। अमेरिका हालाँकि पुरुष वर्ग में 18 स्वर्ण सहित 50 पदक लेकर शीर्ष पर है जबकि महिलाओं में सोवियत रूस ने 6 स्वर्ण सहित 15 पदक जीते हैं।

चक्का फेंक में एक प्लेट के आकार की धातु को फेंकना पड़ता है। पुरुषों के लिए इसका वजन 2 किग्रा. जबकि महिलाओं के लिए 1 किग्रा. होता है। यह प्राचीन ओलम्पिक की भी लोकप्रिय स्पर्धा थी। चक्का फेंक के लिए खिलाड़ी को एक रिंग के अन्दर खड़ा होना होता है और वहीं पर तेजी से घूमकर चक्का

फेंकना होता है। चक्का फेंक में अमेरिका के अल ओर्टर का जवाब नहीं जिन्होंने 1956 से 1968 तक लगातार चार ओलम्पिक में स्वर्ण पदक जीते। उनके इस प्रदर्शन से अमेरिका 13 स्वर्ण सहित 35 पदक लेकर इस स्पर्धा में भी शीर्ष पर है। महिला वर्ग में सोवियत रूस ने 5 स्वर्ण सहित 12 पदक हासिल किए हैं। भारत के विकास गौड़ा लन्दन ओलम्पिक 2012 में पुरुषों के चक्का फेंक में आठवें स्थान पर रहे थे। उन्होंने 2004 से लेकर 2016 तक लगातार चार ओलम्पिक में हिस्सा लिया।

हैमर थ्रो यानी तार गोला फेंक में भी गोला फेंक जैसा ही धातु से बनी गेंद का उपयोग किया जाता है, जो 1.21 मीटर लम्बी स्टील की तार से जुड़ी होती है। पूरे तारगोला का वजन 7.26 किग्रा. होता है। एथलीट दोनों हाथों से तार को पकड़ता है और सर्किल में कई बार घूमकर तेजी से उसे फेंकता है। अमेरिका के जॉन फ्लैनगन ने शुरू में इस स्पर्धा में धूम मचायी थी। उन्होंने 1900 से 1908 तक तारगोला फेंक में खिताबी हैट्रिक पूरी की थी। अमेरिका (7 स्वर्ण), सोवियत रूस (6 स्वर्ण) और हंगरी (5 स्वर्ण) ने इसमें एक दूसरे को कड़ी चुनौती दी है। महिला वर्ग में पोलैंड की अनिता ब्लोडाचेक का जवाब नहीं। ओलम्पिक में 2 स्वर्ण पदक जीतनेवाली इस एथलीट के नाम पर विश्व और ओलम्पिक दोनों रिकॉर्ड दर्ज हैं।

भाला फेंक में भाला लकड़ी या धातु का बना होता है जिसकी लम्बाई पुरुषों के लिए 260 सेमी. और महिलाओं के लिए 220 सेमी. होती है। इसके आगे वाला हिस्सा नुकीला होता। एथलीट बीच के हिस्से में पकड़ बनाकर हाथ को ऊपर ले जाकर जोर से इसे फेंकता है। भाला फेंक के दिग्गजों में चेक गणराज्य के जान जेलेजनी का नाम आता है जिन्होंने ओलम्पिक में 3 स्वर्ण पदक जीते हैं। फिनलैंड ने हालाँकि इस स्पर्धा के पुरुष वर्ग में सर्वाधिक 7 स्वर्ण सहित 22 पदक जीते हैं। महिला वर्ग में भी भाला फेंक में यूरोपीय देशों का ही दबदबा रहा है।

फील्ड स्पर्धाओं के रिकॉर्ड

ऊँची कूद

पुरुष

विश्व रिकॉर्ड : 2.45 मीटर, जेवियर सोटोमेयर (क्यूबा), 27 जुलाई 1993, सेलेमांका (स्पेन)

ओलम्पिक रिकॉर्ड : 2.39 मीटर, चार्ल्स आस्टिन (अमेरिका), 28 जुलाई 1996, अटलांटा

भारतीय रिकॉर्ड : 2.29 मीटर, तेजस्विन शंकर, 27 अप्रैल 2018, लुबॉक (अमेरिका)

महिला

विश्व रिकॉर्ड : 2.09 मीटर, स्टेफका कोस्तादिनोवा (बुल्गारिया), 30 अगस्त 1987, रोम

ओलम्पिक रिकॉर्ड : 2.06 मीटर, येलेना सलेसारेंको (रूस), 28 अगस्त 2004, एथेंस

भारतीय रिकॉर्ड : 1.92 मीटर, सहाना कुमारी, 23 जून 2012, हैदराबाद

लम्बी कूद

पुरुष

विश्व रिकॉर्ड : 8.95 मीटर, माइक पॉवेल (अमेरिका), 30 अगस्त 1991, टोक्यो

ओलम्पिक रिकॉर्ड : 8.90 मीटर, बॉब बीमन (अमेरिका), 18 अक्टूबर 1968, मैक्सिको सिटी

भारतीय रिकॉर्ड : 8.20 मीटर, श्रीलंकर मुरली, 27 सितम्बर 2018, भुवनेश्वर

महिला

विश्व रिकॉर्ड : 7.52 मीटर, गैलिना चिस्तायाकोवा (सोवियत संघ), 11 जून 1988, लेनिनग्राद

ओलम्पिक रिकॉर्ड : 7.40 मीटर, जैकी जॉयनर कर्सी (अमेरिका), 29 सितम्बर 1988, सियोल

भारतीय रिकॉर्ड : 6.83 मीटर, अंजू बॉबी जार्ज, 27 अगस्त 2004, एथेंस

पोल वॉल्ट (बांस कूद)

पुरुष

विश्व रिकॉर्ड : 6.18 मीटर, अर्मांड डुप्लानटिस (स्वीडन), 15 फरवरी 2020, ग्लास्गो

ओलम्पिक रिकॉर्ड : 6.03 मीटर, थियागो ब्राज (ब्राजील), 15 अगस्त 2016, रियो डि जेनेरियो

भारतीय रिकॉर्ड : 5.30 मीटर, सुब्रामणि सिवा, 19 सितम्बर 2018, बेंगलुरू

महिला

विश्व रिकॉर्ड : 5.06 मीटर, येलेना इसिनबायेवा (रूस), 28 अगस्त 2009, ज्यूरिख

ओलम्पिक रिकॉर्ड : 5.05 मीटर, येलेना इसिनबायेवा (रूस), 18 अगस्त 2008, बीजिंग

भारतीय रिकॉर्ड : 4.15 मीटर, वी.एस. सुरेखा, 04 नवम्बर 2014, नयी दिल्ली

त्रिकूद

पुरुष

विश्व रिकॉर्ड : 18.29 मीटर, जॉनाथन एडवड्र्स (ग्रेट ब्रिटेन), 07 अगस्त 1995, गोटेबर्ग

ओलम्पिक रिकॉर्ड : 18.09 मीटर, कैनी हैरीसन (अमेरिका), 27 जुलाई 1996, अटलांटा

भारतीय रिकॉर्ड : 17.30 मीटर, रंजीत माहेश्वरी, 11 जुलाई 2016, बेंगलुरू

महिला

विश्व रिकॉर्ड : 15.50 मीटर, इनेसा क्रावेट्स (उक्रेन), 10 अगस्त 1995, गोटेबर्ग

ओलम्पिक रिकॉर्ड : 15.39 मीटर, फ्रैंकोइस मबांगो एटोन (कैमरून), 17 अगस्त 2008, बीजिंग

भारतीय रिकॉर्ड : 14.11 मीटर, मयूखा जॉनी, 09 जुलाई 2011, कोबे (जापान)

गोला फेंक

पुरुष

विश्व रिकॉर्ड : 23.12 मीटर, रैंडी बर्नेस (अमेरिका), 20 मई 1990, वेस्टवुड

ओलम्पिक रिकॉर्ड : 22.52 मीटर, रेयान क्रोसर (अमेरिका), 18 अगस्त 2016, रियो डि जेनेरियो

भारतीय रिकॉर्ड : 20.92 मीटर, तेजिन्दरपाल सिंह तूर, 12 अक्टूबर 2019, रांची

महिला

विश्व रिकॉर्ड : 22.63 मीटर, नतालिया लिसोवस्काया (सोवियत संघ), 07 जून 1987, मास्को

ओलम्पिक रिकॉर्ड : 22.41 मीटर, इलोना स्लुपियानेक (जर्मनी), 24 जुलाई 1980, मास्को

भारतीय रिकॉर्ड : 18.86 मीटर, मनप्रीत कौर, 24 अप्रैल 2017, झिन्हुवा (चीन)

चक्का फेंक

पुरुष

विश्व रिकॉर्ड : 74.08 मीटर, जुर्गेन शुल्ट (जर्मनी), 06 जून 1986, नियुब्रानडेनबर्ग

ओलम्पिक रिकॉर्ड : 69.89 मीटर, वर्जीलियस अलेन्का (लिथुवानिया), 23 अगस्त 2004, एथेंस

भारतीय रिकॉर्ड : 66.28 मीटर, विकास गौड़ा, 12 अप्रैल 2012, नॉर्मन (अमेरिका)

महिला

विश्व रिकॉर्ड : 76.80 मीटर, गैब्रिला रीयन्स (जर्मनी), 09 जुलाई 1988, नियुब्रानडेनबर्ग

ओलम्पिक रिकॉर्ड : 72.30 मीटर, मार्टिना हेलमैन (जर्मनी), 29 सितम्बर 1988, सियोल

भारतीय रिकॉर्ड : 64.84 मीटर, सीमा एंतिल, 08 अगस्त 2004, कीव (उक्रेन)

तारगोला फेंक (हैमर थ्रो)

पुरुष

विश्व रिकॉर्ड : 86.74 मीटर, यूरी सेडिक (सोवियत संघ), 30 अगस्त 1986, स्टुटगार्ट

ओलम्पिक रिकॉर्ड : 84.80 मीटर, सर्गेई लिटविनोव (सोवियत संघ), 26 सितम्बर 1988, सियोल

भारतीय रिकॉर्ड : 72.86 मीटर, कमलप्रीत सिंह, 21 मई 2015, टकसॉन (अमेरिका)

महिला

विश्व रिकॉर्ड : 82.98 मीटर, अनिता ब्लोडाचेक (पोलैंड), 28 अगस्त 2016, वारसा

ओलम्पिक रिकॉर्ड : 82.29 मीटर, अनिता ब्लोडाचेक (पोलैंड), 15 अगस्त 2016, रियो डि जेनेरियो

भारतीय रिकॉर्ड : 65.25 मीटर, सरिता सिंह, 01 जून 2017, पटियाला

भाला फेंक

पुरुष

विश्व रिकॉर्ड : 98.48 मीटर, जान जेलेजनी (चेक गणराज्य), 25 मई 1996, जेना (जर्मनी)

ओलम्पिक रिकॉर्ड : 90.57 मीटर, आंद्रियास, थोर्किल्डसेन (नार्वे), 23 अगस्त 2008, बीजिंग

भारतीय रिकॉर्ड : 88.06 मीटर, नीरज चोपड़ा, 27 अगस्त 2018, जकार्ता

महिला

विश्व रिकॉर्ड : 72.28 मीटर, बारबोरा स्पोटाकोवा (चेक गणराज्य), 13 सितम्बर 2008, स्टुटगार्ट

ओलम्पिक रिकॉर्ड : 71.53 मीटर, ओलिसडीलिस मेनेडेज (क्यूबा), 27 अगस्त 2004, एथेंस

भारतीय रिकॉर्ड : 62.43 मीटर, अनु रानी, 30 सितम्बर 2019, दोहा

संयुक्त स्पर्धाएँ : डेकाथलॉन और हेप्टाथलॉन

एथलेटिक्स में दो ऐसी स्पर्धाएँ भी होती हैं जिनमें वास्तव में किसी एथलीट के हरफनमौला प्रदर्शन की परीक्षा होती है। ये स्पर्धाएँ हैं पुरुषों में डेकाथलॉन और महिलाओं में हेप्टाथलॉन। इनमें प्रतिभागियों को कई स्पर्धाओं में भाग लेना होता है। प्रत्येक स्पर्धा में प्रदर्शन के आधार पर उन्हें अंक मिलते हैं और आखिर में जिस प्रतिभागी के सर्वाधिक अंक होते हैं उसे विजेता घोषित कर दिया जाता है। ये ऐसी स्पर्धाएँ हैं जो दो दिन तक चलती हैं। प्राचीन ओलम्पिक में भी इस तरह की स्पर्धाओं का आयोजन होता था जिन्हें

पेंटाथलॉन कहा जाता था। इसमें लम्बी कूद, चक्का फेंक, भाला फेंक, फर्राटा दौड़ और कुश्ती शामिल थी।

डेकाथलॉन : दस स्पर्धाओं में दिखाओ दम

डेकाथलॉन में कुल दस स्पर्धाएँ शामिल होती हैं। एक तरह से इसमें एथलेटिक्स की अधिकतर स्पर्धाएँ आ जाती हैं, जो दो दिन तक चलती हैं। पहले दिन 100 मीटर दौड, लम्बी कूद, गोला फेंक, ऊँची कूद और 400 मीटर दौड़ तथा दूसरे दिन 110 मीटर बाधा दौड़, चक्का फेंक, पोल वॉल्ट, भाला फेंक और 1500 मीटर दौड़ की स्पर्धाएँ होती हैं।

ओलम्पिक में संयुक्त स्पर्धाओं की प्रतियोगिता 1904 ओलम्पिक खेलों में शुरू हुई थी लेकिन डेकाथलॉन का वर्तमान स्वरूप 1911 में पहली बार सामने लाया गया और फिर अगले साल स्टॉकहोम में खेले गए ओलम्पिक में इसको शामिल कर दिया गया। अमेरिका के जिम थोर्प ने इस स्पर्धा का पहला ओलम्पिक स्वर्ण जीता था। अमेरिका के ही बॉब मैथियास (1948 और 1952) और एस्टन ईटन (2008 और 2016) तथा ग्रेट ब्रिटेन के डेली थाम्पसन (1980 और 1984) ने डेकाथलॉन में 2-2 ओलम्पिक स्वर्ण पदक जीते हैं। बॉब मैथियास ने 1948 में जब पहली बार स्वर्ण पदक जीता था तो तब वह केवल 17 साल के थे। अमेरिका 14 स्वर्ण सहित 29 पदक लेकर डेकाथलॉन की सूची में भी शीर्ष पर है। डेकाथलॉन में भारत के तीन खिलाड़ियों ने हिस्सा लिया है जिनमें विजय सिंह चौहान 1972 में 17वें स्थान पर रहे थे। उसके बाद से कोई भी भारतीय इस प्रतियोगिता का हिस्सा नहीं बन पाया।

हेप्टाथलॉन : सात स्पर्धाओं की प्रतियोगिता

पुरुषों के लिए अगर डेकाथलॉन है तो महिलाओं के लिए हेप्टाथलॉन। पुरुषों की प्रतियोगिता में दस स्पर्धाएँ शामिल होती हैं लेकिन हेप्टाथलॉन सात स्पर्धाओं की प्रतियोगिता है जो दो दिन तक चलती है। पहले दिन 100 मीटर बाधा दौड़, ऊँची कूद, गोला फेंक और 200 मीटर दौड़ तथा दूसरे दिन लम्बी कूद, भाला फेंक और 800 मीटर दौड़ का आयोजन होता है।

महिलाओं ने पहली बार ओलम्पिक में 1964 में टोक्यो में पेंटाथलॉन में हिस्सा लिया था। बाद में इसकी जगह हेप्टाथलॉन ने ले ली जिसमें सात स्पर्धाएँ शामिल थी। हेप्टाथलॉन पहली बार 1984 लास एंजिल्स ओलम्पिक में इन खेलों

का हिस्सा बना था। अमेरिका की जैकी जॉयनर कर्सी ने तब अपने परिवार और मित्रों के सामने रजत पदक जीता लेकिन इसके बाद उन्होंने 1988 और 1992 में लगातार ओलम्पिक में स्वर्ण पदक जीते। हेप्टाथलॉन में किसी एथलीट ने केवल दस बार 7000 या इससे अधिक अंक बनाये और इनमें से छह बार जैकी जॉयनर कर्सी ने इस जादुई अंक को पार किया। उनके नाम पर 7291 अंक का विश्व रिकॉर्ड भी शामिल हैं।

जैकी जॉयनर कर्सी के शानदार प्रदर्शन से अमेरिका ने हेप्टाथलॉन में 2 स्वर्ण और 2 रजत सहित 4 पदक जीते हैं। ग्रेट ब्रिटेन 2 स्वर्ण, 1 रजत और 3 कांस्य पदक लेकर इस तालिका में दूसरे स्थान पर है। ब्रिटेन की जेसिका एनिस (1 स्वर्ण, 1 रजत) और डेनाइज लेविस (1 स्वर्ण, 1 कांस्य) ने 2-2 पदक जीते हैं। भारतीय महिलाएँ 2000 सिडनी ओलम्पिक से इस प्रतियोगिता में हिस्सा ले रही हैं। इनमें जे.जे. शोभा का प्रदर्शन सर्वश्रेष्ठ है जो 2004 एथेंस ओलम्पिक में 11वें स्थान पर रही थी। बीजिंग ओलम्पिक के बाद कोई भी भारतीय महिला हेप्टाथलॉन के लिए क्वालीफाई नहीं कर पायी।

डेकाथलॉन और हेप्टाथलॉन के रिकॉर्ड

डेकाथलॉन (पुरुष)

विश्व रिकॉर्ड : 9126 अंक, केविन मेयर (फ्रांस), 16 सितम्बर 2018, टैलेन्स (फ्रांस)

ओलम्पिक रिकॉर्ड : 8893 अंक, रोमन सेबरल (चेक गणराज्य), 24 अगस्त 2004, एथेंस

8893 अंक, एस्टन ईटन (अमेरिका), 18 अगस्त 2016, रियो डि जेनेरियो

भारतीय रिकॉर्ड : 7658 अंक, भारतिंदर सिंह, 12 जून 2011, बेंगलुरू

हेप्टाथलॉन (महिला)

विश्व रिकॉर्ड : 7291 अंक, जैकी जॉयनर कर्सी (अमेरिका), 24 सितम्बर 1988, सियोल

ओलम्पिक रिकॉर्ड : 7291 अंक, जैकी जॉयनर कर्सी (अमेरिका), 24 सितम्बर 1988, सियोल

भारतीय रिकॉर्ड : 6211 अंक, जे.जे. शोभा, 17 मार्च 2004, नयी दिल्ली

बैडमिंटन

बैडमिंटन, एक ऐसा खेल जिसके लिए चाहिए एक छोटा सा मैदान, दो रैकेट और एक चिड़िया अर्थात् शटलकॉक। बहुत कम उपकरणों की जरूरत के कारण ही यह खेल सदियों से आम लोगों से लेकर खास लोगों तक लोकप्रिय रहा है। भारत में तो बैडमिंटन लगभग 2000 साल से खेला जा रहा है। भारत के अलावा प्राचीन यूनान और चीन में बैडमिंटन 'बैटलडोर एंड शटलकॉक' नाम से खेला जाता था। आधुनिक बैडमिंटन का जनक ब्रिटेन माना जाता है। ब्रिटिश अधिकारी 1860 के दशक में भी भारत के पुणे में बैडमिंटन खेला करते थे।

बैडमिंटन को बैडमिंटन नाम मिलने की कहानी भी बड़ी रोचक है। इंग्लैंड के ग्लूस्टरशर में एक जगह है बैडमिंटन हाउस। यह ब्यूफोर्ट के ड्यूक का आवास था। इस बैडमिंटन हाउस के परिसर में मनोरंजन के लिए रैकेट और शटलकॉक का खेल खेला जाता था। धीरे-धीरे बैडमिंटन हाउस के नाम पर लोगों ने इस खेल को बैडमिंटन कहना शुरू किया और फिर यही नाम चलन में आ गया। जब कोई खेल खेला जाता है कि तो समय के साथ उसके नियम भी तैयार होने लग जाते हैं। बैडमिंटन के पहले नियम 1877 में तैयार किए गए थे और पहली ऑल इंग्लैंड बैडमिंटन चैम्पियनशिप 1899 में खेली गयी थी। महिलाओं का पहला टूर्नामेंट 1900 में आयोजित किया गया था। विश्व बैडमिंटन महासंघ की स्थापना 1934 में हुई थी जिसके अन्तर्गत आज दुनिया भर की प्रतियोगिताएँ खेली जाती हैं। भारत में इस खेल का संचालन भारतीय बैडमिंटन संघ करता है।

उपकरण और अंक प्रणाली

बैडमिंटन रैकेट और शटलकॉक का खेल है। बैडमिंटन रैकेट का बाहरी हिस्सा एल्युमिनियम या स्टील का बना होता है। हल्के रैकेट खेल के लिए उपयोगी माने जाते हैं। शटलकॉक को हम स्थानीय भाषा में चिड़िया भी कहते हैं जिसमें 16 पंख लगे होते हैं। इसका वजन पाँच ग्राम होता है। आजकल प्लास्टिक की शटलकॉक का भी चलन बढ़ गया है जो टिकाऊ होती है लेकिन अगर आपको पेशेवर खिलाड़ी बनना है तो पंख वाली शटलकॉक से प्रशिक्षण करना ही बेहतर रहेगा। बैडमिंटन आयताकार कोर्ट पर खेला जाता है जिसमें बीच में जाली अर्थात नेट लगी होती है। जाली की ऊँचाई 1.55 मीटर रखी जाती है।

बैडमिंटन में एकल, युगल और मिश्रित युगल स्पर्धाएँ होती हैं। बैडमिंटन में अमूमन तीन गेम का मुकाबला होता है जिसमें दो गेम जीतनेवाला खिलाड़ी या जोड़ी विजेता बनती है। प्रत्येक गेम 21 अंक तक जाता है। जो भी खिलाड़ी या जोड़ी पहले 21 अंक बनाती है वह गेम जीत जाती है लेकिन अंकों में कम से कम दो अंक का अन्तर होना आवश्यक है। अगर कोई गेम 20-20 से बराबरी पर हो तो फिर किसी खिलाड़ी या टीम को दो अंक का अन्तर होने पर ही विजयी माना जाएगा। यदि स्कोर 29-29 की बराबरी पर पहुँच जाता है तो फिर जो टीम या खिलाड़ी पहले 30 अंक बनाएगा वह उस गेम का विजेता होगा।

भारत में बैडमिंटन का प्रशिक्षण

हमारे देश में बैडमिंटन तेजी से लोकप्रिय होता जा रहा है और युवा वर्ग इस खेल को अपना रहा है। यही कारण है कि देश में कई शहरों में बैडमिंटन अकादमी खुल गयी हैं जिनमें में से कुछ में छह वर्ष से प्रशिक्षण दिया जाता है। मनोरंजन के लिए तो बैडमिंटन खुले मैदान, पार्क या सड़क पर भी खेला जा सकता है लेकिन यह असल में 'इंडोर गेम' है और अगर किसी को पेशेवर खिलाड़ी बनना है तो ऐसी अकादमी से जुड़ना चाहिए जहाँ का माहौल बैडमिंटन के लिए अनुकूल हो। भारत की शीर्ष बैडमिंटन अकादमी में पुलेला गोपीचन्द बैडमिंटन अकादमी, हैदराबाद और ग्रेटर नोएडा, प्रकाश पादुकोण बैडमिंटन अकादमी, बेंगलुरू, साइ बैडमिंटन प्रशिक्षण केन्द्र, एम.वी. बिष्ट बैडमिंटन अकादमी, नयी दिल्ली, चेतन आनन्द बैडमिंटन

अकादमी, हैदराबाद, सुरजीत सिंह बैडमिंटन अकादमी, नयी दिल्ली, अरडोर बैडमिंटन अकादमी, नयी दिल्ली आदि प्रमुख हैं। पुलेला गोपीचन्द अकादमी ने देश को कई शीर्ष खिलाड़ी दिए हैं जिनमें ओलम्पिक पदक विजेता साइना नेहवाल और पीवी सिंधू भी शामिल हैं।

ओलम्पिक में बैडमिंटन

बैडमिंटन को पहली बार 1972 के ओलम्पिक खेलों में प्रदर्शनी खेल के रूप में शामिल किया गया था। इसके 20 साल बाद बार्सिलोना ओलम्पिक में बैडमिंटन आधिकारिक खेल बना मतलब इसमें पदक दिए जाने लगे। बार्सिलोना में पुरुष और महिला वर्ग में एकल और युगल स्पर्धाएँ आयोजित की गयीं। अटलांटा ओलम्पिक 1996 से मिश्रित युगल की स्पर्धाएँ भी खेली जाने लगीं। बैडमिंटन अब ओलम्पिक खेलों का अहम अंग है और एशिया के बाद यह यूरोपीय देशों में भी लोकप्रिय हो रहा है।

ओलम्पिक में बैडमिंटन में एशियाई देशों का दबदबा रहा है। चीन ने अब तक 18 स्वर्ण, 8 रजत और 15 कांस्य सहित कुल 41 पदक जीते हैं। इसके बाद इंडोनेशिया (7 स्वर्ण सहित 19 पदक) और साउथ कोरिया (6 स्वर्ण सहित 19 पदक) का नम्बर आता है। यूरोपीय देशों में डेनमार्क और स्पेन ही कुछ चुनौती पेश कर पाये हैं।

बैडमिंटन के शीर्ष खिलाड़ियों की बात करें तो पुरुष वर्ग में पहला नाम आता है चीन के लिन डैन का, जिन्होंने ओलम्पिक में 2 स्वर्ण पदक जीते हैं। इंडोनेशिया के तौफीक हिदायत और चेन लोंग ने भी एक-1 स्वर्ण पदक जीते हैं जबकि ली चोंग वेई ने 2008 से लेकर 2016 तक तीन ओलम्पिक खेलों में रजत पदक हासिल किया। महिला वर्ग में चीन की झांग निंग (2 स्वर्ण), ली झूरेई और स्पेन की कारोलिना मारिन ने अपनी विशिष्ट छाप छोड़ी है।

ओलम्पिक बैडमिंटन में भारतीय खिलाड़ी

भारत ने 1996 से ओलम्पिक में बैडमिंटन प्रतियोगिताओं में हिस्सा लेना शुरू किया था। दीपांकर भट्टाचार्य और पीवीवी लक्ष्मी ओलम्पिक में भाग लेनेवाले पहले भारतीय बैडमिंटन खिलाड़ी थे। ये दोनों अटलांटा ओलम्पिक में दूसरे दौर तक पहुँचे थे। सिडनी ओलम्पिक 2000 में पुलेला गोपीचन्द

तीसरे दौर में पहुँचने में सफल रहे थे। ओलम्पिक में बैडमिंटन में भारत की पहली पदक विजेता साइना नेहवाल हैं जिन्होंने लन्दन ओलम्पिक 2012 में महिला एकल में कांस्य पदक जीता था। पारूपल्ली कश्यप ने तब पुरुष वर्ग के क्वार्टर फाइनल तक पहुँचने में सफलता हासिल की थी। रियो ओलम्पिक 2016 में पी.वी. सिंधू ने महिला एकल में रजत पदक अपने नाम किया था। लेकिन फाइनल में वह स्पेन की कारोलिना मारिन से हार गयी थी। पुरुष वर्ग में किदाम्बी श्रीकांत भी क्वार्टर फाइनल से आगे नहीं बढ़ पाये थे। इस तरह से ओलम्पिक की बैडमिंटन प्रतियोगिता में भारत ने 1992 से 2016 तक 18 खिलाड़ी (11 पुरुष और 7 महिला) उतारे लेकिन उसने अब तक 1 रजत और 1 कांस्य पदक जीता है।

मुक्केबाजी

आपने मुष्टि युद्ध के बार में सुना होगा? रामायण, महाभारत और वेदों में मुष्टि युद्ध का जिक्र किया गया है। मुष्टि युद्ध मतलब मुक्कों से लड़ाई अर्थात+ मुक्केबाजी। हम यह कह सकते हैं कि कई अन्य खेलों की तरह मुक्केबाजी भी भारत की देन है। अन्य देशों की बात करें तो मिस्र में ईसा पूर्व सन 3000 में मुक्केबाजी के प्रमाण मिले हैं। यूनान में ईसा पूर्व सन 800 में मुक्केबाजी खेल खेला जाता था और तब इसे पिगमाचिया कहा जाता था। प्राचीन ओलम्पिक खेलों में जो खेल शामिल थे उनमें मुक्केबाजी प्रमुख था। ईसा पूर्व सन 688 में खेले गए 23वें प्राचीन ओलम्पिक खेलों में पहली बार मुक्केबाजी को शामिल किया गया था। उस समय मुक्केबाज चमड़े के दस्तानों का उपयोग करते थे। बाद में रोम में दस्तानों पर धातु लगाये जाने लगी लेकिन इससे मुकाबलों का दुखद अंत होने लगा। मतलब अमूमन किसी एक प्रतिद्वन्द्वी की मौत के बाद ही मुकाबला समाप्त होता था।

रोमन साम्राज्य के अंत के साथ मुक्केबाजी भी पीछे छूट गयी। इसके कई सदियों बाद इंग्लैंड में 17वीं सदी में मुक्केबाजी की शुरुआत हुई। मुक्केबाजी का पहला चैम्पियन जेम्स फिग को माना जाता है जिन्होंने 1719 में एक मुकाबला जीता था। इसी दौरान इस खेल के लिए पहली बार 'बॉक्सिंग यानी मुक्केबाजी' शब्द का उपयोग किया जाने लगा। एमेच्योर अर्थात शौकिया मुक्केबाजी 1880 में शुरू हुई। तब इसमें पाँच भार वर्ग बैंथमवेट (54 किग्रा.), फीदरवेट (57 किग्रा.), लाइटवेट (63.5 किग्रा.), मिडिलवेट (73 किग्रा.) और हैवीवेट (73 किग्रा. से अधिक) शामिल थे।

आओ बनें मुक्केबाज

मुक्केबाजी दो खिलाड़ियों के बीच का खेल है जिसमें वे एक-दूसरे को नॉकआउट करने या बेहतर अंकों के आधार पर जीत दर्ज कराने का प्रयास करते हैं। नॉकआउट का मतलब है प्रतिद्वन्द्वी खिलाड़ी का खेल जारी रखने में नाकाम रहना। मुक्केबाज रिंग के भीतर होते हैं और रेफरी की देखरेख में वे एक-दूसरे से भिड़ते हैं। ओलम्पिक में तीन मिनट के तीन चक्र यानी राउंड होते हैं लेकिन अगर कोई मुक्केबाज पहले ही नॉकआउट हो जाता है तो मुकाबला वहीं पर खत्म हो जाता है। कमर के नीचे मुक्का नहीं जमाया जा सकता है। अंक केवल सही जगह पर मुक्का लगाने के लिए मिलते हैं। रिंग के बाहर पाँच जज बैठे होते हैं जो मुक्केबाजों को अंक देते हैं जिनका खुलासा मुकाबला समाप्त होने पर किया जाता है। रेफरी दोनों मुक्केबाजों को साथ में रखता है और जीतनेवाले मुक्केबाज का हाथ उठाकर उसे विजेता घोषित करता है।

मुक्केबाजी विभिन्न भार वर्गों में आयोजित की जाती है। इनमें फ्लाईवेट (52 किग्रा.), फीदरवेट (57 किग्रा.), लाइटवेट (63 किग्रा.), वेल्टरवेट (69 किग्रा.), मिडिलवेट (75 किग्रा.), लाइट हैवीवेट (81 किग्रा.), हैवीवेट (91 किग्रा.), सुपर हैवीवेट (+91 किग्रा.) प्रमुख हैं।

मुक्केबाजी को एक समय खतरनाक खेल माना जाता था। यहाँ तक कि इस पर प्रतिबंध भी लगे लेकिन वर्तमान समय में यह बेहद लोकप्रिय खेल है। भारतीय मुक्केबाजों के अन्तरराष्ट्रीय स्तर पर लगातार अच्छे प्रदर्शन के कारण मुक्केबाजी भारत में भी लोकप्रियता हासिल कर रही है तथा कई युवा विजेन्दर सिंह और एम.सी. मेरीकॉम के नक्शे कदम पर चलना चाहते हैं।

मुक्केबाजी के लिए सबसे पहले आपको अच्छे दस्तानों की जरूरत पड़ेगी लेकिन मुक्केबाजी अकेले की नहीं जा सकती है इसलिए आपको अभ्यास के लिए साथी की जरूरत पड़ेगी। साथी हर समय उपलब्ध नहीं हो सकता है और इसलिए लगातार अभ्यास करना है तो किसी भी मुक्केबाज के पास सैंडबैग का होना जरूरी है। इस पर मुक्के जमाने का अभ्यास किया जा सकता है। अगर आपको मुक्केबाज बनना है तो बेहतर यही होगा कि आप किसी कुशल प्रशिक्षक की देखरेख में इस खेल की बारीकियों को सीखें।

भारत में कई शहरों में मुक्केबाजी के प्रशिक्षण केन्द्र हैं जहाँ छोटी उम्र से मुक्केबाज तैयार किए जाते हैं। इनमें हरियाणा के भिवानी, हिसार, रोहतक, करनाल, सोनीपत, रेवाड़ी आदि प्रमुख हैं जहाँ से कई अन्तरराष्ट्रीय मुक्केबाज

निकले हैं। भारतीय खेल प्राधिकरण (साइ) की भी कई अकादमी हैं जहाँ प्रशिक्षण शिविरों का भी आयोजन किया जाता है। कई पूर्व और वर्तमान खिलाड़ी भी अपनी अकादमी खोलकर इस खेल को आगे बढ़ाने में अपना योगदान दे रहे हैं। इंफाल में मेरीकॉम की अकादमी में कई युवा मुक्केबाज प्रशिक्षण लेते हैं।

ओलम्पिक में मुक्केबाजी

क्या आप सोच सकते हैं कि किसी ओलम्पिक खेल में किसी एक खेल में केवल एक देश ने भाग लिया हो और उस खेल में पदक भी बाँटे गए। मुक्केबाजी जब पहली बार सेंट लुई 2004 में ओलम्पिक खेलों का हिस्सा बनी थी तो तब उसमें केवल अमेरिकी मुक्केबाजों ने भाग लिया था। इसलिए स्वाभाविक था कि सभी पदक अमेरिका के खाते में गए। इसके बाद केवल 2012 को छोड़कर बाकी सभी ओलम्पिक खेलों में मुक्केबाजी शामिल रही। ओलम्पिक खेल 2012 का आयोजन स्टाकहोम में किया गया था और स्वीडन में उस समय मुक्केबाजी पर प्रतिबंध था। ओलम्पिक मुक्केबाजी में लम्बे समय तक पुरुषों का दबदबा रहा। बीजिंग ओलम्पिक 2008 तक केवल पुरुष मुक्केबाज ही इन खेलों में भाग लेते थे। लन्दन ओलम्पिक 2012 में पहली बार महिला मुक्केबाजों को ओलम्पिक में प्रवेश मिला था।

अमेरिका ने शुरू से ही ओलम्पिक मुक्केबाजी में अपना दबदबा रखा है। उसने अब तक 50 स्वर्ण, 24 रजत और 40 कांस्य पदक सहित कुल 114 पदक जीते हैं। क्यूबा को मुक्केबाजी में शुरू से ही मजबूत दावेदार माना जाता रहा है। क्यूबा ओलम्पिक मुक्केबाजी में 37 स्वर्ण पदक सहित कुल 73 पदक लेकर पदक तालिका में दूसरे स्थान पर है। क्यूबा के मुक्केबाज फेलिक्स सैवोन और टियोफिलो स्टीवेन्सन लॉरेन्स तथा हंगरी के लैस्जियो पैप को ओलम्पिक खेलों में 3-3 स्वर्ण पदक जीतने का गौरव हासिल है। मुक्केबाजी में सेमीफाइनल में पहुँचने पर पदक तय हो जाता है।

ओलम्पिक मुक्केबाजी में भारत

भारत ने ओलम्पिक में मुक्केबाजी प्रतियोगिता में पहली बार 1948 में लन्दन ओलम्पिक में भाग लिया था। भारत ने 7 भार वर्गों में मुक्केबाज उतारे थे जिनमें रॉबिन भाटिया, बाबू लाल और जॉन नटाल प्री क्वार्टर फाइनल तक पहुँचने में सफल रहे थे। हेलसिंकी ओलम्पिक 1952 में भी भारतीय मुक्केबाजों ने हिस्सा लिया लेकिन इसके बाद भारतीय मुक्केबाज़ों को ओलम्पिक में जगह बनाने के

लिए 20 साल तक इन्तजार करना पड़ा। म्यूनिख ओलम्पिक 1972 में भारत के एकमात्र मुक्केबाज चन्दर नारायणन (51 किग्रा. से कम) खेले थे लेकिन वह दूसरे दौर से आगे नहीं बढ़ पाये थे। सिडनी ओलम्पिक 2000 में गुरचरण सिंह लाइट हैवीवेट वर्ग के क्वार्टर फाइनल तक पहुँचे थे।

विजेन्दर सिंह ने बीजिंग ओलम्पिक 2008 में मिडिलवेट में कांस्य पदक जीतकर भारतीय खेलों में नया इतिहास रचा था। वह ओलम्पिक में पदक जीतनेवाले पहले भारतीय मुक्केबाज बन गए थे। बीजिंग ओलम्पिक में जितेन्दर कुमार और अखिल कुमार भी क्वार्टर फाइनल तक पहुँचे थे। इसके चार साल बाद लन्दन ओलम्पिक में जब पहली बार महिला मुक्केबाजी शामिल की गयी तो मेरीकॉम ने महिलाओं के फ्लाईवेट में कांस्य पदक जीता था। पुरुष वर्ग में विजेन्दर सिंह और देवेन्द्रो सिंह शुरुआती दो मुकाबले जीतकर क्वार्टर फाइनल तक पहुँचे थे लेकिन उससे आगे बढ़ने में नाकाम रहे। रियो ओलम्पिक में भारत के तीन मुक्केबाजों ने भाग लिया जिनमें से विकास कृष्णन मिडिलवेट वर्ग के अन्तिम आठ में पहुँचे थे। इस तरह से 1948 से 2016 तक भारत के कुल 47 मुक्केबाजों ने ओलम्पिक में हिस्सा लिया है जिनमें 46 पुरुष और एक महिला मुक्केबाज शामिल है। इनमें से केवल दो ही मुक्केबाज पदक जीत पाये।

साइकिलिंग

साइकिलिंग ऐसा शब्द है जो जिन्दगी में साइकिल के कई तरह से उपयोग का वर्णन करता है। परिवहन के लिए साइकिलिंग, मनोरंजन के लिए साइकिलिंग, फिटनेस के लिए साइकिलिंग और खेल प्रतियोगिताओं के लिए साइकिलिंग। साइकिलिंग खेल में पेशेवर और एमेच्योर रेस शामिल होती हैं। खेल के रूप में साइकिलिंग की आधिकारिक शुरुआत 31 मई 1868 को हुई थी जब पेरिस में सेंट क्लाउड पार्क में 1200 मीटर की रेस का आयोजन किया गया था। इस रेस के विजेता 18 वर्षीय जेम्स मूरे थे। इसके एक साल बाद सात नवम्बर 1869 को पेरिस और रोवेन शहर के बीच 135 किमी. की दूरी पर रेस आयोजित की गयी। यूरोप में रोड रेस जल्द ही लोकप्रिय होने लगी। अमेरिका में पहली रेस का आयोजन 24 मई 1878 को किया गया था। दुनिया की सबसे मशहूर साइकिलिंग रेस 'टूर डि फ्रांस' 1903 में शुरू हुई थी और तब से इसका निरन्तर आयोजन किया जा रहा है। इससे तीन साल पहले 14 अप्रैल 1900 को अन्तरराष्ट्रीय साइकिलिंग यूनियन (यूसीआई) का गठन किया गया था। इसका मुख्यालय स्विट्जरलैंड के ऐगल में है। भारत में भारतीय साइकिलिंग महासंघ का गठन में 1946 में किया गया था।

ओलम्पिक में साइकिलिंग

आधुनिक ओलम्पिक की शुरुआत तक यूरोप में साइकिलिंग काफी लोकप्रिय हो चुकी थी और इसलिए इसे 1896 में एथेंस ओलम्पिक में आसानी से जगह मिल गयी। उस समय केवल पुरुष साइकिलिस्ट ही इसमें भाग लेते थे। महिलाओं को ओलम्पिक साइकिलिंग में जगह बनाने के लिए लम्बा इन्तजार करना पड़ा। महिलाओं ने पहली बार 1984 में लास एंजिल्स ओलम्पिक में रोड रेस में और

इसके चार साल बाद 1988 में उन्होंने ट्रैक स्पर्धाओं में हिस्सा लेना शुरू किया था। ओलम्पिक में अभी बीएमएक्स साइकिलिंग, माउनटेन बाइक क्रास कंट्री, रोड रेस (व्यक्तिगत टाइम ट्रायल और रोड रेस) और ट्रैक स्पर्धाओं (केरिन, ओमनियम, स्प्रिंट, टीम परस्यूट और टीम स्प्रिंट) का आयोजन होता है। अब ओलम्पिक में पुरुष और महिला वर्ग में समान स्पर्धाएँ होती हैं।

फ्रांस को साइकिलिंग खेल का गढ़ माना जाता है और ओलम्पिक में उसने अपनी ख्याति के अनुरूप प्रदर्शन भी किया है। फ्रांस ने ओलम्पिक में 41 स्वर्ण सहित 93 पदक जीते हैं। उसके बाद इटली (33 स्वर्ण सहित 59 पदक) और ब्रिटेन (32 स्वर्ण सहित 87 पदक) का नम्बर आता है। ब्रिटेन के क्रिस होय और जैसन केनी ने साइकिलिंग में सर्वाधिक 6-6 स्वर्ण पदक जीते हैं जबकि एक अन्य ब्रिटिश साइकिलिस्ट ब्रैडली विगिन्स के नाम पर 8 पदक दर्ज हैं जिनमें 5 स्वर्ण पदक शामिल हैं। महिलाओं में आस्ट्रेलिया की अन्ना मीयर्स ने 2 स्वर्ण पदक सहित 6 पदक अपने नाम किए हैं।

भारत ने ओलम्पिक साइकिलिंग में पहली बार 1948 में हिस्सा लिया था। इसके बाद 1952 और 1964 ओलम्पिक में भारतीय साइकिलिस्ट ने भाग लिया था लेकिन उसके बाद से कोई भी भारतीय साइकिलिंग में ओलम्पिक में जगह नहीं बना पाया। मैलकम हवलदार, राजकुमार मेहरा, इरूच मिस्त्री और होमी पोवरी ओलम्पिक में भारत का प्रतिनिधित्व करनेवाले पहले साइकिलिस्ट थे। उन्होंने 1948 लन्दन ओलम्पिक में पुरुष रोड रेस व्यक्तिगत और टीम स्पर्धाओं में भाग लिया था।

घुड़सवारी

घुड़सवारी का इतिहास 5000 साल से भी अधिक पुराना है। महाभारत और रामायण में घोड़ों का उपयोग जगजाहिर है। स्वाभाविक है कि एक जमाने में घोड़े परिवहन और युद्ध दोनों क्षेत्रों में अहम भूमिका निभाते थे। समय गुजरने के साथ यह खेल का हिस्सा बनने लगा। वैदिक काल में रथों की दौड़ बेहद लोकप्रिय खेल था। महाभारत में घुड़सवार और घोड़े के बीच संतुलन स्थापित करने की कला सिखायी जाती थी। मतलब घोड़े को युद्ध के लिए तैयार करना। प्राचीन यूनान में भी घोड़ों को युद्ध के लिए तैयार करना सिखाया जाता था और इसी से 'ड्रेसेज' का विकास हुआ जो ओलम्पिक खेलों की एक प्रमुख स्पर्धा है। घुड़सवारी की असली कला ड्रेसेज में छिपी है।

प्राचीन ओलम्पिक में ईसा पूर्व 680 में घुड़सवारी का जिक्र मिलता है। यह तब इन खेलों की सबसे लोकप्रिय स्पर्धा थी। यह स्पर्धा 'जंपिंग' यानी कूदने से जुड़ी थी जो आधुनिक ओलम्पिक का भी हिस्सा है। 'जंपिंग' 17वीं और 18वीं सदी में लोमड़ी के शिकार और स्टीपलचेज के रूप में विकसित हुई। ओलम्पिक में शामिल तीसरी स्पर्धा 'इवेंटिंग' है जिसमें घुड़सवारी की सभी विधाओं ड्रेसेज, जंपिग, दमखम, क्रॉस कंट्री राइडिंग आदि का परीक्षण होता है। घुड़सवारी की विश्व संस्था अन्तरराष्ट्रीय घुड़सवारी खेल महासंघ (एफईआई) है जिसकी स्थापना 1921 में की गयी थी। स्विट्जरलैंड का लुसाने इसका मुख्यालय है। भारत में 1967 में भारतीय घुड़सवारी महासंघ गठित किया गया था।

ओलम्पिक में घुड़सवारी

घुड़सवारी प्राचीन ओलम्पिक का हिस्सा थी, लेकिन 1896 में जब आधुनिक ओलम्पिक शुरू हुए तो यह उन खेलों में शामिल नहीं थी। पेरिस 1900 में

पहली बार घुड़सवारी ओलम्पिक का हिस्सा बनी। इसमें जंपिग स्पर्धाएँ शामिल की गयी थीं। इसके बाद अगले दो ओलम्पिक खेलों में यह प्रतियोगिता नदारद थी। लन्दन ओलम्पिक 1908 में पोलो खेल शामिल था और इस तरह से घोड़े उन खेलों का हिस्सा बने थे। स्टॉकहोम ओलम्पिक 2012 से लेकर अब तक घुड़सवारी खेल ओलम्पिक कार्यक्रम में शामिल रहा है। स्टॉकहोम ओलम्पिक में ड्रेसेज, जंपिग और इवेंटिग में स्पर्धाएँ हुई थी और आज भी ये इन खेलों का हिस्सा हैं। लन्दन ओलम्पिक 1948 तक सैन्य अधिकारियों और 'भद्रजनों' को ही ओलम्पिक में हिस्सा लेने की अनुमति थी। हेलसिंकी ओलम्पिक 1948 में सभी घुड़सवारों को इसमें भाग लेने की अनुमति मिली। इन ओलम्पिक में महिलाओं ने भी 'ड्रेसेज' में भाग लिया था। महिलाओं ने 1956 ओलम्पिक में जंपिग और 1964 टोक्यो ओलम्पिक से 'इवेंटिंग' में भी हिस्सा लेना शुरू कर दिया था।

ओलम्पिक घुड़सवारी में जर्मनी ने अपनी विशेष छाप छोड़ी है। जर्मनी के नाम कुल मिलाकर 41 स्वर्ण सहित 91 पदक दर्ज हैं। जर्मनी की महिला घुड़सवार इसाबेल वर्थ ने 1992 से 2016 तक पाँच ओलम्पिक में 10 पदक जीते जिनमें 6 स्वर्ण शामिल हैं। जर्मनी के पुरुष घुड़सवार रीमर किमके ने 1960 से 1988 तक 6 स्वर्ण जबकि हंस गुंटर विकलेर ने 1956 से 1976 तक 5 स्वर्ण पदक हासिल किए। जर्मनी के बाद स्वीडन (17 स्वर्ण सहित 43 पदक) और फ्रांस (14 स्वर्ण सहित 37 पदक) का नम्बर आता है। बीजिंग ओलम्पिक में कनाडा के इयान मिलर ने टीम जंपिंग में रजत पदक जीता था। उन्होंने ओलम्पिक में पहली बार म्यूनिख 1972 में हिस्सा लिया था। इस तरह से बीजिंग में जब उन्होंने पदक जीता तब उनकी उम्र 61 साल की थी। वैसे बर्लिन ओलम्पिक 1936 में आस्ट्रिया के आर्थर वान पोंगरेज ने 72 साल की उम्र में ओलम्पिक में भाग लिया था। सबसे कम उम्र में ओलम्पिक घुड़सवारी में भाग लेने का रिकॉर्ड ब्राजील की लुइजा अलमीडा (2008 में 16 साल, 342 दिन) के नाम पर है।

ओलम्पिक घुड़सवारी में भारत का खास योगदान नहीं रहा है। भारत ने पहली बार 1980 मास्को ओलम्पिक में चार सदस्यीय घुड़सवारी दल भेजा था जिनकी यूरोपीय घुड़सवारों के सामने एक नहीं चली। अटलांटा ओलम्पिक 1996 में इंदरजीत लांबा और सिडनी ओलम्पिक 2000 में इम्तियाज अनीस जैसे घुड़सवारों ने भी इन खेलों में भारत का प्रतिनिधित्व किया था।

तलवारबाजी

तलवारबाजी में तलवार का उपयोग आक्रमण और रक्षण के लिए किया जाता है। इसके तीन प्रारूप फ्वाइल, एपे और सबरे होते हैं। भारत में तलवारबाजी का बहुत पुराना इतिहास है लेकिन यह केवल युद्धकला से जुड़ा रहा है। मनोरंजन के लिए तलवारबाजी सदियों से भारत और विश्व के अन्य देशों में होती रही है। तलवारबाजी का पहला प्रमाण मिस्र में मिला था। वह लगभग 1190 ईसापूर्व के एक भित्ति चित्र में तलवारबाजी करते हुए दिखाया गया है। पर्सिया, बेबीलोन, यूनान, रोमन और जर्मनी में भी तलवारबाजी के अभ्यास के प्रमाण मिले हैं लेकिन यह सब युद्ध अभ्यास का ही हिस्सा था। इस तरह के अभ्यास 18वीं सदी तक आम प्रचलन में थे। इससे पहले हालाँकि 14वीं और 15वीं सदी के आसपास तलवारबाजी खेल के रूप में अपनाया जाने लगा था।

इटली और जर्मनी दोनों तलवारबाजी को खेल से जोड़ने का श्रेय लेते रहे हैं। तलवारबाजी के व्यवस्थित मुकाबले हालाँकि 19वीं सदी के आखिर में ही शुरू हो पाये थे। अन्तरराष्ट्रीय तलवारबाजी महासंघ 1913 में स्थापित किया गया था। भारत में भारतीय तलवारबाजी संघ 1974 में गठित किया लेकिन इसको 1997 में सरकारी मान्यता मिली थी।

ओलम्पिक में तलवारबाजी

तलवारबाजी में दो प्रतियोगी हाथों में तलवार लेकर एक-दूसरे के शरीर पर प्रहार करने की कोशिश करते हैं। शरीर के कुछ तय अंग होते हैं जिन पर प्रहार किया जा सकता है। इसके तीनों प्रारूपों के लिए अलग-अलग नियम होते हैं। ओलम्पिक में पुरुष और महिला वर्ग में इसके तीन प्रारूप व्यक्तिगत फ्वाइल,

व्यक्तिगत एपे, व्यक्तिगत सबरे हैं तथा इन तीनों प्रारूपों की दोनों वर्गों में टीम स्पर्धाएँ शामिल हैं।

ओलम्पिक में 1896 एथेंस ओलम्पिक में ही तलवारबाजी को शामिल कर दिया गया था और तब से वह इन खेलों का हिस्सा बनी हुई है। महिला तलवारबाजी 1924 में पेरिस ओलम्पिक में शामिल की गयी थी। महिलाएँ पहले फ्वाइल में भाग लेती थीं लेकिन अटलांटा ओलम्पिक 1996 से उन्होंने एपे और एथेंस 2004 से सबरे में हिस्सा लेना शुरू किया था।

ओलम्पिक तलवारबाजी में यूरोपीय देशों का दबदबा रहा है। इटली ने इसमें अब तक 49 स्वर्ण पदक सहित 127 पदक जीते हैं। उसके बाद फ्रांस (45 स्वर्ण सहित 123 पदक) और हंगरी (37 स्वर्ण सहित 88 पदक) का नम्बर आता है। इटली के नेडो नादि ने 1920 एंटवर्प ओलम्पिक में प्रत्येक प्रारूप के हथियार से पदक जीते थे। इन ओलम्पिक खेलों में उन्होंने 5 स्वर्ण पदक जीते थे। उन्होंने फ्वाइल और सबरे में व्यक्तिगत तथा एपे, फ्वाइल और सबरे तीनों में टीम स्पर्धा का स्वर्ण पदक जीता। तलवारबाजी में सर्वाधिक 7 स्वर्ण पदक हंगरी के एल्डऐयर गेरिवच ने जीते हैं जबकि सर्वाधिक 13 पदक एडुआर्डो मांगियारोटी ने जीते हैं जिसमें 6 स्वर्ण पदक शामिल हैं। भारत ने अभी तक ओलम्पिक खेलों में तलवारबाजी में भाग नहीं लिया है।

फुटबॉल

फुटबॉल अभी दुनिया का सबसे लोकप्रिय और सर्वाधिक देशों में खेला जानेवाला खेल है। एक सबसे सस्ता खेल जिसमें कौशल, दृढ़ता और दमखम की परीक्षा होती है। फुटबॉल में टीम होती है और इतिहास के पन्नों में झाँकने पर पता चलता है कि आज से लगभग 3000 साल पहले मेसो अमेरिकी संस्कृति में पाँव और गेंद के सामंजस्य से खेले जानेवाले खेल का संदर्भ मिलता है। चीन में ईसा पूर्व तीसरी और दूसरी शताब्दी में कुजु नामक खेल होता था। विश्व फुटबॉल की सर्वोच्च संस्था फीफा ने इसे फुटबॉल का ही एक रूप माना है। इंग्लैंड में 12वीं शताब्दी में फुटबॉल खेला जाने लगा था। लोग तब घास के मैदानों और सड़कों पर फुटबॉल खेला करते थे। अन्तर इतना था कि तब गेंद पर पाँव से शॉट लगाने के साथ मुक्का भी जमाया जा सकता था। पहला फुटबॉल क्लब एडिनबर्ग में 1824 में गठित हुआ था। किन्हीं दो देशों के बीच पहला फुटबॉल मैच पाँच मार्च 1870 को इंग्लैंड और स्कॉटलैंड के बीच खेला गया था जो गोलरहित ड्रा छूटा था। इसके बाद 21 मई 1904 को अन्तरराष्ट्रीय फुटबॉल संघों के महासंघ यानी फीफा का गठन किया गया जिसके तहत आज भी विश्व स्तर पर फुटबॉल प्रतियोगिताओं का आयोजन किया जाता है। फुटबॉल का पहला विश्व कप 1930 में उरूग्वे में खेला गया था।

भारत में ब्रिटिश सैनिक 1850 के आसपास फुटबॉल खेला करते थे। बहुत कम लोगों को यह पता होगा कि नागेन्द्र प्रसाद सर्वाधिकारी को भारत में फुटबॉल का जनक कहा जाता है। इसका भी एक रोचक किस्सा है। नागेन्द्र प्रसाद जिस स्कूल में पढ़ते थे उन्होंने वहाँ अपने साथियों को स्कूल परिसर में फुटबॉल खेलने के लिए उकसाया। खेल शुरू हुआ तो स्कूल से जुड़े ब्रिटिश अध्यापकों को वह अच्छा लगा। उन्होंने नागेन्द्र और साथियों को अन्य स्कूलों में भी फुटबॉल

को बढ़ावा देने की अनुमति दे दी। भारत का पहला फुटबॉल क्लब कलकत्ता एफसी था जिसका गठन 1872 में किया गया था। भारत के शिमला में 1888 में डूरंड कप की शुरुआत हुई थी जो विश्व की तीसरी सबसे पुरानी फुटबॉल प्रतियोगिता है। कोलकाता में ही 1893 में भारतीय फुटबाल संघ (आईएफए) का गठन हुआ। भारतीय फुटबॉल टीम ने 1924 में अपना पहला विदेशी दौरा श्रीलंका का किया था। भारत की उस टीम के कप्तान गोस्था पॉल थे। भारतीय टीम ने हालाँकि पहला आधिकारिक दौरा 1938 में आस्ट्रेलिया का किया था। इससे एक साल पहले अखिल भारतीय फुटबॉल महासंघ (एआईएफएफ) का गठन हुआ जो आज भी देश में इस खेल का संचालन करता है।

सस्ता और कौशल से भरपूर है फुटबॉल

अगर आपके आसपास कोई मैदान है और एक गेंद यानी फुटबॉल है तो फिर इस खेल का आनन्द ले सकते हो। इसलिए फुटबॉल को सबसे सस्ता खेल कहा जाता है। एक जमाने में तो भारतीय नंगे पाँव ही फुटबॉल खेला करते थे और माना जाता है कि इसी कारण उन्हें ब्राजील में 1950 में खेले गए फीफा विश्व कप में जगह नहीं मिल पायी थी। फुटबॉल दो टीमों के बीच खेला जाता है जिसमें से प्रत्येक टीम में 11-11 खिलाड़ी होते हैं। इन 11 खिलाड़ियों में एक गोलकीपर भी शामिल होता है। बाकी खिलाड़ियों में से कुछ खिलाड़ी अग्रिम पंक्ति में, कुछ मध्य पंक्ति और कुछ रक्षापंक्ति में खेलते हैं। जिस मैदान में फुटबॉल खेला जाता है उसके दोनों छोर पर गोलपोस्ट बने होते हैं। हर टीम अपने विरोधी के गोलपोस्ट में गेंद डालने की कोशिश करती है। गेंद गोलपोस्ट में जाने से गोल हो जाता है। एक मैच 90 मिनट तक खेला जाता है जिसमें 45-45 मिनट के दो हाफ होते हैं। निर्धारित समय में सर्वाधिक गोल करनेवाली टीम विजेता घोषित की जाती है।

भारत के कई स्कूलों में फुटबॉल खेला जाता है लेकिन कई स्कूल ऐसे हैं जिन्होंने फुटबॉल में अपनी विशेष पहचान बनायी है। स्कूली स्तर की भारत में सबसे बड़ी फुटबॉल प्रतियोगिता सुब्रतो कप है जो 1960 से हर साल आयोजित होती है। इस प्रतियोगिता में देश भर के कई स्कूल भाग लेते हैं जो विभिन्न चरणों से होकर मुख्य टूर्नामेंट में जगह बनाते हैं। भारत में केरल, गोवा, पश्चिम बंगाल और पूर्वोत्तर के राज्यों को फुटबॉल का गढ़ कहा जाता है। अगर आपको पेशेवर फुटबॉलर बनना है तो इन राज्यों के अलावा देश के कई अन्य शहरों में फुटबॉल अकादमियाँ हैं। देश के लगभग प्रत्येक फुटबॉल क्लब की अपनी अकादमी होती

है जिसमें जाने-माने कोच युवाओं को प्रशिक्षण देते हैं। लगभग हर अकादमी ट्रायल का आयोजन करती है जहाँ वह युवा खिलाड़ियों का चयन करती है। इन ट्रायल में जो खिलाड़ी सम्बन्धित अकादमी के प्रशिक्षकों को प्रभावित कर देते हैं उनका चयन हो जाता है।

विश्व में कई दिग्गज फुटबॉलर हुए हैं। इनमें पेले और माराडोना को तो फुटबॉल का पर्याय माना जाता है। डेविड बैकहम, वायने रूनी, जिनेदिन जिदान, फ्रैंक बैकनबाउर, रोनाल्डो, थियरे हेनरी, लियोनेल मेस्सी, क्रिस्टियानो रोनाल्डो, नेमार जैसे कई नामी फुटबॉलर दुनिया ने देखे हैं। भारतीय फुटबॉलरों की बात करें तो पी.के. बनर्जी, चुन्नी गोस्वामी, आई.एम. विजयन, बाईचुंग भूटिया, सुनील छेत्री आदि ने इस खेल में विशिष्ट छाप छोड़ी है।

ओलम्पिक में फुटबॉल

ओलम्पिक में फुटबॉल को पहली बार पेरिस ओलम्पिक 1900 में शामिल किया गया था। इसके बाद लास एंजिल्स 1932 को छोड़कर फुटबॉल प्रत्येक ओलम्पिक खेल का हिस्सा रहा। शुरू में ओलम्पिक फुटबॉल में यूरोपीय देशों का दबदबा रहा, लेकिन 1992 के बाद से अफ्रीका और दक्षिण अमेरिकी टीमों ने ही स्वर्ण पदक जीते। स्पेन आखिरी यूरोपीय टीम है जिसने ओलम्पिक (बार्सिलोना) फुटबॉल में स्वर्ण पदक जीता था। ग्रेट ब्रिटेन और हंगरी ने ओलम्पिक में सर्वाधिक 3-3 स्वर्ण पदक जीते हैं। ब्रिटेन ने 1904 से 1912 तक लगातार तीन खिताब जीते जबकि हंगरी ने अपना आखिरी खिताब 1968 में जीता था। अर्जेंटीना, सोवियत रूस और उरूग्वे ने 2-2 बार स्वर्ण पदक जीता है। ब्राजील ने अपनी सरजमीं पर रियो ओलम्पिक 2016 में पहली बार खिताब हासिल किया लेकिन उसके नाम पर सर्वाधिक 6 पदक दर्ज हैं। इनमें 1 स्वर्ण के अलावा 3 रजत और 2 कांस्य पदक शामिल हैं।

महिला फुटबॉल पहली बार 1996 में ओलम्पिक कार्यक्रम में शामिल किया गया। अमेरिका ने 1996, 2004, 2008 और 2012 में खिताब जीता। सिडनी 2000 में नार्वे तो रियो 2016 में जर्मनी की महिला टीम चैम्पियन बनी थी।

ओलम्पिक फुटबॉल में भारत

भारत ने पहली बार 1948 लन्दन ओलम्पिक में फुटबॉल प्रतियोगिता में हिस्सा लिया था जो उसकी पहली बड़ी अन्तरराष्ट्रीय प्रतियोगिता भी थी। इसके बाद भारत ने अगले तीन ओलम्पिक में भी भाग लिया लेकिन पिछले 60 वर्षों में

राष्ट्रीय टीम इस खेल महाकुम्भ के लिए क्वालीफाई करने में असफल रही है। भारतीय टीम 1948 में नंगे पाँव खेली थी और उसने विरोधी टीमों को कड़ी चुनौती पेश की थी। फ्रांस ने आखिरी क्षणों में किए गए गोल की मदद से भारत को 2-1 से हराया था। भारत की तरफ से ओलम्पिक में पहला गोल सारंगपाणि रमण ने किया था। किंग जार्ज पंचम से लेकर स्थानीय मीडिया ने भारतीय टीम के खेल और जज्बे की प्रशंसा की थी।

भारतीय टीम हेलसिंकी ओलम्पिक 1952 में भी पहले दौर में बाहर हो गयी थी लेकिन इसके चार साल बाद 1956 में वह सेमीफाइनल में पहुँचने में सफल रही थी। भारत ओलम्पिक फुटबॉल प्रतियोगिता के सेमीफाइनल में पहुँचनेवाला एशिया का पहला देश बन गया था। भारत ने आस्ट्रेलिया को 4-2 से हराकर अन्तिम चार में जगह बनायी थी। इस मैच में नेविल डिसूजा ने हैट्रिक बनायी थी। सेमीफाइनल में भारतीय टीम यूगोस्लाविया से हार गयी थी जबकि कांस्य पदक के प्लेऑफ मैच में बुल्गारिया उस पर भारी पड़ गया था। रोम ओलम्पिक 1960 में पी.के. बनर्जी की अगुवाई वाली भारतीय टीम अपने ग्रुप में हंगरी और पेरू से हार गयी। उसने फ्रांस को ड्रा पर रोका लेकिन ग्रुप में सबसे निचले पायदान पर होने के कारण अगले दौर में जगह नहीं बना पायी।

जिम्नास्टिक

अनुशासन, शारीरिक कौशल, नियंत्रण, संतुलन, समन्वय, निपुणता, ताकत, फुर्ती और शालीनता का संयोजन है जिम्नास्टिक, जिसमें प्रतियोगी का कलाबाजी कौशल दर्शकों को मंत्रमुग्ध कर देता है। जिम्नास्टिक यूनानी शब्द है जिसका शाब्दिक अर्थ है 'नग्न व्यायाम करना'। प्राचीन यूनान में यह सभी व्यायामशालाओं पर लागू होता था जहाँ वास्तव में पुरुष बिना कपड़ों के व्यायाम करते थे। इसका मतलब है कि पहले जिम्नास्टिक में केवल पुरुष ही भाग लेते थे। जिम्नास्टिक के अन्तर्गत पहले कई खेल आते थे जो बाद में एथलेटिक्स, कुश्ती, मुक्केबाजी आदि अलग-अलग नामों से प्रचलित हुए।

माना जाता है कि जिम्नास्टिक की शुरुआत यूनान में ईसा पूर्व 5000 साल पहले हुई थी। यूनानी लोग तब जिम्नास्टिक को शरीर और दिमाग के बीच शानदार संतुलन का पर्याय मानते थे। प्लैटो, अरस्तू और होमर जैसे महान दार्शनिकों ने भी जिम्नास्टिक खेल की वकालत की थी। रिंग्स, पोमेल हॉर्स और फ्लोर एक्सरसाइज जैसी जिम्नास्टिक से जुड़ी स्पर्धाएँ प्राचीन ओलम्पिक का भी हिस्सा थीं। प्राचीन यूनान में जिम्नास्टिक को इतना पसंद किया गया था कि इसे स्कूलों में प्रत्येक विद्यार्थी के लिए अनिवार्य कर दिया गया था।

आधुनिक यूरोप में शारीरिक शिक्षा को बढ़ावा देने का श्रेय जीन जॉक रूसो को जाता है। फ्रांस में कर्नल डॉन फ्रांसिस्को अमोरेस वाइ ओंडेनो ने जिम्नास्टिक को स्कूलों से जोड़ा लेकिन वह जर्मनी के फ्रेडरिक लुडविग जॉन थे जिन्होंने जिम्नास्टिक को नया स्वरूप दिया। उन्होंने ही इस खेल में पैरलल बार्स, रिंग्स, हाई बार, द पोमेल होर्स और वॉल्ट को जोड़ा। उन्होंने बर्लिन के एक स्कूल में इस खेल को बढ़ावा दिया। यह कलात्मक जिम्नास्टिक थी जिसके विकास का श्रेय जर्मनी को जाता है। इसी दौरान जर्मनी में ही जोहान क्रिस्टोफ

फ्रेडरिक गट्स मूथ ने लयबद्ध जिम्नास्टिक को विकसित किया जिसे स्वीडन ने आगे बढ़ाने में अहम भूमिका निभायी। लयबद्ध जिम्नास्टिक महिलाओं के लिए होती है जिसे आधिकारिक मान्यता 1963 में मिली थी। लुडविग जॉन और गट्स मूथ को आधुनिक जिम्नास्टिक का जनक भी कहा जाता है। इसके बाद यूरोप में जिम्नास्टिक के कई क्लबों का गठन हुआ। अमेरिका में जिम्नास्टिक को बढ़ावा देने का श्रेय डॉ. डुडले एलेन सार्जेंट को जाता है।

विश्व में जिम्नास्टिक का संचालन अन्तरराष्ट्रीय जिम्नास्टिक महासंघ (एफआईजी) करता है जिसकी स्थापना 23 जुलाई 1881 को गयी गयी थी। इसका मुख्यालय स्विट्जरलैंड के लुसाने में है। भारत में इस खेल का संचालन भारतीय जिम्नास्टिक महासंघ करता है।

ओलम्पिक में जिम्नास्टिक

जिम्नास्टिक के मुख्य रूप से दो प्रकार होते हैं। कलात्मक जिम्नास्टिक (Artistic gymnastics) और लयबद्ध जिन्मास्टिक (Rhythmic Gymnastics)। ओलम्पिक में इन दोनों प्रकार में स्पर्धाएँ होती हैं। कलात्मक जिम्नास्टिक में पुरुषों के लिए फ्लोर एक्सरसाइज, हॉरिजांटल बार, व्यक्तिगत आलराउंड, पैरलल बार्स, पॉमेल हॉर्स, रिंग्स, वॉल्ट और टीम प्रतियोगिता जबकि महिलाओं में बीम, फ्लोर एक्सरसाइज, व्यक्तिगत आलराउंड, अनईवन बार्स, वॉल्ट और टीम प्रतियोगिता शामिल है। महिला वर्ग में लयबद्ध जिम्नास्टिक भी शामिल है जिसमें ग्रुप आलराउंड प्रतियोगिता और व्यक्तिगत आलराउंड प्रतियोगिता होती है।

कलात्मक जिम्नास्टिक को 1986 में एथेंस में खेले गए पहले ओलम्पिक में ही शामिल कर दिया गया था और तब से यह इन खेलों का हिस्सा है। पहले केवल पुरुष ही इसमें भाग लेते थे लेकिन 1928 में एम्सटर्डम ओलम्पिक से इसमें महिलाओं ने भी हिस्सा लेना शुरू कर दिया। लयबद्ध जिम्नास्टिक को पहली बार लास एंजिल्स ओलम्पिक में शामिल किया गया और तब से यह ओलम्पिक कार्यक्रम का हिस्सा है। बार्सिलोना ओलम्पिक तक इसमें केवल एक व्यक्तिगत स्पर्धा होती थी लेकिन अटलांटा ओलम्पिक 1996 से इसमें टीम स्पर्धा भी जोड़ दी गयी।

ओलम्पिक जिम्नास्टिक में यूरोपीय देशों विशेषकर सोवियत रूस, रोमानिया, स्विट्जरलैंड, हंगरी, जर्मनी, इटली आदि का नाम आता है। इनके अलावा अमेरिका, जापान और चीन ने भी अपनी जीवन्त उपस्थिति दर्ज करायी

है। सोवियत रूस ने रियो ओलम्पिक तक जिम्नास्टिक में 95 स्वर्ण सहित 248 पदक जीते हैं। उसके बाद अमेरिका (37 स्वर्ण), जापान (31 स्वर्ण), चीन (29 स्वर्ण) और रोमानिया (25 स्वर्ण) का नम्बर आता है।

सोवियत रूस की लारिसा लैटनिना ओलम्पिक जिम्नास्टिक की स्वर्ण परी कहलाती है। उन्होंने 1956 से 1964 तक तीन ओलम्पिक में 9 स्वर्ण सहित 18 पदक जीते। पूर्व चेकोस्लोवाकिया की वेरा कास्लावस्का ने भी 1960 से 1968 तक तीन ओलम्पिक में 7 स्वर्ण सहित 11 पदक जीते थे। इस सबके बावजूद अगर किसी एक जिम्नास्ट ने ओलम्पिक में अपने प्रदर्शन से दुनिया भर में ख्याति अर्जित की तो वह रोमानिया की नादिया कोमानेची थीं जिन्होंने 1976 और 1980 ओलम्पिक में भाग लिया और 5 स्वर्ण सहित 9 पदक जीते। नादिया ने जब 1976 में मांट्रियल ओलम्पिक में हिस्सा लिया तो उनकी उम्र केवल 14 साल की थी लेकिन उन्होंने अपने प्रदर्शन से ऐसी धूम मचायी कि विश्व भर में उनकी चर्चा होने लगी थी। नादिया तब ओलम्पिक में 'परफेक्ट 10' का स्कोर बनानेवाले पहली जिम्नास्ट बनी थीं। इस किशोरी ने तब 3 स्वर्ण पदक जीते थे।

पुरुष वर्ग में जापान के सवाई कातो ने ओलम्पिक में सर्वाधिक 8 स्वर्ण पदक जीते हैं। उन्होंने 1968 से 1976 तक तीन ओलम्पिक खेलों में भाग लिया था। सोवियत रूस के निकोलेई आंद्रियानोव, बोरिस शाखलिन और विक्टर चौकारिन ने भी 7-7 स्वर्ण पदक अपने नाम किए हैं।

ओलम्पिक जिम्नास्टिक में भारत

भारत को विश्व जिम्नास्टिक के मानचित्र पर जगह दिलाने का श्रेय दीपा कर्माकर को जाता है जिन्होंने न सिर्फ 2016 के रियो डि जेनेरियो ओलम्पिक के लिए क्वालीफाई किया बल्कि महिलाओं की वॉल्ट स्पर्धा में चौथे स्थान पर रहीं। दीपा ओलम्पिक में भाग लेनेवाली पहली भारतीय महिला जिम्नास्ट हैं। यही नहीं, यह 52 वर्षों में पहला अवसर था जबकि किसी भारतीय ने ओलम्पिक जिम्नास्टिक के लिए क्वालीफाई किया था। इससे पहले भारत के 10 पुरुष जिम्नास्टों ने 1952, 1956 और 1964 तीन ओलम्पिक खेलों में हिस्सा लिया था लेकिन किसी ने भी उल्लेखनीय प्रदर्शन नहीं किया था। दीपा ने इससे पहले ग्लास्गो राष्ट्रमंडल खेल 2014 में कांस्य पदक जीतकर इतिहास रचा था। इससे पहले 2010 में नयी दिल्ली में खेले गए राष्ट्रमंडल खेलों में आशीष कुमार ने पुरुष वर्ग में कांस्य पदक हासिल किया था। इसके बाद देश में जिम्नास्टिक

के प्रति लोगों की दिलचस्पी बढ़ी है और अब देश में कई स्थानों पर इसकी अकादमियाँ खुल रही हैं लेकिन इसके लिए अच्छे कोच का होना जरूरी है। दीपा कर्माकर अगर ओलम्पिक तक पहुँच पायी तो इसमें उनके कोच बिश्वेश्वर नन्दी की भूमिका बेहद महत्त्वपूर्ण रही। नन्दी ने शुरू में ही दीपा की प्रतिभा को पहचान कर उन्हें अन्तरराष्ट्रीय स्तर की जिम्नास्ट बनाया। त्रिपुरा की रहनेवाली दीपा देश की आज नम्बर एक जिम्नास्ट और नन्दी सर्वश्रेष्ठ कोच हैं।

ट्रैम्पोलिन

ट्रैम्पोलिन जिम्नास्टिक का ही एक प्रकार है जिसमें खिलाड़ी अपने एक्रोबैटिक कौशल का प्रदर्शन करके अंक बनाते हैं और उसी आधार पर उनके स्थानों का निर्धारण किया जाता है। पहले ट्रैम्पोलिन से अन्तरिक्ष यात्रियों और पायलटों प्रशिक्षित किया जाता था। अन्य खेलों विशेषकर गोताखोरी, जिम्नास्टिक आदि में भी प्रशिक्षण के लिए इसका उपयोग होता था लेकिन धीरे-धीरे ट्रैम्पोलिन एक खेल के रूप में विकसित हो गया।

पहली आधुनिक ट्रैम्पोलिन के विकास 1934 के आसपास अमेरिकी जिम्नास्ट जार्ज निसान और लैरी ग्रिसवॉल्ड ने सर्कस के करतबों से प्रभावित होकर जिम्नास्टिक में एक्रोबैटिक का प्रदर्शन किया था। धीरे-धीरे इसने लोकप्रियता हासिल की और फिर सिडनी 2000 में यह ओलम्पिक का हिस्सा बन गया। इसमें पुरुष और महिला वर्ग में व्यक्तिगत स्पर्धाएँ होती हैं। चीन ने 3 स्वर्ण सहित 11 पदक इस खेल में अपने नाम किए हैं। कनाडा की रोसी मैकलीनन ने लन्दन 2012 में महिला वर्ग का स्वर्ण पदक जीतने के बाद रियो 2016 में अपने खिताब का सफलतापूर्वक बचाव किया था। ट्रैम्पोलिन में यह उपलब्धि हासिल करनेवाली वह एकमात्र खिलाड़ी हैं। चीन के डोंग डोंग ने पुरुष वर्ग में 1 स्वर्ण, 1 रजत और 1 कांस्य पदक जीता है।

हैंडबॉल

बास्केटबॉल और फुटबॉल का मिश्रण है हैंडबॉल। इसमें बास्केटबॉल की तरह हाथ से गेंद को फेंका जाता है लेकिन इसमें फुटबॉल की तरह गोलपोस्ट होता है। हैंडबॉल जैसा खेल सदियों से यूनान में खेला जाता था। इसे स्पेन और फ्रांस में पेलोटा कहा जाता था। हैंडबॉल के आधुनिक खेल का विकास आयरलैंड में हुआ जहाँ लगभग 1000 साल पहले इसे खेला जाता था। आयरलैंड में 1850 के आसपास नियमित तौर पर चैम्पियनशिप का आयोजन होता था। हैंडबॉल के विकास का श्रेय जर्मनी, डेनमार्क और स्वीडन को जाता है जहाँ 19वीं सदी में बाहर मैदानों पर यह खेल होता था। एम्सटर्डम ओलम्पिक 1928 के दौरान अन्तरराष्ट्रीय एमेच्योर हैंडबॉल महासंघ का गठन हुआ। पहली हैंडबॉल विश्व चैम्पियनशिप जर्मनी में 1938 में खेली गयी। इससे दो साल पहले बर्लिन में हैंडबॉल ओलम्पिक का हिस्सा बन गया था। अन्तरराष्ट्रीय हैंडबॉल महासंघ 1946 में गठित हुआ जो अब इस खेल को विश्व भर में संचालित करता है।

हैंडबॉल में सात-सात खिलाड़ी भाग लेते हैं जो गेंद को ड्रिबल करते हुए विरोधी खेमे के गोल में फेंकते हैं। हैंडबॉल का कोर्ट 40 मीटर लम्बा और 20 मीटर चौड़ा होता है। कोर्ट के दोनों तरफ अंग्रेजी के 'डी' के आकार का घेरा बना होता है जो गोल क्षेत्र होता है। प्रत्येक मैच 60 मिनट का होता है जिसमें 30-30 मिनट के दो हफ होते हैं। सर्वाधिक गोल करनेवाली टीम विजेता घोषित की जाती है।

ओलम्पिक में हैंडबॉल

ओलम्पिक में पहली बार 1936 बर्लिन में हैंडबॉल को शामिल किया गया लेकिन तब इस खेल में 11 खिलाड़ी भाग लेते थे और मुकाबले बाहर फुटबॉल

के मैदान पर खेले गए थे। आधुनिक हैंडबॉल का ओलम्पिक में प्रवेश म्यूनिख ओलम्पिक 1972 में हुआ था। इससे पहले हेलसिंकी ओलम्पिक 1952 में इसे प्रदर्शनी खेल के रूप में शामिल किया गया था। महिला हैंडबॉल को 1976 में मांट्रियल में ओलम्पिक में जगह मिली।

ओलम्पिक में हैंडबॉल में यूरोपीय देशों का ही दबदबा रहा। पुरुष वर्ग में सभी स्वर्ण पदक यूरोपीय देशों ने जीते हैं। इनमें सोवियत रूस (सोवियत संघ, संयुक्त टीम और रूस) के नाम पर 4 जबकि फ्रांस, क्रोएशिया और युगोस्लाविया के नाम पर 2-2 स्वर्ण पदक दर्ज हैं। महिला वर्ग में दक्षिण कोरिया ने जरूर यूरोपीय दबदबे को चुनौती दी है। उसकी महिला टीम ने 1988 सियोल में अपनी सरजमीं पर खिताब जीता था और फिर 1992 बार्सिलोना में इसका सफलतापूर्वक बचाव किया था। इसके बाद डेनमार्क ने 1996 से 2004 तक लगातार तीन खिताब जीतकर हैट्रिक बनायी थी। भारत ने अभी तक ओलम्पिक में हैंडबॉल में हिस्सा नहीं लिया है।

हॉकी

भारत के राष्ट्रीय खेल हॉकी की जड़ें मिस्र की सभ्यता से जुड़ी हैं। ऐतिहासिक तथ्यों के अनुसार मिस्र में आज से 4000 साल पहले हॉकी जैसा खेल खेला जाता था। ईरान में भी ईसा पूर्व सन् 2000 के आसपास से इस तरह के खेल के प्रचलन के प्रमाण मिले हैं जो बाद में इथियोपिया और अन्य देशों में लोकप्रिय हुआ था। कई संग्रहालयों में इसके सबूत मौजूद हैं कि रोमन और यूनानी भी हॉकी खेला करते थे। इसलिए हॉकी को सबसे प्राचीन खेलों में गिना जाता है। 'हॉकी' शब्द सम्भवत: फ्रांसीसी शब्द 'हॉकेट' से लिया गया है जो कि मुड़ी हुई स्टिक के लिए उपयोग किया जाता है जिससे कि छोटी गेंद को हिट किया जाता है।

आज हम हॉकी को जो स्वरूप देख रहे हैं उसका श्रेय इंग्लैंड को जाता है जहाँ 18वीं सदी के दूसरे भाग में स्कूलों आदि में यह खेल खेला जाने लगा था। ब्रिटेन में ही 1876 में पहला हॉकी संघ गठित हुआ था। हॉकी का पहला क्लब ब्लैकहीथ हॉकी क्लब था जिसकी स्थापना 1861 में हुई थी। अन्तरराष्ट्रीय हॉकी महासंघ (एफआईएच) 7 जनवरी 1924 को अस्तित्व में आया था। इसका मुख्यालय लुसाने में है और अभी 137 देश इसके सदस्य हैं। विभिन्न देशों में हॉकी के संचालन के लिए अलग-अलग महासंघ हैं जो एफआईएच के अधीन कार्य करते हैं। इनमें भारतीय संघ 'हॉकी इंडिया' भी है। इसी के अन्तर्गत पुरुष और महिला टीमें आती हैं।

आओ अपनाएँ राष्ट्रीय खेल

भारत में पंजाब, ओड़िशा और झारखंड को हॉकी का गढ़ माना जाता है। पंजाब ने लम्बे समय तक भारत को कई दिग्गज हॉकी खिलाड़ी दिए लेकिन अब देश के विभिन्न क्षेत्रों से खिलाड़ी इस खेल में आ रहे हैं जो कि सकारात्मक

संकेत हैं। हॉकी बहुत महंगा खेल भी नहीं है लेकिन इसके लिए एक अदद मैदान, हॉकी स्टिक और गेंद की जरूरत पड़ती है। भारत ने लम्बे समय तक घास के मैदानों पर हॉकी खेली है लेकिन अब एस्ट्रोटर्फ यानी कृत्रिम घास के मैदान पर हॉकी खेलने का प्रचलन है। भारत में एस्ट्रोटर्फ बड़ी संख्या में नहीं हैं लेकिन स्कूली स्तर पर घास के मैदानों पर भी अभ्यास किया जा सकता है। हॉकी 1970 के आसपास से एस्ट्रोटर्फ में खेली जाने लगी जिसके बाद भारतीयों का खेल प्रभावित हुआ लेकिन अब भारतीय खिलाड़ियों ने भी कृत्रिम घास पर खेलने की आदत डाल ली है। लेकिन अगर देश को इस खेल में खोयी प्रतिष्ठा हासिल करनी है तो फिर हर जिले में एस्ट्रोटर्फ के मैदान होने चाहिए जिससे कि खिलाड़ियों को शुरू से ही इस तरह के मैदानों पर खेलने का अनुभव हो।

हॉकी का मैच पहले 70 मिनट का होता था जिसमें पहले 35-35 मिनट के दो हाफ होते थे। लेकिन अब यह 60 मिनट का होता है जिसे 15-15 मिनट के चार क्वार्टर में खेला जाता है। हॉकी में गोलकीपर सहित 11 खिलाड़ी होते हैं जिसमें रक्षापंक्ति, मध्य पंक्ति और अग्रिम पंक्ति के खिलाड़ी शामिल होते हैं। गोलकीपर और रक्षापंक्ति के खिलाड़ियों का काम गोल बचाना होता है तो मध्य पंक्ति के खिलाड़ियों को 'प्लेमेकर' की भूमिका निभानी होती है। उन्हें न सिर्फ गोल बचाने में अपनी भूमिका निभानी होती है बल्कि गोल भी बनाने होते हैं। अग्रिम पंक्ति के खिलाड़ियों को उनके प्रयास पर मौके भुनाने पड़ते हैं। प्रत्येक टीम एक या दो पेनल्टी कार्नर विशेषज्ञ भी होते हैं।

एक समय था जबकि पंजाब के गाँव संसारपुर को हॉकी का गढ़ कहा जाता था। पंजाब से आज भी हॉकी के कई खिलाड़ी राष्ट्रीय स्तर पर अपनी पहचान बना रहे हैं। एक समय झांसी, जबलपुर और भोपाल को भी हॉकी के लिए जाना जाता था लेकिन अब ओड़िशा और झारखंड ने भी तेजी से इस खेल में अपनी विशेष पहचान बनायी है। राष्ट्रीय स्तर पर हॉकी की विभिन्न प्रतियोगिताओं के आयोजन से प्रत्येक राज्य अब राष्ट्रीय खेल में दिलचस्पी ले रहा है। स्वाभाविक है कि देश में हॉकी की अकादमियाँ खुल रही हैं। चंड़ीगढ़, दिल्ली, जमशेदपुर, भुवनेश्वर और बेंगलुरू में हॉकी की अच्छी अकादमियाँ हैं।

ओलम्पिक में हॉकी

ओलम्पिक में हॉकी को पहली बार लन्दन में 1908 में शामिल किया गया था जिसमें छह टीमों ने हिस्सा लिया था। इनमें इंग्लैंड, आयरलैंड, स्कॉटलैंड और वेल्स की टीमें भी शामिल थीं जो अलग-अलग खेली थीं। इनके अलावा जर्मनी

और फ्रांस ने इसमें भाग लिया था। इसके चार साल बाद स्टाकहोम ओलम्पिक में हालाँकि हॉकी को शामिल नहीं किया गया। हॉकी की 1920 में एंटवर्प ओलम्पिक में वापसी हुई लेकिन 1924 में पेरिस ओलम्पिक से फिर से इसे बाहर कर दिया गया। इससे पहले अन्तरराष्ट्रीय हॉकी महासंघ का भी गठन हो चुका था लेकिन उसके प्रयासों के बावजूद हॉकी को इन खेलों में जगह नहीं मिल पायी थी। हॉकी की एम्सटर्डम ओलम्पिक 1928 में वापसी हुई और तब से वह ओलम्पिक का हिस्सा बनी हुई है। महिला हॉकी पहली बार 1980 में मास्को ओलम्पिक में इन खेलों का हिस्सा बनी थी।

ओलम्पिक हॉकी में जिन देशों का दबदबा रहा है उनमें भारत (8 स्वर्ण), जर्मनी (4 स्वर्ण), पाकिस्तान, ग्रेट ब्रिटेन (दोनों 3-3 स्वर्ण), नीदरलैंड (2 स्वर्ण), आस्ट्रेलिया, न्यूजीलैंड, अर्जेंटीना (तीनों 1-1 स्वर्ण) आदि प्रमुख हैं। महिला वर्ग में नीदरलैंड और आस्ट्रेलिया ने 3-3 स्वर्ण जबकि जर्मनी, ब्रिटेन, स्पेन और जिम्बाब्वे ने 1-1 स्वर्ण पदक अपने नाम किया है। ओलम्पिक में पुरुष और महिला दोनों वर्गों में छह-छह टीमें भाग लेती हैं जिन्हें छह-छह टीमों के दो ग्रुप में बाँटा जाता है जिनमें से शीर्ष पर रहनेवाली चार टीमें क्वार्टर फाइनल में पहुँचती हैं।

ओलम्पिक हॉकी में भारत

ओलम्पिक हॉकी में एक समय भारत का परचम लहराया करता था। भारत ने ओलम्पिक में 1928 से 1956 तक लगातार छह खिताब जीते और वह लगातार 30 मैचों तक अजेय रहा था। इस बीच उसने 197 गोल दागे और केवल 8 गोल खाये। इसके बाद भारत ने टोक्यो 1964 और मास्को 1980 में भी स्वर्ण पदक जीते लेकिन पिछले 40 वर्षों से उसके नाम पर कोई पदक दर्ज नहीं हो पाया। असल में 1976 में मांट्रियल ओलम्पिक से एस्ट्रोटर्फ पर प्रतियोगिता खेली जाने लगी जिसका विपरीत प्रभाव भारतीय हॉकी पर पड़ा। एस्ट्रोटर्फ पर लम्बे पास देने और अपनी तेजी और फुर्ती के कारण यूरोपीय टीमें सफल होने लगीं। भारतीय टीम का छोटे-छोटे पास देने का कौशल उन पर भारी पड़ने लगा। अब हालाँकि भारतीय टीम लगातार एस्ट्रोटर्फ पर खेल रही है और इसलिए भविष्य में उससे ओलम्पिक में पदक की उम्मीद की जा रही है।

भारत ने पहली बार 1928 में ओलम्पिक हॉकी में भाग लिया। जयपाल सिंह मुंडा की अगुवाई वाली भारतीय टीम ने फाइनल में महान ध्यानचन्द के दो गोल की मदद से नीदरलैंड को 3-0 से हराया। इसके चार साल बाद लास एंजिल्स

में भारत ने जापान को 11-1 और अमेरिका को रिकॉर्ड 24-1 से हराकर अपने लिए स्वर्ण पदक सुनिश्चित किया था। अमेरिका के खिलाफ ध्यानचन्द के छोटे भाई रूप सिंह ने 10 और स्वयं ध्यानचन्द ने आठ गोल दागे थे।

बर्लिन ओलम्पिक 1936 में तो भारतीय टीम विशेषकर ध्यानचन्द के खेल से हिटलर भी प्रभावित हो गया था। भारत ने तब सेमीफाइनल में फ्रांस को 10-0 और फाइनल में जर्मनी को 8-1 से पराजित किया था। कप्तान ध्यानचन्द ने दोनों मैच में 4-4 गोल किए थे। लन्दन ओलम्पिक 1948 में भारत ने फिर से अपना दबदबा बनाया और शुरू से प्रत्येक मैच में जीत दर्ज की। उसने सेमीफाइनल में नीदरलैंड को 2-1 से और फाइनल में बलबीर सिंह सीनियर के 2 गोल की मदद से ब्रिटेन को 4-0 से शिकस्त दी थी। इस ओलम्पिक में भारत को बलबीर सिंह सीनियर के रूप में नया स्टार मिला था। इसके चार साल बाद हेलसिंकी में सेमीफाइनल में फिर से ब्रिटेन की टीम भारत के सामने थी जिसे उसने 3-1 से हराया। केडी सिंह की अगुवाई वाली भारतीय टीम ने फाइनल में नीदरलैंड को 6-1 से पराजित किया था।

भारतीय टीम ने 1956 मेलबर्न ओलम्पिक में खिताब की दूसरी हैट्रिक पूरी की। बलबीर सिंह सीनियर के नेतृत्व में टीम ने सेमीफाइनल में जर्मनी को 1-0 से हराया और फिर फाइनल में अपने चिर प्रतिद्वन्द्वी पाकिस्तान को भी इसी अन्तर से पराजित किया था। आखिर पाकिस्तान ने ही 1960 रोम ओलम्पिक में भारत के स्वर्णिम अभियान पर विराम लगाया। भारत ने फाइनल तक एक भी मैच नहीं गँवाया था लेकिन खिताबी मुकाबले में वह 0-1 से हार गया।

भारत ने इसके चार साल बाद टोक्यो ओलम्पिक में पाकिस्तान को इसी अन्तर से हराकर बदला चुकता किया और अपना सातवाँ स्वर्ण पदक जीता। भारतीय टीम की राह हालाँकि पिछले ओलम्पिक की तरह आसान नहीं रही। पूर्वी जर्मनी और स्पेन ने भारत को 1-1 से ड्रा पर रोका। भारतीय टीम ने मलेशिया, बेल्जियम और नीदरलैंड को भी कम अन्तर से हराया। पाकिस्तान के खिलाफ फाइनल में मोहिंदर पाल ने पेनल्टी स्ट्रोक को गोल में बदला जो निर्णायक साबित हुआ। इसके बाद गोलकीपर शंकर लक्ष्मण ने कई अच्छे बचाव किए।

इसके बाद अगले तीन ओलम्पिक में भारतीय टीम स्वर्ण पदक नहीं जीत पायी। भारत को 1968 और 1972 में कांस्य पदक से ही संतोष करना पड़ा। मैक्सिको सिटी ओलम्पिक में सेमीफाइनल में आस्ट्रेलिया से हारने के बाद भारत ने कांस्य पदक के मैच में पूर्वी जर्मनी को 2-1 से हराया। इसके चार साल बाद 1972 में उसने नीदरलैंड को इसी अन्तर से हराकर तीसरा स्थान हासिल किया

था। मांट्रियल ओलम्पिक 1976 में भारत ग्रुप चरण में नीदरलैंड और आस्ट्रेलिया से हारने के कारण सेमीफाइनल में जगह नहीं बना पाया और इस तरह से पहली बार भारतीय हॉकी टीम को ओलम्पिक से बैरंग वापस लौटना पड़ा था। भारतीय टीम को तब सातवें स्थान से संतोष करना पड़ा था।

मास्को ओलम्पिक 1980 में भारतीय टीम पर काफी दबाव था। उसने तंजानिया और क्यूबा जैसी कमजोर टीमों क्रमश: 18-0 और 13-0 के बड़े अन्तर से हराया लेकिन पोलैंड और स्पेन से उसने अपने मैच ड्रा खेले। भारतीय टीम सेमीफाइनल में जगह बनाने में सफल रही जहाँ उसने सोवियत रूस को 4-2 से पराजित किया। फाइनल में उसके सामने स्पेन था। भारत ने तब मोहम्मद शाहिद के शानदार खेल से 4-3 से जीत दर्ज करके आठवाँ स्वर्ण पदक हासिल किया था।

इसके बाद भारतीय हॉकी का पतन शुरू गया और टीम ओलम्पिक में सेमीफाइनल तक जगह नहीं बना पायी। भारत 1984 में पाँचवें, 1988 में छठे, 1992 में सातवें, 1996 में आठवें, 2000 और 2004 में सातवें, 2012 में 12वें यानी अन्तिम स्थान तथा 2016 में आठवें स्थान पर रही। इस बीच 2008 में पहली बार भारतीय हॉकी टीम ओलम्पिक के लिए क्वालीफाई नहीं कर पायी थी। इस तरह से भारत ने ओलम्पिक में 8 स्वर्ण, 1 रजत और 2 कांस्य सहित कुल 11 पदक पुरुष हॉकी में जीते हैं। भारत के लेस्ली क्लॉउडियस और उधम सिंह (दोनों 3 स्वर्ण और 1 रजत) के नाम पर 4-4 पदक दर्ज हैं।

महिला हॉकी में भारत ने 1980 मास्को ओलम्पिक में पहली बार भाग लिया था। तब भारतीय टीम छह टीमों के बीच चौथे स्थान पर रही थी। इसके बाद 2016 रियो ओलम्पिक के लिए भारतीय महिला हॉकी टीम ने क्वालीफाई किया लेकिन उसे 12वाँ और अन्तिम स्थान मिला था। भारतीय टीम ने तब चार मैच गँवाये और एक मैच ड्रा खेला था। भारतीय महिला टीम ने टोक्यो ओलम्पिक के लिए भी क्वालीफाई कर रखा है। यह पहला अवसर है जबकि उसने लगातार दो ओलम्पिक में जगह बनायी है।

जूडो

जूडो पारम्परिक जापानी खेल है जिसकी शुरुआत 1532 में टेकनाची रियु मार्शल आर्ट के रूप में हुई। इसी मार्शल आर्ट का एक प्रारूप है जुजुत्सु जिससे जूडो बना। यह प्रतिद्वन्द्वी पर हमला करने और खुद का बचाव करने की कला है। जूडो को 1882 के बाद डॉ. जिगोरो कानो ने नयी पहचान दिलायी जिन्हें जूडो का जनक भी कहा जाता है। उन्होंने इसके नियम तैयार किए और इसे शारीरिक शिक्षा का हिस्सा बनाया। उन्होंने इसे शारीरिक, बौद्धिक और नैतिक शिक्षा से जोड़ा और इससे जुजुत्सु के खतरनाक हिस्से निकाल दिए। जूडो का पहला स्कूल उन्होंने ही 1882 में शुरू किया था।

जूडो बाद में एशिया के अन्य देशों में भी अपनी सुरक्षा के लिहाज से मार्शल आर्ट का महत्त्वपूर्ण प्रारूप बन गया। यूरोपीय देशों ने भी इसे अपनाना शुरू कर दिया और बाद में जापान को कड़ी चुनौती भी पेश की। अन्तरराष्ट्रीय जूडो महासंघ 1951 में गठित किया गया जिसका मुख्यालय हंगरी के बुडापेस्ट में है।

भारत में 1929 में गुरुदेव रवीन्द्रनाथ टैगोर के शान्ति निकेतन में जूडो की कोचिंग की व्यवस्था की गई थी। जापानी जुडोका शिंजो तगाकी ने वहाँ जूडो का प्रशिक्षण दिलाया था। भारतीय जूडो महासंघ का गठन 1965 में किया गया था। भारत में जूडो आत्मरक्षा के लिए सबसे लोकप्रिय खेल है और इसलिए कई स्कूलों में यह खेल सिखाया जाता है लेकिन इसमें अनुभवी प्रशिक्षकों की कमी साफ नजर आती है जिससे भारत इस खेल में अन्तरराष्ट्रीय स्तर पर अपनी चमक बिखेरने में नाकाम रहा है। खेलो इंडिया के तहत अब कुछ शहरों में जूडो अकादमी स्थापित की जा रही हैं जहाँ अन्तरराष्ट्रीय स्तर का जुडोका बनने के लिए तमाम सुविधाएँ उपलब्ध होंगी। इन शहरों में भोपाल, पुणे, बेंगलुरू, इम्फाल, मोहाली आदि शामिल हैं।

ओलम्पिक में जूडो

ओलम्पिक में जूडो पहली बार 1964 में टोक्यो ओलम्पिक में शामिल किया गया लेकिन इसके चार साल बाद मैक्सिको सिटी ओलम्पिक में इस खेल को जगह नहीं मिली। इसके बाद म्यूनिख ओलम्पिक 1972 में जूडो की वापसी हुई और तब से यह ओलम्पिक के खेलों के कार्यक्रम में बना हुआ है। महिलाओं ने पहली बार बार्सिलोना ओलम्पिक 1992 में जूडो में हिस्सा लिया। इसमें पुरुष और महिला जुडोका सात भार वर्गों में हिस्सा लेते हैं। इस खेल में स्वाभाविक है कि जापान का दबदबा रहा लेकिन फ्रांस और दक्षिण कोरिया से उसे अच्छी चुनौती मिली है।

जापान ने जूडो में अब तक कुल 84 पदक जीते हैं जिसमें 39 सोने के तमगे शामिल हैं। फ्रांस (14 स्वर्ण सहित 49 पदक) और दक्षिण कोरिया (11 स्वर्ण सहित 43 पदक) पदक तालिका में दूसरे और तीसरे नम्बर पर काबिज हैं। चीन (8 स्वर्ण सहित 22 पदक) धीरे-धीरे जूडो में अपनी मजबूत उपस्थिति दर्ज कर रहा है। जापान के तदाहिरो नोमुरा एकमात्र जुडोका हैं जिन्होंने तीन ओलम्पिक खिताब जीते हैं। उन्होंने 1996 से 2004 तक 60 किग्रा. से अधिक भार वर्ग में खिताबी हैट्रिक बनायी थी। जापान की महिला जुडोका रियोका तामुरा तानी के नाम पर 2 स्वर्ण, 2 रजत और 1 कांस्य पदक दर्ज है। इस तरह से उन्होंने 1992 से 2008 तक ओलम्पिक सर्वाधिक 5 पदक जीते हैं।

भारत ने पहली बार 1992 बार्सिलोना ओलम्पिक में जूडो में हिस्सा लिया। बार्सिलोना से लेकर रियो ओलम्पिक 2016 तक पुरुष और महिला वर्ग में सात-सात जुडोका ने भारत का प्रतिनिधित्व किया है। भारत का कोई भी जुडोका अब तक प्रभावशाली प्रदर्शन करने में नाकाम रहा है। भारत की एल. ब्रजेश्वरी देवी (48 से 52 किग्रा.) को सिडनी ओलम्पिक 2000 में रेपाशेज के जरिये पदक जीतने का मौका मिला था लेकिन वह इसका फायदा नहीं उठा पायी थी और आखिर में संयुक्त नौवें स्थान पर रही थी।

कराटे

कराटे जापान का प्राचीन खेल है। इसकी शुरुआत 15वीं सदी के आसपास रियुकिए साम्राज्य के दौरान जापान के ओकिनावा में हुई थी। जापान में 1920 के दशक में कराटे लोकप्रिय बन गया और द्वितीय विश्वयुद्ध के बाद इसने अन्य देशों में भी अपने पाँव पसारे। कराटे के खिलाड़ी को कराटेका कहा जाता है। अन्तरराष्ट्रीय स्तर पर कराटे का संचालन विश्व कराटे महासंघ करता है जिसका गठन 1970 में किया गया था। इसका मुख्यालय स्पेन के मैड्रिड में है।

कराटे के तीन प्रकार किहोन, काटा और कुमीते होते हैं। किहोन इसका मूल स्वरूप है। कुमीते में मार्शल आर्ट्स की विभिन्न तकनीक शामिल हैं। काटा को चीन की देन माना जाता है जो 15वीं सदी में जापान तक पहुँचा था। इसलिए काटा को चीनी मार्शल आर्ट का एक प्रारूप भी कहा जाता है। काटा में मूल तकनीकी का अद्‌भुत संयोजन देखने को मिलता है। काटा में जज खिलाड़ी स्टांस, तकनीक, चाल में परिवर्तन, सांस लेने के सही तरीके, एकाग्रता के अलावा शक्ति, गति और संतुलन का आकलन करके अंक देते हैं, इसलिए काटा को कुमीते से अधिक मुश्किल माना जाता है। लेकिन अगर आपको कराटे में सफल होना है तो काटा में महारत हासिल करनी होगी।

ओलम्पिक में कराटे

विश्व कराटे महासंघ के गठन से ही कराटे को ओलम्पिक में शामिल करने की कोशिश की जाती रही लेकिन उसे सफलता अब जाकर मिली है।

कराटे को पहली बार टोक्यो ओलम्पिक 2020 में मुख्य खेलों में शामिल किया गया। इस खेल को पहले ब्यूनस आयर्स में 2018 में खेले गए युवा ओलम्पिक खेलों में शामिल किया गया था जहाँ जापान ने 1 स्वर्ण और 3 रजत पदक जीते थे। ओलम्पिक में कुमीते और काटा की स्पर्धाओं को शामिल किया गया है। इसमें कुमीते में 60 और काटा में 20 प्रतिभागी हिस्सा लेंगे। पुरुष और महिला वर्ग काटा की एक जबकि कुमीते की तीन भार वर्गों में स्पर्धाएँ होंगी।

मॉडर्न पेंटाथलॉन

पेंटाथलॉन प्राचीन ओलम्पिक का हिस्सा था लेकिन तब इसमें दौड़, लम्बी कूद, भाला फेंक, चक्का फेंक और कुश्ती शामिल थी। आधुनिक पेंटाथलॉन यानी मॉडर्न पेंटाथलॉन में पिस्टल निशानेबाजी, तलवारबाजी, तैराकी, घुड़सवारी और दौड़ शामिल होती हैं। एक कहानी के अनुसार फ्रांसीसी सेना के एक अधिकारी को एक बार संदेशवाहक के तौर पर घोड़े पर भेजा गया था। इस दौरान उसे बन्दूक चलानी पड़ी, तलवार चलानी पड़ी, तैरना और दौड़ना पड़ा। आधुनिक ओलम्पिक के जन्मदाता बैरोन पियरे डि कुबेर्टिन को यह कहानी जंच गयी क्योंकि उनका मानना था कि किसी एक खिलाड़ी की शारीरिक क्षमता और कौशल की असली परीक्षा इन पाँच चीजों से होती है। उनके प्रयास से मॉडर्न पेंटाथलॉन स्टॉकहोम ओलम्पिक 1912 में पहली बार इन खेलों का हिस्सा बना और तब से लगातार ओलम्पिक कार्यक्रम का हिस्सा है। अन्तरराष्ट्रीय मॉडर्न पेंटाथलॉन यूनियन की स्थापना 1948 में हुई थी।

ओलम्पिक में 1912 से लेकर 1992 तक मॉडर्न पेंटाथलॉन पाँच दिन आयोजित किया जाता था। मतलब हर दिन एक स्पर्धा लेकिन अब इसका आयोजन एक दिन में होता है। मतलब प्रतिभागी के दमखम और कौशल की असली परीक्षा अब होने लगी है। महिलाओं ने सिडनी 2000 से मॉडर्न पेंटाथलॉन में हिस्सा लेना शुरू किया था। इस खेल में प्रतियोगी पहली तीन स्पर्धाओं यानी तैराकी, घुड़सवारी और तलवारबाजी में अंक बनाते हैं जिससे कि अन्तिम दो स्पर्धाओं पिस्टल निशानेबाजी और दौड़ के लिए संयुक्त शुरुआती पोजीशन तय की जाती है। प्रतिभागी दौड़ लगाकर निशानेबाजी करता है और फिर दौड़ लगाकार फिनिशिंग लाइन तक पहुँचता है। जो खिलाड़ी सबसे पहले फिनिशिंग लाइन पार करता है उसे विजेता घोषित किया जाता है।

ओलम्पिक में मॉडर्न पेंटाथलॉन में यूरोपीय खिलाड़ियों ने अपना अच्छा दमखम दिखाया है। हंगरी ने इस खेल में 9 स्वर्ण सहित 22 पदक और स्वीडन ने 9 स्वर्ण सहित 21 पदक जीते हैं। हंगरी के आंद्रिया बलसाजा ने मॉडर्न पेंटाथलॉन में 3 स्वर्ण सहित 5 पदक जीते हैं। भारत ने ओलम्पिक खेलों में अभी तक मॉडर्न पेंटाथलॉन में अपने खिलाड़ी नहीं उतारे हैं।

बेसबॉल और सॉफ्टबॉल

बेसबॉल लगभग 175 साल पुराना खेल है जो दो टीमों के बीच खेला जाता है। प्रत्येक टीम में नौ-नौ खिलाड़ी शामिल होते हैं। प्रत्येक टीम अधिक-से-अधिक रन बनाने की कोशिश करते हैं। एक टीम बल्लेबाजी और दूसरी क्षेत्ररक्षण करती है। क्रिकेट की तरह इसमें भी सर्वाधिक रन बनानेवाली टीम जीत दर्ज करती है। यह खेल अमेरिका और जापान में बेहद लोकप्रिय है।

सॉफ्टबॉल भी बेसबॉल जैसा ही खेला जाता है। यह महिलाओं का खेल है और इसमें मैदान की लम्बाई और चौड़ाई बेसबॉल की तुलना में छोटी होती है। इसमें पिचर और बैटर के बीच की दूरी भी बेसबॉल की तुलना में कम होती है।

बेसबॉल को 2004 में ओलम्पिक खेलों में प्रदर्शनी खेल के रूप में शामिल किया गया था लेकिन इसे आधिकारिक खेल बनने के लिए 88 साल तक लम्बा इन्तजार करना पड़ा। बेसबॉल बार्सिलोना ओलम्पिक 1992 में पदक वाला खेल था और बीजिंग ओलम्पिक 2008 तक यह ओलम्पिक का हिस्सा रहा। इसके बाद लन्दन और रियो ओलम्पिक में बेसबॉल शामिल नहीं था लेकिन यह टोक्यो ओलम्पिक खेलों का हिस्सा है। सॉफ्टबॉल 1996 में पदक खेल के रूप में ओलम्पिक का हिस्सा बना था।

बेसबॉल अब तक जिन पाँच ओलम्पिक का हिस्सा रहा उनमें से तीन में क्यूबा ने स्वर्ण पदक जीता है जबकि अमेरिका और दक्षिण कोरिया को 1-1 बार सोने का तमगा मिला है। सॉफ्टबॉल में अमेरिका ने 3 और जापान ने 1 स्वर्ण पदक जीता है। ये दोनों खेल भारत में खास लोकप्रिय नहीं हैं।

बास्केटबॉल

बास्केटबॉल खेल की शुरुआत से जुड़ी कहानी बड़ी रोचक है। यह दिसम्बर 1891 की बात है। अमेरिका के मैसाचुसेट्स के वाईएमसीए ट्रेनिंग स्कूल में कनाडा के जेम्स नैस्मिथ शारीरिक शिक्षक के तौर पर कार्यरत थे। सर्दियों का मौसम था और वह अपने खिलाड़ियों को फिट रखना चाहते थे। इसके लिए उन्होंने एक इंडोर गेम की शुरुआत की जिसे आज हम बास्केटबॉल के नाम से जानते हैं। नैस्मिथ ने तब इस खेल के 13 नियम बनाये थे और और उनमें से अधिकतर आज भी लागू होते हैं।

बास्केटबॉल इंडोर कोर्ट पर खेला जाता है जिसकी लम्बाई 28 मीटर और चौड़ाई 15 मीटर होती है। कोर्ट के दोनों छोर पर बास्केटबॉल नेट लगी होती है जिसमें गेंद डालने पर अंक मिलते हैं। बास्केटबॉल दो टीमों के बीच खेला जाता है और एक बार में अधिकतम पाँच खिलाड़ी कोर्ट पर उतर सकते हैं। अब 3×3 बास्केटबॉल लोकप्रिय होता जा रहा है जिसमें एक बार में तीन-तीन खिलाड़ी होते हैं। बास्केटबॉल चार क्वार्टर में खेला जाता है जिसमें प्रत्येक क्वार्टर 10-10 मिनट का होता है।

बास्केटबॉल अमेरिका में बेहद लोकप्रिय है लेकिन अब भारत में धीरे-धीरे यह खेल अपनी जड़ें जमा रहा है। भारत में सबसे पहले 1930 में बास्केटबॉल खेला गया था। इसके बाद इस खेल की भारत में धीमी प्रगति रही लेकिन अमेरिका के नेशनल बास्केटबॉल एसोसिएशन (एनबीए) को लगता है कि भारत में यह खेल काफी आगे बढ़ सकता है और इसलिए वह यहाँ बास्केटबॉल को बढ़ावा दे रहा है। भारत में इस खेल का संचालन भारतीय बास्केटबॉल संघ करता है तथा कई शहरों में स्कूली स्तर पर इसका प्रशिक्षण उपलब्ध है।

ओलम्पिक में बास्केटबॉल

बास्केटबॉल को 1904 में प्रदर्शनी खेल और 1936 में पदक वाले खेल के रूप में ओलम्पिक खेलों में शामिल किया गया था। महिलाओं को ओलम्पिक में बास्केटबॉल खेलने का पहला अवसर 1976 में मिला था। ओलम्पिक में अमेरिका का इस खेल में दबदबा रहा है। उसने पुरुष वर्ग में अब तक 15 स्वर्ण पदक जीते हैं। महिला वर्ग में उसके नाम पर 8 खिताब हैं। इस तरह से बॉस्केटबाल में अमेरिका ने कुल 23 स्वर्ण पदक जीते हैं। सोवियत रूस दोनों वर्गों में कुल 4 स्वर्ण पदक जीतकर दूसरे स्थान पर है। भारतीय पुरुष बास्केटबॉल टीम को मास्को ओलम्पिक 1980 में खेलने का मौका मिला था लेकिन वह ग्रुप ए में अपने तीनों मैच गँवा बैठी थी। इसके बाद क्लासिफिकेशन दौर में भी वह जीत हासिल करने में नाकाम रही थी। इस तरह से भारत ने ओलम्पिक में जो सात मैच खेले हैं उन सभी में उसे हार का सामना करना पड़ा है।

गोल्फ

गोल्फ ऐसा खेल है जो लम्बे समय से खेला जा रहा है। स्कॉटलैंड के शहर सेंट एंड्रयूज में 1754 में गोल्फ के पहले नियम बने थे। कुछ शोध से पता चला है कि यह इससे पहले भी काफी पहले नीदरलैंड में कोल्फ या कोलवेन नाम से खेला जाता था और 15वीं सदी में ब्रिटेन पहुँचा था। गोल्फ के नियम 18वीं सदी में तैयार किए गए जिनमें बहुत अधिक बदलाव नहीं हुए। गोल्फ में एमेच्योर और पेशेवर खिलाड़ी होते हैं। पहले इसी आधार पर टूर्नामेंटों का भी आयोजन होता था।

गोल्फ को लम्बे समय तक अमीरों का खेल माना जाता रहा क्योंकि इसके लिए लम्बे-चौड़े गोल्फ कोर्स की जरूरत पड़ती है। आज भी बड़े शहरों में ही गोल्फ कोर्स मिलते हैं और इसलिए यह खेल आम व्यक्ति की पहुँच से दूर है। गोल्फ में कोई भी टूर्नामेंट चार दिन तक चलता है। अमूमन एक दिन में 18 होल का खेल होता है जिसके आधार पर अंकों का निर्धारण होता है। प्रत्येक होल निश्चित 'पार स्कोर' का होता है। मतलब कोई होल अगर पार चार का है और गोल्फर चार शॉट में उसमें गेंद डालता है तो यह 'पार स्कोर' होता है। अगर तीन बार में शॉट होल में चला जाता है तो खिलाड़ी के नाम पर बर्डी जुड़ जाती है जबकि पाँच शॉट में गेंद होल में डालने पर बोगी हो जाती है। बर्डी मतलब बेहतर प्रदर्शन और बोगी का मतलब खराब प्रदर्शन। इसलिए अगर 72 शॉट के खेल में जिस खिलाड़ी का स्कोर अंडर पार यानी 72 से कम रहेगा, वह बेहतर स्थिति में होता है जबकि 72 से अधिक का स्कोर ओवर पार कहलाता है मतलब खराब प्रदर्शन।

ओलम्पिक में गोल्फ

गोल्फ को ओलम्पिक खेलों में 1900 में ही शामिल कर दिया गया था लेकिन 1904 के बाद इसे ओलम्पिक कार्यक्रम से हटा दिया गया। पेरिस ओलम्पिक 1900 में पुरुष और महिलाओं के लिए टूर्नामेंट का आयोजन किया गया। पुरुषों में अमेरिका के चार्ल्स एडवर्ड सैंड्स और महिलाओं में मारग्रेट इवेस एबोट ने स्वर्ण पदक जीता। सेंट लुई 1904 में महिला वर्ग में टीम प्रतियोगिता हुई थी। इसके बाद गोल्फ को ओलम्पिक से बाहर कर दिया गया और उसकी 112 साल बाद रियो डि जेनेरियो ओलम्पिक 2016 में वापसी हुई। रियो ओलम्पिक में ब्रिटेन के जस्टिन रोज और कोरिया की इन्बी पार्क चैम्पियन बने थे।

रियो ओलम्पिक में पुरुष वर्ग में भारत के शिव चौरसिया और अनिर्बान लाहिड़ी ने भी हिस्सा लिया था लेकिन वे क्रमश: संयुक्त 50वें और 57वें स्थान पर रहे थे। महिला वर्ग में भारत का प्रतिनिधित्व अदिति अशोक ने किया था और वह 41वें स्थान पर रही थी।

नौकायन (Rowing, रोइंग)

प्राचीन समय में जब इनसान ने नदियाँ, झीलें पार करने के लिए तैराकी के अलावा अन्य साधनों पर भी गौर किया तो उनमें नाव खेना भी शामिल था। नाव परिवहन का एक साधन है जिसने धीरे-धीरे खेल का रूप ले लिया। यह कहा जा सकता है कि खेलों में इसका परिष्कृत स्वरूप देखने को मिलता है जिसमें खेल की जरूरतों के अनुरूप नाव तैयार की जाती है।

मिस्र, यूनान और रोम में प्राचीन समय से ही नाव का परिवहन के रूप में उपयोग किया जाता था। खेल के तौर पर नौकायन 17वीं सदी के आखिर और 18वीं सदी के शुरू में इंग्लैंड में विकसित हुई। इसकी मुख्य शुरुआत 1828 से मानी जाती है जब ऑक्सफोर्ड और कैम्ब्रिज विश्वविद्यालयों ने लन्दन की टेम्स नदी पर 'नावों की दौड़' का आयोजन किया। उन्नीसवीं सदी तक यूरोप में नौकायन लोकप्रिय हो गयी और इसके बाद यह अमेरिका और दुनिया के अन्य स्थानों तक पहुँची। विश्व रोइंग फेडरेशन इस खेल की अन्तरराष्ट्रीय संचालन संस्था है जिसका गठन 1892 में किया गया था। भारत में 1976 में भारतीय रोइंग महासंघ गठित किया गया था।

नौकायन में नौकाचालक एक पतवार के सहारे नाव चलाते हैं। कैनोइंग में जहाँ खिलाड़ी आगे की ओर नाव चलाते हैं वहीं रोइंग (नौकायन) में पीठ की तरफ चलायी जाती है। इसमें रेस को दो भागों स्कलिंग और स्वीप ओआर में विभाजित किया जाता है। स्कलिंग में नौकाचालक दो पतवार यानी चप्पू का उपयोग करता है जबकि स्वीप में उसके पास केवल एक चप्पू होता है। स्कलिंग में एकल, युगल और चार स्कल्स होते हैं जबकि स्वीप स्पर्धा में दो, चार या आठ खिलाड़ी नाव चलाते हैं। जिसमें आठ रोवर्स होते हैं उसमें कॉक्सवैन भी होता है जो एक तरह से टीम का कप्तान

माना जा सकता है। इसमें दो अन्य स्पर्धाएँ कॉक्सलेस होती हैं। पुरुष और महिला वर्ग में उनके वजन के अनुरूप एक-एक 'लाइटवेट' स्पर्धा भी होती है। टोक्यो ओलम्पिक में पुरुष वर्ग में आठ और महिला वर्ग में आठ स्पर्धाएँ शामिल की गयी हैं।

विश्व में प्रमुख नदियों और झीलों में रोइंग, कैनोइंग और सेलिंग की प्रतियोगिताएँ आयोजित की जाती हैं। भारत में हैदराबाद की हुसैन सागर झील इस तरह की प्रतियोगिताओं के लिए मशहूर है।

ओलम्पिक में नौकायन

नौकायन यानी रोइंग को 1896 एथेंस ओलम्पिक के कार्यक्रम में शामिल किया गया था लेकिन समुद्र में उठती तेज लहरों के कारण आयोजकों को इसे रद्द करना पड़ा था। इसके बाद पेरिस ओलम्पिक में रोइंग ओलम्पिक का हिस्सा बना और तब से हर बार इसके कार्यक्रम में शामिल रहा। महिलाओं ने 1976 मांट्रियल में इस खेल में पदार्पण किया। अटलांटा ओलम्पिक 1996 से इसमें लाइटवेट स्पर्धाएँ भी आयोजित की जाने लगीं।

अमेरिका ने 1960 तक इसमें दबदबा बनाये रखा। इसके बाद सोवियत संघ और जर्मनी की बारी आयी। जर्मन टीम को अब भी दुनिया की सर्वश्रेष्ठ रोइंग टीमों में आंका जाता है। अमेरिका ने रोइंग में अभी तक 33 स्वर्ण सहित 89 पदक जीते हैं। जर्मनी (संयुक्त जर्मनी, पूर्वी और पश्चिमी जर्मनी) हालाँकि उससे कई पदक आगे है। उसने रोइंग में कुल 122 पदक (64 स्वर्ण, 29 रजत, 29 कांस्य) जीते हैं। इंग्लैंड 31 स्वर्ण सहित 64 पदक जीतकर अमेरिका से अधिक पीछे नहीं है।

लेकिन अगर व्यक्तिगत प्रदर्शन की बात की जाए तो ग्रेट ब्रिटेन के सर स्टीव रेडग्रेव का जवाब नहीं जो छह बार के विश्व चैम्पियन रहे हैं और जिनके नाम पर 1984 से 2000 तक पाँच ओलम्पिक खेलों में 5 स्वर्ण पदक दर्ज हैं। रोमानिया की एलिजाबेथ लिपा ने भी ओलम्पिक में 1984 से 2004 के बीच 5 स्वर्ण पदक हासिल किए। उनकी हमवतन जियोर्गेटा डेमियन ने 2000 से 2008 तक केवल तीन ओलम्पिक में 5 सोने के तमगे जीते थे। रोमानिया ने ओलम्पिक में 19 स्वर्ण सहित 38 पदक हासिल किए हैं।

भारत ने रोइंग में पहली बार सिडनी ओलम्पिक 2000 में भाग लिया था। उसके बाद से इस खेल में भारत का प्रतिनिधित्व रहा है लेकिन कोई भी नौकाचालक प्रभावशाली प्रदर्शन नहीं कर पाया। पुरुषों के सिंगल्स स्कल्स में

दत्तू बबन भोकानल रियो ओलम्पिक 2016 में 13वें स्थान पर रहे थे जो किसी भारतीय का इस प्रतियोगिता में अब तक का सर्वश्रेष्ठ प्रदर्शन है।

पाल नौकायन (Sailing, सेलिंग)

लम्बी दूरी के परिवहन के लिए पाल नौकायन का सहारा लिया जाता रहा था जिसने 17वीं सदी से खेल का रूप भी लेना शुरू किया। सबसे पहले नीदरलैंड में इसे खेल के तौर पर अपनाया और फिर यह इंग्लैंड में लोकप्रिय हुआ। चार्ल्स द्वितीय के समय में यह खेल अमेरिका तक पहुँचा। विभिन्न देशों में याट (Yacht) क्लब बने। विश्व में इस तरह का पहला क्लब 1720 में आयरलैंड के कॉर्क में बना था। न्यूयार्क याट क्लब 1844 में स्थापित किया गया था। यह दुनिया का सबसे पुराना याट क्लब है जो आज भी अस्तित्व में है। अन्तरराष्ट्रीय पाल नौकायन रेस की शुरुआत 1851 में हुई थी जब न्यूयार्क याट क्लब के सदस्यों ने 101 फीट लम्बे मस्तूलों का जहाज तैयार किया और उसे नाम दिया अमेरिका। इस टीम ने इंग्लैंड में एक ट्राफी जीती जिसका नाम 'हंड्रेड गिनीज कप' था। बाद में इसका नाम अमेरिका कप रखा गया। अमेरिका ने 1983 तक इस पर अपना कब्जा रखा था। आस्ट्रेलियाई याट ने तब उसके 132 साल के विजय अभियान पर रोक लगायी थी।

सेलिंग में नौका चालक को तमाम विपरीत परिस्थितियों में अपने कौशल और दमखम का परिचय देना होता है। इसमें खिलाड़ी को लहरों की ऊँचाई, ज्वार, हवा की गति आदि का ध्यान भी रखना होता है। मतलब खिलाड़ी का शारीरिक ही नहीं मानसिक तौर पर मजबूत होना भी जरूरी है। इसमें प्रत्येक स्पर्धा में रेस की एक श्रृंखला होती है और अंकों के आधार पर खिलाड़ियों की स्थिति तय की जाती है। रेस के दौरान नौकाओं को एक कोर्स नेविगेट करना होता है जो त्रिकोण होता है। इसकी स्पर्धाओं में 'टू पर्सन डिंगी' में दो खिलाड़ी 4.7 मीटर नाव को चलाते हैं।

ओलम्पिक में सेलिंग

रोइंग की तरह सेलिंग भी एथेंस ओलम्पिक 1896 का हिस्सा था लेकिन इसे रद्द करना पड़ा था। पेरिस ओलम्पिक 1900 में इस तरह से पहली बार सेलिंग की स्पर्धाएँ आयोजित की गयीं और उसके बाद सेंट लुई 2004 को छोड़कर यह प्रत्येक ओलम्पिक का हिस्सा रहा है। इस खेल की विश्व संस्था 'वर्ल्ड सेलिंग' द्वारा तय किए गए नियमों के आधार पर रेस का आयोजन होता है। ओलम्पिक

रेस में एक ही डिजाइन और वजन की नौकाओं से रेस आयोजित की जाती है। ओलम्पिक में अभी सेलिंग की पुरुष वर्ग में पाँच और महिला वर्ग में चार स्पर्धाएँ शामिल हैं जबकि एक मिश्रित स्पर्धा है।

ओलम्पिक सेलिंग में ब्रिटेन ने अपनी विशेष छाप छोड़ी है। उसके नाम पर 28 स्वर्ण सहित 58 पदक दर्ज हैं। अमेरिका (19 स्वर्ण) दूसरे और नार्वे (17 स्वर्ण) तीसरे नम्बर पर है। स्पेन, फ्रांस, डेनमार्क, आस्ट्रेलिया, स्वीडन, न्यूजीलैंड ने भी अच्छे परिणाम हासिल किए हैं। ब्रिटेन के बेन आइनसिली ओलम्पिक के सबसे सफल सेलर रहे हैं। उन्होंने 1996 से 2012 तक 4 स्वर्ण सहित 5 पदक जीते। उनसे पहले डेनमार्क के पॉल एल्वस्ट्रॉम सबसे सफल ओलम्पिक खिलाड़ी थे जिन्होंने 1948 से 1960 तक लगातार चार ओलम्पिक में स्वर्ण पदक अपने नाम किए थे।

भारत ने सेलिंग में पहली बार 1972 में म्यूनिख ओलम्पिक में भाग लिया था। रुस्तम मोगुल ने तब ओलम्पिक सेलिंग में भारत का प्रतिनिधित्व किया था लेकिन वह मिश्रित वन पर्सन डिंगी में 35 प्रतिभागियों के बीच 34वें स्थान पर रहे थे। भारत ने इसके बाद 1984, 1988, 1992, 2004 और 2008 में भी हिस्सा लिया लेकिन यह प्रतिभागी बनने तक ही सीमित रहा।

कैनोइंग-कयाकिंग यानी डोंगी चालन

डोंगी चालन की शुरुआत के बारे में कहा जाता है कि पहली डोंगी का निर्माण ईसा पूर्व 7600 ईसवी सन में किया गया था। खेल के तौर पर इसे आगे बढ़ाने का श्रेय स्कॉटलैंड के वकील जॉन मैकग्रेगर को जाता है। कैनोइंग खेल की प्रतियोगिताएँ 19वीं सदी से ही शुरू हो गयी थीं। रॉयल कैनोइ क्लब ऑफ लन्दन 1866 में बना जिसने इस खेल को आगे बढ़ाने में अहम भूमिका निभायी। इसके पाँच साल बाद 1871 में न्यूयार्क कैनोइ क्लब स्थापित किया गया। महिला की पहली प्रतियोगिता रूस में आयोजित की गयी और 1890 तक यह पूरे यूरोप में लोकप्रिय हो गया। कैनोइंग की पहली अन्तरराष्ट्रीय संस्था 1924 में बनी थी। अन्तरराष्ट्रीय कैनोई महासंघ (आईसीएफ) 1946 में गठित किया गया। इसका मुख्यालय लुसाने में है।

ओलम्पिक में कैनोइंग

कैनोइंग को पेरिस 1924 में प्रदर्शनी खेल के रूप में ओलम्पिक में शामिल किया गया था। बर्लिन ओलम्पिक 1936 से यह इन खेलों का आधिकारिक हिस्सा बना और तब से यह हमेशा ओलम्पिक कार्यक्रम में शामिल रहा है। समय के साथ इसमें नयी स्पर्धाएँ जुड़ती गयीं। कैनोइंग की विश्व चैम्पियनशिप और ओलम्पिक में यूरोपीय देशों का दबदबा रहा है। लन्दन ओलम्पिक 1948 से महिलाएँ केवल कयाक स्पर्धाओं में भाग लेती रहीं लेकिन अब ओलम्पिक में कैनोइंग-कयाकिंग की 16 स्पर्धाएँ होती हैं।

कैनोइंग और कयाकिंग में जर्मनी 52 स्वर्ण सहित 122 पदक लेकर ओलम्पिक पदक तालिका में शीर्ष पर है। इसमें संयुक्त जर्मनी, पूर्वी जर्मनी और पश्चिम जर्मनी के पदक शामिल हैं। सोवियत रूस (31 स्वर्ण) दूसरे और हंगरी

(25 स्वर्ण) तीसरे स्थान पर है। स्वीडन, रोमानिया और फ्रांस ने भी इस खेल में खूब पदक बटोरे हैं। जर्मनी की बर्गिट फिशर श्मिट ने कैनोइंग और कयाकिंग में अपनी विशेष छाप छोड़ी है। उन्हें दुनिया की सर्वश्रेष्ठ महिला डोंगी चालक माना जाता है। बर्गिट फिशर स्मिट ने 1980 से 2004 तक छह ओलम्पिक खेलों में 8 स्वर्ण और 4 रजत पदक जीते। पुरुषों में स्वीडन के गर्ड फ्रेडरिकसन प्रमुख है जिन्होंने 1948 से 1960 तक 6 स्वर्ण सहित 8 पदक अपने नाम किए थे। भारतीय खिलाड़ी अभी तक कैनोइंग और कयाकिंग में ओलम्पिक में जगह नहीं बना पाये हैं।

रग्बी

यह 1823 की घटना है। इंग्लैंड के एक स्कूल 'रग्बी स्कूल' में फुटबॉल मैच चल रहा था कि तभी विलियम वेब एलिस नाम के एक लड़के ने गेंद उठायी और उसे लेकर गोल की तरफ दौड़ पड़ा। तब तो यह अजीबोगरीब लगा लेकिन इससे एक नए खेल का जन्म हुआ जिसका नाम स्कूल के नाम पर पड़ा रग्बी। वैसे माना जाता है कि इस तरह का खेल सदियों पहले से खेला जाता रहा और इसके कई नाम थे।

ब्रिटेन में रग्बी स्कूल और कैम्ब्रिज विश्वविद्यालय ने रग्बी के नियम बनाये। पहला राष्ट्रीय महासंघ 1871 में गठित हुआ तथा इसी साल पहला अन्तरराष्ट्रीय मैच स्कॉटलैंड और इंग्लैंड के बीच खेला गया। रग्बी के अन्तरराष्ट्रीय महासंघ को अभी 'वर्ल्ड रग्बी' कहा जाता है। इसकी स्थापना 1886 में की गयी और तब इसका नाम अन्तरराष्ट्रीय रग्बी बोर्ड था। रग्बी 20वीं सदी के शुरू तक काफी लोकप्रिय हो चुका था। रग्बी के दो प्रमुख प्रारूप रग्बी यूनियन और रग्बी सेवन्स प्रचलित हैं। रग्बी यूनियन में 15 खिलाड़ी और रग्बी सेवन्स में सात खिलाड़ी होते हैं।

ओलम्पिक में रग्बी

ओलम्पिक में 1900, 1908, 1920 और 1924 में रग्बी यूनियन शामिल था। इसके बाद रग्बी को ओलम्पिक कार्यक्रम से बाहर कर दिया गया। रियो ओलम्पिक 2016 में रग्बी सेवन्स की इन खेलों में वापसी हुई। पेरिस ओलम्पिक 1900 में फ्रांसीसी टीम ने पहला ओलम्पिक स्वर्ण पदक जीता। लन्दन 1908 में आस्ट्रेलिया और न्यूजीलैंड की संयुक्त टीम (आस्ट्रेलेसिया) ने सोने का तमगा हासिल किया जबकि 1920 में एंटवर्प और 1924 में पेरिस खेलों में

अमेरिका चैम्पियन बना। अन्तरराष्ट्रीय ओलम्पिक समिति (आईओसी) के अक्टूबर 2009 में कोपेनहेगन में हुए 121वें सत्र में रग्बी को पुरुष और महिला वर्ग में रियो ओलम्पिक में शामिल करने का फैसला किया गया। फिजी की पुरुष टीम ने फाइनल में ब्रिटेन को हराकर इतिहास रचा। यह फिजी का पहला ओलम्पिक पदक था। महिला वर्ग का खिताब आस्ट्रेलिया ने हासिल किया था। उसने फाइनल में अपने चिर प्रतिद्वन्द्वी आस्ट्रेलिया को हराया। भारत ने कभी ओलम्पिक में रग्बी में हिस्सा नहीं लिया।

निशानेबाजी

निशानेबाजी काफी पहले से युद्ध कौशल का हिस्सा रही है। राजा-महाराजा शिकार के लिए भी निशानेबाजी सीखा करते थे लेकिन धीरे-धीरे यह खेल का हिस्सा बन गया और अब ओलम्पिक खेलों का अहम अंग है। यूरोपीय देशों में तो सदियों पहले निशानेबाजी ने खेल का रूप ले लिया था लेकिन भारत में यह पिछले कुछ समय से युवाओं में तेजी से लोकप्रिय हुआ है। जर्मनी में 500 साल से भी अधिक समय पहले निशानेबाजी क्लब थे। जर्मनी के बावरिया में 1477 में पहली निशानेबाजी प्रतियोगिता आयोजित की गयी थी। स्विट्जरलैंड में 1504 की एक पेंटिंग में राइफल निशानेबाजी को दिखाया गया है। सोलहवीं सदी में जर्मनी में लोग शौकिया निशानेबाजी करते थे। बाद में निशानेबाजी खेल को गंभीरता से लिया जाने लगा। स्विट्जरलैंड में 1824 में निशानेबाजी महासंघ का गठन हुआ तो ब्रिटेन में 1859 में ब्रिटिश राष्ट्रीय राइफल संघ स्थापित किया गया। अमेरिका के सैन्य अधिकारियों ने 1871 में अमेरिकी राष्ट्रीय राइफल संघ की स्थापना की थी। फ्रांस में 1884 में राष्ट्रीय महासंघ गठित किया गया था। भारत में भारतीय राष्ट्रीय राइफल संघ (एनआरएआई) का गठन 17 अप्रैल 1951 को किया गया था।

निशानेबाजी में राइफल, पिस्टल और शॉटगन में प्रतियोगिताएँ होती हैं। निशानेबाजों को बेहद धैर्य के साथ सटीक निशाने लगाने होते हैं। इसके लिए निशानेबाज विश्राम की उस अवस्था में पहुँचने का प्रयास करते हैं जहाँ उनके दिल की धड़कन से भी व्यवधान उत्पन्न न हो। सभी निशानेबाजों को 'बुल्स आई' पर निशाना साधना होता है। किसी लक्ष्य के केन्द्र को बुल्स आई कहा जाता है। यह शब्द 1833 से ही खेलों से जुड़ा है। केन्द्र पर निशाना लगाने पर सर्वाधिक अंक मिलते हैं।

निशानेबाजी के उपकरण और प्रकार

निशानेबाजी में तीन प्रकार के गन यानी बन्दूक राइफल, पिस्टल और शॉटगन का उपयोग किया जाता है और उसी के अनुसार इसके तीन प्रकार निर्धारित किए गए हैं। राइफल सिंगल लोडेड गन होती है जिसका कैलिबर 5.6 मिलीमीटर होता है। पिस्टल गन में 10 मीटर एयर पिस्टल में 4.5 मिलीमीटर कैलिबर और 25 मीटर एयर पिस्टल में 5.6 मिलीमीटर कैलिबर का उपयोग किया जाता है। शॉटगन 12 गेज की होती है जिसका कैलिबर 18.5 मिलीमीटर होता है। निशानेबाज विशेष जैकेट पहनकर निशानेबाजी करता है। इससे निशानेबाज को शरीर का संतुलन बनाने में मदद मिलती है और उस पर निशाना लगाने के बाद झटका भी कम लगता है।

अब बात करते हैं निशानेबाजी के तीनों प्रकार की। राइफल निशानेबाजी में निश्चित दूरी से निशाना लगाया जाता है। इसमें दो स्पर्धाएँ होती हैं—50 मीटर राइफल थ्री पोजीशन और 10 मीटर एयर राइफल। इनमें से 50 मीटर एयर राइफल में निशानेबाज नीलिंग (घुटने के बल बैठ कर), प्रोन (लेट कर) और स्टैंडिंग (सीधा खड़ा होकर) की पोजीशन में निशाना साधता है। 10 मीटर एयर राइफल में निशानेबाज को 60 निशाने लगाने होते हैं। ओलम्पिक में 10 मीटर एयर राइफल की मिश्रित स्पर्धा भी शामिल की गयी है। मतलब इसमें पुरुष और महिलाएँ दोनों भाग लेते हैं। इन दोनों स्पर्धाओं में क्वालीफाइंग दौर के बाद शीर्ष आठ खिलाड़ी फाइनल में पहुँचते हैं जो फिर से निशाने लगाते हैं।

पिस्टल में तीन स्पर्धाएँ होती हैं—25 मीटर रेपिड फायर पिस्टल, 25 मीटर पिस्टल और 10 मीटर एयर पिस्टल। इनमें से 25 मीटर रेपिड फायर पिस्टल केवल पुरुष जबकि 25 मीटर पिस्टल में केवल महिला निशानेबाज भाग लेती हैं। 10 मीटर एयर पिस्टल में महिलाएँ और पुरुष दोनों भाग लेते हैं। इसमें मिश्रित स्पर्धा का भी आयोजन होता है। इन सभी स्पर्धाओं में शीर्ष आठ खिलाड़ी क्वालीफाइंग के बाद फाइनल में जगह बनाते हैं।

शॉटगन में स्कीट और ट्रैप स्पर्धाएँ आती हैं जिसमें निशानेबाज उड़ती हुई वस्तु (क्ले) को निशाना बनाते हैं। इसमें पुरुष और महिलाएँ दोनों भाग लेते हैं जबकि ट्रैप में मिश्रित स्पर्धाएँ भी आयोजित की जाने लगी हैं। स्कीट में निशानेबाज आठ अलग-अलग स्थानों यानी स्टेशन से निशाना लगाते हैं। इसमें दो स्थानों से क्ले उड़ाई जाती है। इनमें से बायें हिस्से को 'हाई हाउस' और क्ले का 'मार्क' जबकि दायें हिस्से को 'लो हाउस' और क्ले को 'पुल' कहा

जाता है। इसमें आखिर में शीर्ष पर रहनेवाले आठ निशानेबाज पदक की दौड़ में शामिल होते हैं। ट्रैप में पाँच अलग-अलग स्थानों से क्ले उड़ायी जाती है। इसमें भी चोटी की छह टीमें फाइनल में पहुँचती हैं।

भारत में निशानेबाजी के प्रमुख प्रशिक्षण केन्द्र

निशानेबाजी को शुरू से अमीरों का खेल माना जाता रहा है क्योंकि इसमें प्रयोग में होनेवाले उपकरण काफी महंगे होते हैं लेकिन अब यह खेल धीरे-धीरे आम लोगों में भी अपनी पहुँच बना रहा है और केवल महानगरों से ही नहीं बल्कि छोटे शहरों से भी निशानेबाज सामने आ रहे हैं। भारत में अब कई शहरों में निशानेबाजी रेंज स्थापित हो गए हैं जहाँ अकादमियाँ स्थापित हो गयी हैं। इसके अलावा सेना इस खेल में अहम भूमिका निभा रही है। भारत के चार ओलम्पिक पदक विजेता निशानेबाजों में से दो का सम्बंध सेना से रहा है।

नयी दिल्ली में डॉ. कर्णी सिंह निशानेबाजी रेंज राष्ट्रीय और अन्तरराष्ट्रीय प्रतियोगिताओं के आयोजन के अलावा शीर्ष खिलाड़ियों के अभ्यास के काम आता है। यहाँ विश्वस्तरीय सुविधाएँ उपलब्ध हैं। पुणे में गन फॉर ग्लोरी निशानेबाजी रेंज है जिसकी स्थापना 2012 में ओलम्पिक कांस्य पदक विजेता गगन नारंग ने किया था। यहाँ देश भर के युवा निशानेबाज प्रशिक्षण के लिए आते हैं जहाँ उन्हें अनुभवी प्रशिक्षक इस खेल की बारीकियाँ सिखाते हैं। अहमदाबाद, हैदराबाद, मुंबई और जबलपुर में भी इसकी शाखाएँ हैं। गुरुग्राम में गुरु द्रोणाचार्य शूटिंग रेंज है जहाँ युवाओं के लिए प्रशिक्षण की अच्छी सुविधाएँ हैं। बेंगलुरू में रॉयल शूटिंग स्पोर्ट्स एकेडमी है, जहाँ 10 मीटर शूटिंग रेंज है। यह अकादमी नियमित तौर पर निशानेबाजी कोर्स करवाती है। मुंबई के वर्ली में महाराष्ट्र राइफल संघ की अकादमी है जो आम व्यक्ति के अलावा पेशेवर निशानेबाजों को भी निशानेबाजी का मौका देती है। इसके अलावा गैर लाभार्थी संगठन स्पोर्ट्सक्राफ्ट आइएनसी है। युवा निशानेबाजों को आगे बढ़ाने में अहम भूमिका निभा रहा यह संगठन एनआरएआई से मान्यता प्राप्त है।

ओलम्पिक में निशानेबाजी

निशानेबाजी को 1896 एथेंस ओलम्पिक से ही खेलों का हिस्सा बना दिया गया था लेकिन तब केवल पाँच स्पर्धाएँ आयोजित की गयी थीं। अब ओलम्पिक में निशानेबाजी में तीनों वर्गों में कुल 15 स्पर्धाएँ आयोजित की जाती हैं। पहले ओलम्पिक के बाद केवल दो बार 1904 और 1928 में निशानेबाजी ओलम्पिक

खेलों में शामिल नहीं रही। ओलम्पिक में पहले तीनों प्रकार में महिला और पुरुष वर्ग में पाँच-पाँच स्पर्धाएँ आयोजित की जाती थीं लेकिन टोक्यो ओलम्पिक में महिला और पुरुष वर्ग में छह-छह स्पर्धाओं के अलावा पहली बार 10 मीटर एयर राइफल, 10 मीटर एयर पिस्टल और शॉटगन ट्रैप में मिश्रित स्पर्धाएँ शामिल की गयी हैं।

ओलम्पिक निशानेबाजी में अमेरिका का दबदबा रहा है। अमेरिका ने निशानेबाजी में 54 स्वर्ण पदक सहित 110 पदक जीते हैं। पिछले कुछ समय से चीन ने निशानेबाजी में अपनी विशेष छाप छोड़ी है और इसका परिणाम है कि उसके नाम पर 22 स्वर्ण सहित 56 पदक दर्ज हैं। सोवियत संघ-रूस ने 24 स्वर्ण पदक अपने नाम किए हैं। अगर ओलम्पिक में किसी एक निशानेबाज के सर्वश्रेष्ठ प्रदर्शन की बात करें तो अमेरिका के कार्ल ओसबर्न का नाम सबसे पहले आता है जिन्होंने 1912 से 1924 के बीच 5 स्वर्ण सहित 11 पदक जीते। महिला वर्ग में अमेरिका की किम रोडे हैं जिन्होंने 3 स्वर्ण सहित 5 पदक अपने नाम किए हैं।

विपरीत परिस्थितियों में भी हार नहीं मानने का जज्बा हमें एक निशानेबाज कारोली टकास से सीखना चाहिए। वह 1938 में हंगरी की विश्व चैम्पियन पिस्टल निशानेबाजी टीम के सदस्य थे। वह सेना में थे और सेना के प्रशिक्षण के दौरान गलती से ग्रेनेड फटने से उन्होंने दायाँ हाथ गँवा दिया। लेकिन टकास ने हिम्मत नहीं हारी और बायें हाथ से निशानेबाजी का अभ्यास किया। उन्होंने इसके बाद 1948 लन्दन और 1952 हेलसिंकी ओलम्पिक में 25 मीटर रैपिड फायर पिस्टल में स्वर्ण पदक जीते।

ओलम्पिक निशानेबाजी में भारत

भारत ने ओलम्पिक खेलों में रियो डि जेनेरियो 2016 ओलम्पिक खेलों तक 9 स्वर्ण पदक जीते थे। इनमें से 8 स्वर्ण हॉकी में आये जबकि एकमात्र व्यक्तिगत स्वर्ण पदक निशानेबाजी में अभिनव बिन्द्रा ने दिलाया। यह कह सकते हैं कि पिछले 40 वर्षों में भारत ने ओलम्पिक में केवल 1 स्वर्ण पदक जीता है और वह बिन्द्रा ने बीजिंग ओलम्पिक 2008 में 10 मीटर एयर राइफल में हासिल किया था। वह 11 अगस्त 2008 का दिन जब बिन्द्रा ने बीजिंग शूटिंग रेंज हॉल में इतिहास रचा था। बिन्द्रा ने क्वालीफाइंग राउंड में 596 अंक के साथ चौथे स्थान पर रहकर फाइनल में जगह बनायी। फाइनल में उन्होंने 104.5 स्कोर बनाया और कुल 700.5 के स्कोर के साथ स्वर्ण पदक अपने नाम किया।

बिन्द्रा से चार साल पहले एथेंस ओलम्पिक में सेना में अधिकारी राज्यवर्धन सिंह राठौड़ ने डबल ट्रैप में रजत पदक जीता था। यह नार्मन प्रिचार्ड के 1900 के प्रदर्शन के बाद भारत की तरफ से व्यक्तिगत रजत पदक जीतनेवाले पहले खिलाड़ी थे। लन्दन ओलम्पिक 2012 में सेना में ही कार्यरत विजय कुमार ने पुरुषों के 25 मीटर रैपिड फायर पिस्टल में रजत पदक जीतकर इसे दोहराया था। लन्दन ओलम्पिक में ही गगन नारंग ने 10 मीटर एयर राइफल में कांस्य पदक अपने नाम किया। इस तरह से भारत ने ओलम्पिक में अब तक जो 17 व्यक्तिगत पदक जीते हैं उनमें से 4 पदक निशानेबाजी में हासिल किए हैं। भारत ने ओलम्पिक की निशानेबाजी प्रतियोगिता में पहली बार 1952 में हेलसिंकी ओलम्पिक में हिस्सा लिया था। अभी तक निशानेबाजी में भारत के 48 प्रतिभागियों ने ओलम्पिक में जगह बनायी है जिनमें 12 महिलाएँ शामिल हैं।

तैराकी

इनसान का जब नदियों, समुद्रों, झीलों आदि से वास्ता पड़ा तो उसने तैरना भी सीखा। मनुष्य कभी अपनी जरूरतों की पूर्ति के लिए तैरता था जो समय के साथ खेल का हिस्सा बन गया और आज आलम यह है कि तैराकी के बिना ओलम्पिक जैसी बड़ी खेल प्रतियोगिताओं के बारे में सोचा भी नहीं जा सकता। मिस्र में पायी गयी पाषाण युग की पेंटिंग्स से इसका पता चलता है कि उस जमाने में भी नदियों और झीलों को तैरकर पार किया जाता था। माना जाता है कि तैराकी का अभ्यास आज से लगभग 4500 साल पहले किया जाने लगा था। मिस्र, यूनान और रोमन सभ्यताओं में मनोरंजन के लिए तैराकी के प्रमाण मिले हैं। यूनान और रोम में तैराकी सैनिकों के प्रशिक्षण का हिस्सा था और यह लड़कों की शारीरिक शिक्षा में भी शामिल था।

तैराकी ने खेल का रूप 19वीं सदी में लेना शुरू किया लेकिन 17वीं सदी से स्कूलों में तैराकी सिखायी जाने लगी थी। विश्व का पहला तैराकी संगठन लन्दन में 1837 में गठित किया गया। इसके बाद तैराकी ने प्रतिस्पर्धी खेल का रूप ले लिया तथा 1846 में आस्ट्रेलिया में पहली तैराकी चैम्पियनशिप का आयोजन किया गया। इसमें 400 मीटर की रेस शामिल थी। तब तैराक ब्रेस्टस्ट्रोक की तरह तैराकी करते थे। लन्दन में 1869 में मेट्रोपोलिटन तैराकी क्लब स्थापित किया गया जो बाद में एमेच्योर तैराकी संघ बना। यूरोप के कई देशों में 1882 से लेकर 1889 तक राष्ट्रीय तैराकी संघ गठित किए गए। अमेरिका में 1888 में तैराकी को खेल के रूप में मान्यता दी गयी। अन्तरराष्ट्रीय तैराकी महासंघ (फिना) का गठन 1909 में किया गया। भारत में 1948 में भारतीय तैराकी महासंघ (एसएफआई) का गठन किया गया जो देश में इस खेल को संचालित करता है।

ओलम्पिक में तैराकी

ओलम्पिक में कुछ खेल हैं जो बेहद लोकप्रिय हैं। इनमें एथलेटिक्स, जिम्नास्टिक और तैराकी का स्थान महत्त्वपूर्ण है। तैराकी 1896 में ही ओलम्पिक का हिस्सा बन गयी थी लेकिन तब केवल पुरुष तैराकों ने इसमें भाग लिया था। महिला तैराक पहली बार 1912 में स्टाकहोम ओलम्पिक में इन खेलों का हिस्सा बनी थी। पहले ओलम्पिक खेलों में फ्रीस्टाइल की चार स्पर्धाओं का आयोजन किया गया था लेकिन रियो डि जेनेरियो ओलम्पिक 2016 में पुरुष और महिला वर्ग में 17-17 स्पर्धाएँ शामिल थीं जबकि टोक्यो ओलम्पिक में यह संख्या 18 कर दी गयी। इसके अलावा 4×100 मीटर मेडले मिश्रित रिले भी ओलम्पिक का हिस्सा बना दी गयी है। इसमें दो पुरुष और दो महिला तैराक भाग लेंगे।

लन्दन में 1908 में खेले गए ओलम्पिक तक तैराक खुले पानी में तैरते थे जिससे उन्हें मौसम और हवाओं से भी जूझना पड़ता था। एथेंस ओलम्पिक 1896 में तैराकी प्रतियोगिता भूमध्य सागर में आयोजित की गयी। जब 1200 मीटर की रेस चल रही थी तब तापमान 13 डिग्री सेल्सियस था। हंगरी के अल्फ्रेड हाजोस ने यह रेस जीतने के बाद कहा, “जीने की मेरी इच्छा पूरी तरह से जीत की इच्छा पर हावी हो गयी।” इसके बाद तैराकी इंडोर तरणताल में आयोजित की जाने लगी।

ओलम्पिक में पुरुष और महिला वर्ग में 50 मीटर फ्रीस्टाइल, 100 मीटर बैकस्ट्रोक, 100 मीटर ब्रेस्टस्ट्रोक, 100 मीटर बटरफ्लाई, 100 मीटर फ्रीस्टाइल, 200 मीटर बैकस्ट्रोक, 200 मीटर ब्रेस्टस्ट्रोक, 200 मीटर बटरफ्लाई, 200 मीटर फ्रीस्टाइल, 200 मीटर वैयक्तिक मेडले, 400 मीटर फ्रीस्टाइल, 400 मीटर वैयक्तिक मेडले, 800 मीटर फ्रीस्टाइल, 1500 मीटर फ्रीस्टाइल, 4×100 मीटर फ्रीस्टाइल रिले, 4×100 मीटर मेडले रिले, 4×100 मीटर मेडले मिश्रित रिले, 4×200 मीटर फ्रीस्टाइल रिले, मैराथन 10 किमी. शामिल हैं।

ओलम्पिक तैराकी में शुरू से अमेरिका का दबदबा रहा। उसे इस बीच हालाँकि आस्ट्रेलिया, जर्मनी, जापान आदि से चुनौती मिलती रही है। अमेरिका के नाम पर रियो ओलम्पिक तक 248 स्वर्ण सहित 553 पदक दर्ज थे। अमेरिका के माइकल फेल्प्स को तरणताल का बादशाह कहा जाता है। उन्होंने सिडनी ओलम्पिक 2000 में पहली बार ओलम्पिक में हिस्सा लिया तथा चार ओलम्पिक में 23 स्वर्ण सहित 28 पदक अपने नाम कर चुके हैं। फेल्प्स केवल तैराकी ही नहीं ओलम्पिक में सर्वाधिक पदक जीतनेवाले खिलाड़ी हैं। ओलम्पिक में

फेल्प्स के बाद अमेरिका के मार्क स्पिट्ज का नम्बर आता है जिन्होंने 9 स्वर्ण पदक हासिल किए। इनके अलावा अमेरिका के मैट बियोंडी, डॉन श्कोलैंडर, रेयान लोचते ने भी सोने के तमगे बटोरने में कोताही नहीं बरती है। आस्ट्रेलिया के इयान थोर्प ने भी तरणताल में खूब धूम मचायी। उन्होंने ओलम्पिक में 5 स्वर्ण सहित 9 पदक जीते हैं। आस्ट्रेलिया ने तैराकी में अब तक 60 स्वर्ण सहित 193 पदक अपने नाम किए हैं। पूर्वी जर्मनी, पश्चिम जर्मनी और संयुक्त जर्मनी ने मिलकर ओलम्पिक में 55 स्वर्ण पदक तैराकी में हासिल किए हैं। महिला वर्ग में अमेरिका की जेनी थाम्पसन ने 1992 से 2004 तक चार ओलम्पिक खेलों में 8 स्वर्ण सहित 12 पदक जीते। जर्मनी की क्रिस्टीन ओटो और एमी वान डाइकन 6-6 स्वर्ण पदक जीतने में सफल रही हैं।

भारत, तैराकी और ओलम्पिक

तैरना एक कला है जिसके लिए कौशल, ताकत, दमखम और जज्बे की जरूरत पड़ती है। तैराकी के भी कई स्वरूप हैं। जैसे फ्रीस्टाइल, बैकस्ट्रोक, ब्रेस्टस्ट्रोक, बटरफ्लाई आदि। इन सभी में ओलम्पिक में विभिन्न दूरियों की स्पर्धाएँ आयोजित की जाती हैं। भारत में अमूमन नदियों में तैरकर युवा तैरना सीखते हैं लेकिन इससे आप पेशेवर तैराक बनने की सम्भावना कम होती है। गाँवों में सीमित साधनों में तैराकी का ककहरा सीखा जा सकता है लेकिन किसी पेशेवर अकादमी से जुड़ने से इस खेल में करियर बनाने की सम्भावना बढ़ जाएगी। हमारे देश में कई तैराकी क्लब हैं लेकिन अधिकतर स्थानों पर शौकिया तैराक ही आते हैं। यहाँ तक कि कई स्कूलों में तरणताल हैं लेकिन वहाँ अच्छे प्रशिक्षकों की कमी है। भारत में तैराकी के लिहाज से बेंगलुरू शहर सबसे आगे है जहाँ कुछ अच्छी अकादमी हैं।

इसके बावजूद 1932 से लेकर 2016 तक भारत के 26 तैराकों (20 पुरुष, 6 महिलाएँ) ने ओलम्पिक में हिस्सा लिया लेकिन इनमें से कोई भी सेमीफाइनल के लिए भी क्वालीफाई नहीं कर पाया। नलिन मलिक ओलम्पिक में भाग लेनेवाले पहले भारतीय तैराक थे। उन्होंने 1932 लॉस एंजिल्स ओलम्पिक में 400 मीटर और 1500 मीटर फ्रीस्टाइल में हिस्सा लिया था लेकिन अपनी हीट में अन्तिम स्थान पर रहे थे। लन्दन ओलम्पिक 1948 में भारत के सात तैराकों ने हिस्सा लिया था। पुरुष 100 मीटर फ्रीस्टाइल में तीन भारतीय सचिन नाग, दिलीप मित्रा और इसाक मंसूर उतरे लेकिन सभी अपनी हीट में अन्तिम स्थान पर रहे। हेलसिंकी ओलम्पिक 1952 में डॉली

नजीर और आरती साहा के रूप में दो भारतीय महिला तैराक पहली बार ओलम्पिक में तरणताल में उतरी थीं। आपको एक दिलचस्प तथ्य भी बता देते हैं। अटलांटा ओलम्पिक 1996 में भारत का प्रतिनिधित्व करनेवाली संगीता पुरी इससे पहले त्रिनिदाद एवं टोबैगो की तरफ से मध्य एवं कैरेबियाई अमेरिकी खेलों में हिस्सा ले चुकी थी। संगीता पुरी ने जब ओलम्पिक में भाग लिया तो वह 16 साल 236 दिन की थी और इस तरह से भारत की सबसे कम उम्र की ओलम्पिक तैराक बनी थी।

गोताखोरी

एक जमाने में गोताखोरी (Diving) का अभ्यास जिम्नास्ट करते थे लेकिन 18वीं और 19वीं सदी में इसने स्वीडन और जर्मनी में अलग खेल के रूप में पहचान बनानी शुरू कर दी थी। उन्नीसवीं सदी के आखिर में स्वीडन के कुछ गोताखोरों ने ग्रेट ब्रिटेन का दौरा किया। गोताखोरी के उनके प्रदर्शन को देखकर दर्शक हैरान रह गए। बस फिर क्या था। ब्रिटिशवासी गोताखोरी के दीवाने बन गए और यह खेल लोकप्रियता की सीढ़ियाँ चढ़ने लगा। गोताखोरी की पहली संस्था 1901 में स्थापित हुई थी जिसका नाम एमेच्योर डाइविंग एसोसिएशन था। अन्तरराष्ट्रीय तैराकी महासंघ (फिना) तैराकी के अलावा तीन अन्य खेलों का संचालन भी करता है। उनमें गोताखोरी भी शामिल है। दो अन्य खेल लयबद्ध तैराकी और वाटर पोलो हैं जिनका हम आगे जिक्र करेंगे।

ओलम्पिक में गोताखोरी

गोताखोरी को पहली बार 1904 में सेंट लुई खेलों में शामिल किया गया और तब से लेकर यह इस खेल महाकुम्भ का हिस्सा बना हुआ है। महिलाओं ने गोताखोरी में 1912 में स्टाकहोम खेलों से भाग लेना शुरू किया था। इससे पहले लन्दन ओलम्पिक 1908 में स्प्रिंगबोर्ड और प्लेटफार्म स्पर्धाएँ ओलम्पिक कार्यक्रम में शामिल की गयीं। गोताखोरी स्पर्धाओं को एम्सटर्डम ओलम्पिक 1928 से कुछ स्थायित्व मिला। मतलब गोता लगाने के लिए निश्चित दूरी तय कर दी गयी जैसे पुरुष और महिलाएँ 10 मीटर ऊँचाई से गोता लगाने लगे या स्प्रिंगबोर्ड स्पर्धाओं में तीन मीटर की ऊँचाई से भाग लेने लगे। सिडनी ओलम्पिक 2000 से सिंक्रनाइज्ड (लयबद्ध) गोताखोरी को स्प्रिंगबोर्ड और प्लेटफार्म दोनों वर्गों में जोड़ दिया गया।

अमेरिका ने लम्बे समय तक गोताखोरी में दबदबा बनाये रखा था लेकिन जब चीन ओलम्पिक का हिस्सा बना तो फिर वह गोताखोरी का बादशाह बन गया। अमेरिका के नाम पर अब भी 49 स्वर्ण सहित 138 ओलम्पिक पदक दर्ज हैं लेकिन चीन 40 स्वर्ण सहित 69 पदक लेकर उससे ज्यादा पीछे नहीं है। जिस स्वीडन को गोताखोरी का जनक माना जाता है उसने ओलम्पिक में 6 स्वर्ण सहित 21 पदक जीते हैं। जर्मनी ने 4 स्वर्ण सहित 28 पदक अपने नाम किए हैं।

अमेरिका के ग्रेग लॉगनिस (4 स्वर्ण) को दिग्गज गोताखोरों में शामिल किया जाता है लेकिन बाद में चीनी महिलाओं ने इस खेल में खूब धूम मचायी। चीन की वू मिनक्सिया ने 2004 से 2012 तक 5 स्वर्ण सहित 7 पदक अपने नाम किए हैं। उनकी हमवतन चेन राउलिन ने भी 2008 से 2016 तक 5 स्वर्ण पदक जीते। चीन की ही गाओ जिंगजिंग और फू मिंगसिया तथा अमेरिका की पैट मैकॉर्मिक के नाम पर 4-4 स्वर्ण दर्ज हैं। इन सबके बीच रूस के दिमित्री सौतिन की चर्चा नहीं करना बेमानी होगा। उन्होंने ओलम्पिक गोताखोरी में सर्वाधिक 8 पदक जीते हैं जिनमें 2 स्वर्ण, 2 रजत और 4 कांस्य पदक शामिल हैं।

ओलम्पिक में केवल एक बार भारतीय गोतोखोरों ने हिस्सा लिया था। टोक्यो ओलम्पिक 1964 में सोहन सिंह (पुरुष प्लेटफार्म में 30वाँ स्थान) और अनुसुया प्रसाद (पुरुष स्प्रिंगबोर्ड में 25वाँ स्थान) ने गोताखोरी में भारत का प्रतिनिधित्व किया था।

वाटर पोलो

स्कॉटलैंड के विलियम विल्सन को वाटर पोलो का जनक कहा जाता है। इंग्लैंड और स्कॉटलैंड के क्लबों में 1877 से लेकर 1885 के बीच पहली बार यह खेल खेला गया था। इसकी शुरुआत रग्बी फुटबॉल की तरह हुई थी जिसमें खिलाड़ियों के बीच आपसी द्वन्द्व आम बात थी। इसको तब नाम दिया गया था 'एक्वाटिक फुटबॉल'। विल्सन ने सबसे पहले वाटर पोलो के नियम तय किए थे। अमेरिका में 1897 में न्यूयार्क के हेरॉल्ड रीडर ने इस खेल में अनुशासन से जुड़े नियम जोड़े जिससे इसमें हिंसा पर रोक लगी। असल में वाटरपोलो यूरोप और ब्रिटेन में दो अलग-अलग खेलों की तरह विकसित हुआ। अमेरिका में इसे सॉफ्टबॉल वाटर पोलो कहा जाता था। अन्तरराष्ट्रीय तैराकी महासंघ (फिना) के गठन के बाद इस खेल को भी नयी पहचान मिली थी।

वाटर पोलो में दो टीमें आमने-सामने होती हैं। प्रत्येक टीम में गोलकीपर सहित सात-सात खिलाड़ी भाग लेते हैं। इसमें चार क्वार्टर होते हैं और खिलाड़ी एक-दूसरे के गोल में गेंद को थ्रो करके गोल करते है। आखिर में जिस टीम के सर्वाधिक गोल होते हैं वह विजेता बन जाती है। यह खेल अमूमन सात फुट गहरे तरणताल में खेला जाता है। मतलब वाटर पोलो में भाग लेने के लिए कुशल तैराक होना जरूरी है। यह भी ध्यान देने योग्य बात है कि गेंद को केवल एक हाथ से पकड़ना होता है। केवल गोलकीपर ही दोनों हाथों से गेंद को पकड़ सकता है।

ओलम्पिक में वाटर पोलो

वाटर पोलो को पेरिस ओलम्पिक 1900 में ओलम्पिक खेलों में शामिल किया गया था लेकिन 1904 सेंट लुई में केवल अमेरिकी टीम ने इसमें हिस्सा लिया

था और इसलिए अन्तरराष्ट्रीय ओलम्पिक समिति ने इसे सेंट लुई खेलों में गैर आधिकारिक खेलों में शामिल किया है। बाद में हालाँकि वाटर पोलो प्रत्येक ओलम्पिक खेल का हिस्सा रहा।

ओलम्पिक वाटर पोलो में शुरू से ही हंगरी का दबदबा रहा। इस बीच उसने 1928 से लेकर 1980 तक प्रत्येक ओलम्पिक में वाटर पोलो में पदक जरूर जीता। 1932 से 1976 तक उसने 6 स्वर्ण पदक अपने नाम किए थे। उसने सिडनी ओलम्पिक 2000 में वापसी करके अपना सातवाँ स्वर्ण पदक जीता। इसके बाद उसने 2004 और 2008 में सोने का तमगा हासिल करके खिताबी हैट्रिक पूरी की थी। सिडनी ओलम्पिक 2000 में पहली बार महिलाओं ने वाटर पोलो में हिस्सा लिया। मतलब ओलम्पिक में 100 साल तक वाटर पोलो में केवल पुरुष खिलाड़ी भाग लेते रहे। हंगरी ने अब तक वाटर पोलो में 9 स्वर्ण सहित 15 पदक जीते हैं। उसके खिलाड़ी देजसा गायरमति को वाटर पोलो का सर्वकालिक सर्वश्रेष्ठ खिलाड़ी माना जाता है। उन्होंने 1948 से 1964 ओलम्पिक तक 3 स्वर्ण, 1 रजत और 1 कांस्य सहित कुल 5 पदक अपने नाम लिखवाये थे जो ओलम्पिक वाटर पोलो में रिकॉर्ड है।

भारत ने ओलम्पिक में केवल दो बार 1948 लन्दन और 1952 हेलसिंकी ओलम्पिक में हिस्सा लिया था। लन्दन में भारत संयुक्त नौवें और हेलसिंकी में संयुक्त 17वें स्थान पर रहा था।

टेबल टेनिस

इंग्लैंड में 1880 के दशक में विक्टोरिया के कुलीन वर्ग के लोगों को रात्रि भोजन के बाद लॉन टेनिस जैसा खेल खेलने की इच्छा हुई तो उन्होंने टेबल पर टेनिस खेलना शुरू किया और उसे नाम दिया पिंग पोंग। शुरू में न तो कोई तय रैकेट था न गेंद। शैम्पेन की कॉर्क गेंद बन जाती थी और सिगार बॉक्स का ढक्कन रैकेट। किताबों को पंक्तिबद्ध रख दिया जाता था जो जाली यानी नेट का काम करती थीं। इस तरह से शुरुआत हुई थी टेबल टेनिस की जो वर्तमान समय में कई देशों में लोकप्रिय खेल बन गया है।

समय के साथ खेल का विकास होता रहा और 1902 में पिंग पोंग संघ का गठन हुआ। शुरुआत में यह खेल लन्दन तक ही सीमित रहा लेकिन धीरे-धीरे इसने दूसरे देशों में भी पाँव पसारने शुरू कर दिए। इसे टेबल टेनिस नाम 1921-22 में दिया गया जब पुराने पिंग पोंग संघ को पुनजीर्वित किया गया था। इसके बाद 1926 में बर्लिन और लन्दन में बैठकें हुई तथा जर्मनी, हंगरी और इंग्लैंड के प्रतिनिधियों की अगुवाई में अन्तरराष्ट्रीय टेबल टेनिस महासंघ का गठन किया गया। भारत भी इसके संस्थापक सदस्यों में शामिल था और इसलिए उसी वर्ष भारतीय टेबल टेनिस महासंघ भी गठित कर दिया गया था। पहली विश्व चैम्पियनशिप लन्दन में 1926 में आयोजित की गयी लेकिन ओलम्पिक में जगह बनाने के लिए इस खेल को लम्बा इन्तजार करना पड़ा। टेबल टेनिस को 1988 में सियोल में पहली बार ओलम्पिक में शामिल किया गया।

आओ खेलें टेबल टेनिस

चुस्ती, फुर्ती, रफ्तार, कौशल का दूसरा नाम है टेबल टेनिस। इसमें हाथ और आँखों के बीच गजब का तालमेल बनाना जरूरी होता है क्योंकि गेंद पलक

झपकते ही आपके पास पहुँचती है और उस पर आपको तुरन्त ही प्रतिक्रिया देनी होती है। टेबल टेनिस 2.74×1.53 मीटर की आयताकार टेबल पर खेला जाता है जिसके बीच में जाली लगी होती है। इसमें जाली की ऊँचाई 15.25 सेंटीमीटर होती है। टेबल टेनिस रैकेट या बल्ला लकड़ी से बना होता है और इसके दोनों तरफ रबड़ की सतह होती है। यह लगभग 17 सेमी. लम्बा और 15 सेमी. चौड़ा होता है। टेबल टेनिस की गेंद का वजन 2.7 ग्राम होता है।

टेबल टेनिस एकल या युगल में खेला जाता है। इसमें जो खिलाड़ी पहले 11 अंक हासिल करता है वह उस गेम को जीत लेता है। एकल में मैच 'बेस्ट ऑफ सेवन' में जबकि युगल 'बेस्ट ऑफ फाइव' में खेले जाते हैं। भारत में टेबल टेनिस को स्कूली स्तर पर बढ़ावा देने के लिए वर्षों से प्रयास चल रहे हैं लेकिन अच्छे प्रशिक्षकों की कमी हमेशा आड़े आयी है। कुछ संस्थानों ने हालाँकि इस खेल को आगे बढ़ाने में अहम भूमिका निभायी है जिनमें पेट्रोलियम खेल संवर्धन बोर्ड भी है जिसने 1994 में अकादमी स्थापित की जिससे कई अन्तरराष्ट्रीय खिलाड़ी निकले हैं। देश में कई शहरों में अब ऐसी अकादमी स्थापित कर दी गयी हैं जहाँ अच्छे प्रशिक्षक भी हैं। खेलो इंडिया के तहत भारतीय खेल प्राधिकरण भी टेबल टेनिस को बढ़ावा देने में अहम भूमिका निभा रहा है। अगर आप अच्छे खिलाड़ी हैं तो खेलो इंडिया के जरिये खुद को राष्ट्रीय और अन्तरराष्ट्रीय स्तर पर पहुँचा सकते हैं।

ओलम्पिक में टेबल टेनिस

जैसा हम पहले बता चुके हैं कि टेबल टेनिस को ओलम्पिक में जगह बनाने के लिए लम्बा इन्तजार करना पड़ा था। सियोल ओलम्पिक 1988 में पहली बार पुरुष और महिला वर्ग में एकल और युगल स्पर्धाएँ आयोजित की गयी थीं। बीजिंग ओलम्पिक 2008 के बाद युगल की जगह टीम स्पर्धा को शामिल किया गया। टोक्यो ओलम्पिक 2020 में मिश्रित युगल की नयी स्पर्धा जोड़ी गयी है।

टेबल टेनिस का जनक भले ही इंग्लैंड है और शुरू में यह यूरोप तक सीमित रहा लेकिन समय गुजरने के साथ इसमें एशियाई देशों विशेषकर चीन का दबदबा बन गया। चीन ने ओलम्पिक खेलों में अब तक 28 स्वर्ण, 17 रजत और 8 कांस्य पदक सहित कुल 53 पदक जीते हैं। चीन की बादशाहत का अन्दाजा इससे लगाया जा सकता है कि उसके अलावा केवल दक्षिण कोरिया (3 स्वर्ण) और स्वीडन (1 स्वर्ण) ही ओलम्पिक टेबल टेनिस में सोने के तमगे जीत पाये हैं। चीन की तीन महिला खिलाड़ियों वांग नान, देंग यिपिंग और झ्यांग

यिंगयिंग ने ओलम्पिक में 4-4 स्वर्ण पदक जीते हैं। पुरुष वर्ग में भी चीन के वांग हाओ सबसे आगे हैं जिन्होंने 2 स्वर्ण और 3 रजत पदक अपने नाम किए हैं।

ओलम्पिक टेबल टेनिस में भारत

भारत ने 1988 सियोल से लेकर रियो ओलम्पिक 2016 तक प्रत्येक खेल में टेबल टेनिस में खिलाड़ी उतारे हैं लेकिन अभी तक यह प्रतिनिधित्व तक ही सीमित रहा है। सियोल ओलम्पिक में कमलेश मेहता और सुजोय घोरपड़े ने पुरुष और नियति राय शाह ने महिला वर्ग में भारत का प्रतिनिधित्व किया था। इसके चार साल बाद बार्सिलोना ओलम्पिक में कमलेश मेहता संयुक्त 17वें स्थान पर रहे थे जो एकल में किसी भारतीय का सर्वश्रेष्ठ प्रदर्शन है। चेतन बबूर और अचंता शरत कमल ने तीन-तीन ओलम्पिक में हिस्सा लिया है। महिलाओं में नियति रॉय और मौमा दास दो-दो ओलम्पिक में भाग ले चुकी हैं, लेकिन कुछ खिलाड़ियों के ही क्वालीफाई करने के कारण भारत अभी ओलम्पिक में टीम स्पर्धा में भाग नहीं ले पाया है। उसने हालाँकि तीन बार 1988, 1992 और 2000 में पुरुष युगल में हिस्सा लिया था।

ताइक्वांडो

ताइक्वांडो कोरियाई मार्शल आर्ट है। ताइक्वांडो 'लात मारने और घूंसा जमाने' के कौशल से जुड़ा खेल है जिसकी शुरुआत का श्रेय ईसा पूर्व 50 ईसवी सन के सिल्ला साम्राज्य के सैनिकों को जाता है। उन्होंने मार्शल आर्ट की एक नयी शैली विकसित की जिसमें पाँव और हाथ का उपयोग होता है। ताइक्वांडो 20वीं सदी के शुरू में लोकप्रिय हुआ और 21वीं सदी आते-आते वह ओलम्पिक कार्यक्रम का हिस्सा बन गया। इसके बाद अन्तरराष्ट्रीय स्तर पर भी इस खेल को पहचान मिलने लगी और 1973 में विश्व ताइक्वांडो महासंघ का गठन किया गया। उसी साल दक्षिण कोरिया की राजधानी सियोल में पहली विश्व ताइक्वांडो चैम्पियनशिप का आयोजन किया गया। विश्व ताइक्वांडो महासंघ को अब विश्व ताइक्वांडो (World Taekwondo) के नाम से जाना जाता है। भारतीय ताइक्वांडो महासंघ का गठन 1976 में किया गया था।

ओलम्पिक में ताइक्वांडो

ताइक्वांडो को ओलम्पिक में पहली बार 1988 में सियोल में प्रदर्शनी खेलों के रूप में शामिल किया गया। इसके बाद बार्सिलोना 1992 में भी यह प्रदर्शनी खेल था लेकिन अन्तरराष्ट्रीय स्तर पर इस खेल की बढ़ती लोकप्रियता को देखते हुए सिडनी 2000 में यह ओलम्पिक कार्यक्रम का हिस्सा बन गया। भारतीय खिलाड़ी ही भले ही अभी तक कभी ताइक्वांडो में ओलम्पिक में जगह नहीं बना पाये हों लेकिन भारत में यह खेल काफी लोकप्रिय है। विशेषकर कई शहरों में स्कूली स्तर पर इस खेल को बढ़ावा देने के प्रयास किए गए हैं। मार्शल आर्ट होने के कारण यह आत्मसुरक्षा से जुड़ा खेल है और इसलिए माता-पिता भी अपने बच्चों को ऐसे खेल सिखाने की सिफारिश करते हैं। दुर्भाग्य से भारत में

अच्छे कोच के अभाव में बच्चे ताइक्वांडो के शुरुआती सबक तक ही सीमित रहते हैं।

ओलम्पिक की बात करें तो इसमें पुरुष और महिला वर्गों में चार-चार वजन वर्गों में मुकाबले होते हैं। दक्षिण कोरिया ने उम्मीद के मुताबिक अभी तक ओलम्पिक में अपना दबदबा बनाये रखा है। उसने ओलम्पिक में 12 स्वर्ण सहित 19 पदक जीते हैं। चीन के नाम पर 7 स्वर्ण सहित 10 पदक दर्ज हैं और वह कोरिया के बाद दूसरे स्थान पर है। लेकिन यह जानकर आश्चर्य होगा कि ईरान के हादि सेई और अमेरिका के स्टीफन लोपेज ओलम्पिक में ताइक्वांडो के सबसे सफल खिलाड़ी है। इन दोनों ने समान 2 स्वर्ण और 1 कांस्य पदक जीता है। महिला वर्ग में कोरिया की ह्वांग गियोंग स्यान ने यही कारनामा किया है। चीन की चेन झोंग और वू जिंग्यू तथा ब्रिटेन की जेडे जोन्स ने भी ताइक्वांडो में 2-2 स्वर्ण पदक जीते हैं।

टेनिस

दुनिया के सबसे लोकप्रिय खेलों में एक टेनिस की शुरुआत सदियों पहले हो गयी थी। शोधकर्ताओं की मानें तो प्राचीन यूनान में इस तरह का खेल खेला जाता था। अगर टेनिस के ज्ञात टेनिस की बात करें तो 12वीं सदी में फ्रांस में हाथ से एक खेल खेला जाता था जिसें 'पॉम' कहा जाता था जिसका शाब्दिक अर्थ हथेली होता है। इसमें गेंद को हाथ से मारा जाता था। बाद में इसका परिष्कृत रूप सामने आया और उसे नाम मिला 'जेउ डे पॉम' यानी हाथ का खेल। टेनिस पहले हाथ से खेला जाता था। बाद में चमड़े के दस्तानों का उपयोग किया जाने लगा लेकिन इससे अच्छी सर्विस करना या शॉट जमाना मुश्किल होता था और तब लोगों को रैकेट की जरूरत महसूस हुई। इस तरह से टेनिस रैकेट का जन्म हुआ। माना जाता है कि पहला रैकेट इटली में बना था। 'जेउ डे पॉम' को ब्रिटेन में रीयल टेनिस, अमेरिका में कोर्ट टेनिस और आस्ट्रेलिया में रॉयल टेनिस कहा जाता है।

यह खेल 18वीं सदी तक शाही परिवारों या भद्रजनों तक सीमित रहा। इंग्लैंड के राजा हेनरी अष्ठम ने हैम्पटन कोर्ट पैलेस में टेनिस कोर्ट का निर्माण करवाया था। लन्दन के विम्बलडन जिले में 1870 में ऑल इंग्लैंड क्रोकेट क्लब की स्थापना हुई। तब टेनिस के लिए लॉन टेनिस का उपयोग होने लग गया था जो आज भी प्रचलन में है। अमेरिका में 1874 में पहला लॉन टेनिस टूर्नामेंट खेला गया था। इसके तीन साल बाद विम्बलडन में पहली विश्व चैम्पियनशिप खेली गयी थी। यहीं से पहले ग्रैंडस्लैम टूर्नामेंट विम्बलडन की शुरुआत हुई जिसके पहले विजेता स्पेन्सर गोरे थे। तीन अन्य ग्रैंडस्लैम में यूएस ओपन 1881 से, फ्रेंच ओपन 1891 से और आस्ट्रेलियन ओपन 1905 से शुरू हुआ। इस बीच 1900 में डेविस कप की शुरुआत हुई जिसमें व्यक्तिगत खिलाड़ी नहीं

बल्कि दो देश आमने-सामने होते हैं। अन्तरराष्ट्रीय लॉन टेनिस महासंघ की स्थापना 1913 में की गयी जिसे आज अन्तरराष्ट्रीय टेनिस महासंघ (आईटीएफ) के नाम से जाना जाता है। भारत में अखिल भारतीय टेनिस संघ (एआईटीए) 1920 में स्थापित किया गया था। टेनिस में 1968 से ओपन युग की शुरुआत हुई जबकि 1972 में पुरुष टेनिस संस्था एटीपी और इसके एक साल बाद महिला टेनिस संस्था डब्ल्यूटीए अस्तित्व में आयी।

आओ हम भी खेलें टेनिस

टेनिस एक जमाने में अमीरों का खेल रहा और सचाई यह है कि आज भी यह काफी महंगा खेल है। लेकिन एक अदद आयताकार कोर्ट, नेट यानी जाली, रैकेट और टेनिस गेंद पास होने पर कोई भी इसे खेल सकता है। टेनिस गेंद सुलभ उपलब्ध होती है और अब कुछ सस्ते रैकेट भी बाजार में मिलने लगे हैं लेकिन पेशेवर खिलाड़ी बनने के लिए आवश्यक है कि किसी अच्छे प्रशिक्षक से प्रशिक्षण लिया जाए। देश के बड़े शहरों में प्रशिक्षक मिलना आसान होता है। हर खेल की तरह टेनिस में भी अभ्यास जरूरी होता है। महान टेनिस खिलाड़ी आंद्रे अगासी के पिता मुक्केबाज थे लेकिन उन्होंने अपने बच्चों को टेनिस खेलने के लिए प्रेरित किया। अगासी के लिए उनका नियम था कि वह प्रत्येक दिन टेनिस गेंद को घंटों तक हिट करेंगे। उनकी मेहनत रंग लायी और इस तरह से आंद्रे अगासी के पिता ने टेनिस का विशेषज्ञ खिलाड़ी या कोच नहीं होने के बावजूद अपनी दृढ़ता और संकल्प से अपने बेटे को अन्तरराष्ट्रीय स्तर का चोटी का खिलाड़ी बना दिया था। कहने का मतलब है कि किसी भी खेल की तरह टेनिस में आगे बढ़ने के लिए माता-पिता का सहयोग जरूरी है।

टेनिस एकल, युगल और मिश्रित युगल श्रेणियों में खेला जाता है। कई ऐसे खिलाड़ी हैं जिन्होंने एकल के बजाय युगल में अपनी विशेष छाप छोड़ी। इनमें भारत के लिएंडर पेस, महेश भूपति, अमेरिका के ब्रायन बंधु बॉब और माइक, आस्ट्रेलिया के टॉड वुडब्रिज और मार्क वुडफोर्ड आदि प्रसिद्ध हैं। एकल का अभ्यास करके युगल का खिलाड़ी बना जा सकता है। भारत में अब स्कूली स्तर पर टेनिस को बढ़ावा दिया जाने लगा है। इसमें खेलो इंडिया, भारतीय खेल प्राधिकरण, अखिल भारतीय टेनिस संघ के अलावा कई निजी अकादमियाँ अहम भूमिका निभा रही हैं। इनमें महेश भूपति टेनिस अकादमी भी है जिसने देश भर के कई स्कूलों में स्कूल टेनिस प्रोग्राम शुरू किया है।

ओलम्पिक में टेनिस

टेनिस 1896 एथेंस से ही ओलम्पिक का हिस्सा रहा और 1924 पेरिस ओलम्पिक तक यह ओलम्पिक खेलों का अहम अंग बना रहा। लेकिन इसके बाद इसे ओलम्पिक कार्यक्रम से हटा दिया गया। इसके बाद 1988 सियोल ओलम्पिक में टेनिस की वापसी हुई और तब से यह ओलम्पिक कार्यक्रम का हिस्सा बना हुआ है। चारों ग्रैंडस्लैम की तरह ओलम्पिक में भी टेनिस आकर्षण का केन्द्र बना रहता है। सियोल ओलम्पिक में जब टेनिस की वापसी हुई तो स्टेफी ग्राफ ने एक अनोखा रिकॉर्ड अपने नाम किया था। उन्होंने उस साल चारों ग्रैंडस्लैम जीतने के अलावा ओलम्पिक में महिला एकल का स्वर्ण पदक भी जीता था। उनकी इस उपलब्धि को 'गोल्डन स्लैम' नाम दिया गया। ग्राफ यह उपलब्धि हासिल करनेवाली एकमात्र खिलाड़ी हैं।

विलियम्स बहनों वीनस और सेरेना ने ओलम्पिक में अपना परचम लहराने में कसर नहीं छोड़ी है। इन दोनों बहनों ने सर्वाधिक 4-4 स्वर्ण पदक ओलम्पिक में जीते हैं। इनमें 1-1 एकल का स्वर्ण पदक भी शामिल है। ब्रिटेन के एंडी मर्रे ने 2012 और 2016 ओलम्पिक में पुरुष एकल में सोने के तमगे जीते थे। मर्रे पुरुष और महिला दोनों वर्गों में एकमात्र खिलाड़ी हैं जिन्होंने एकल में 2 स्वर्ण पदक जीते हैं। ग्रैंडस्लैम टूर्नामेंट में धूम मचानेवाले रोजर फेडरर एकल में केवल 1 रजत पदक जीत पाये हैं हालाँकि उनके नाम पर युगल में स्वर्ण पदक दर्ज है। टेनिस की पदक तालिका में अमेरिका और ब्रिटेन सबसे ऊपर हैं। अमेरिका ने 21 स्वर्ण पदक सहित 39 पदक और ब्रिटेन ने 17 स्वर्ण सहित 43 पदक इस खेल में जीते हैं।

ओलम्पिक टेनिस में भारत

वह शनिवार तीन अगस्त 1996 का दिन था जब लिएंडर पेस ने भारतीय खेलों के इतिहास में नया अध्याय जोड़ा था। उन्होंने अटलांटा ओलम्पिक में पुरुष एकल में कांस्य पदक जीता था। नार्मन प्रिचार्ड और कसाबा जाधव के बाद वह तीसरे भारतीय थे जिन्होंने ओलम्पिक में व्यक्तिगत पदक अपने नाम किया था। वाइल्ड कार्ड से प्रवेश पानेवाले पेस को पहले दौर में अमेरिका के रिची रेनबर्ग, दूसरे दौर में वेनेजुएला के निकोलस परेरा, तीसरे दौर में स्वीडन के तीसरी वरीयता प्राप्त थॉमस एंक्विस्ट और क्वार्टर फाइनल में इटली के रेंजो फर्लान को हराकर सेमीफाइनल में जगह बनायी। शीर्ष वरीयता प्राप्त आंद्रे अगासी से

वह हालाँकि सेमीफाइनल में संघर्षपूर्ण मुकाबले में हार गए। पेस के पास अब भी कांस्य पदक जीतने का मौका था और उन्होंने ब्राजील के फर्नांडो मेलीगिनी से पहला सेट गँवाने के बाद 3-6, 6-2, 6-4 से जीत दर्ज करके इतिहास रच दिया था।

पेस और उनके युगल जोड़ीदार महेश भूपति के पास एथेंस ओलम्पिक 2004 में युगल का कांस्य पदक जीतने का मौका था लेकिन तीसरे स्थान के मुकाबले में उन्हें क्रोएशिया के मारियो एनसिच और इवान लुबिसिच से तीन सेट तक चले कड़े मैच में हार का सामना करना पड़ा था। रियो ओलम्पिक 2016 में रोहन बोपन्ना और सानिया मिर्जा की मिश्रित युगल जोड़ी भी कांस्य पदक के मैच में हार गयी थी।

पेस से पहले पेरिस ओलम्पिक 1924 में सिडनी जैकब ने एकल में पदक की उम्मीद जगायी थी। वह पुरुष एकल के क्वार्टर फाइनल तक पहुँचने में सफल रहे थे। भारत ने पहली बार इन्हीं खेलों में टेनिस प्रतियोगिता में हिस्सा लिया था। जहाँ तक पेस का सवाल है तो वह अभी तक 1992 से लेकर 2016 तक सात ओलम्पिक खेलों में भाग ले चुके हैं। यह भारत के साथ ही टेनिस खेल में भी रिकॉर्ड है।

ट्रायथलॉन

ट्रायथलॉन एक ऐसा खेल है जिसमें किसी खिलाड़ी के असली दमखम और कौशल का पता चलता है। इसमें दौड़ना, तैरना और साइकिल चलाना शामिल है और वह भी बिना रुके हुए। स्वाभाविक है कि कोई ऊर्जावान और फिट खिलाड़ी ही इन तीनों को पूरा कर सकता है। इसलिए इसमें हीट नहीं होती है और सीधे मुख्य प्रतिस्पर्धा का आयोजन किया जाता है।

ट्रायथलॉन की शुरुआत सबसे पहले 1970 के दशक में अमेरिका के सैन डिएगो ट्रैक क्लब में हुई थी। इस क्लब ने ट्रैक प्रशिक्षण के विकल्प के तौर पर यह प्रतियोगिता आयोजित की थी जिसमें 10 किमी. की दौड़, 8 किमी. की साइकिलिंग और 500 मीटर की तैराकी शामिल थी। खिलाड़ियों की इसमें दिलचस्पी बढ़ी तो एक दशक बाद इसने अलग खेल का रूप ले लिया और इसको विश्व भर में पहचान मिलने लगी। वर्ष 1989 में विश्व ट्रायथलॉन संघ का गठन किया गया और फिर पहली विश्व चैम्पियनशिप का आयोजन किया गया। उसी समय ट्रायथलॉन के लिए आधिकारिक दूरी तय कर दी गयी। इसमें 1500 किमी. तैराकी, 40 किमी. साइकिलिंग और 10 किमी. की दौड़ शामिल थी। ओलम्पिक कार्यक्रम में भी इन तीनों को इसी स्वरूप में शामिल किया गया।

ट्रायथलॉन में प्रतिभागियों को सबसे पहले 1500 मीटर फ्रीस्टाइल तैराकी में भाग लेना होता है। इसके तुरन्त बाद खिलाड़ियों को 40 किमी. की साइकिलिंग करनी होती है और फिर उन्हें 10 किमी. दौड़ दौड़नी होती है। तैराकी और साइकिलिंग के बाद 'ट्रांजिशन एरिया' में प्रवेश और उस समय आवश्यक बदलाव करने में भी खिलाड़ी की फुर्ती और कुशलता की परीक्षा होती है। यहाँ तक कि खिलाड़ी दौड़ने के अपने जूते साइकिलिंग करते हुए अपने साथ में

रखते हैं ताकि उन्हें 'ट्रांजिशन' में ज्यादा समय नहीं बिताना पड़े। आखिर में जो खिलाड़ी सबसे पहले दौड़ पूरी करता है वह विजेता बनता है।

ओलम्पिक में ट्रायथलॉन

ट्रायथलॉन को ओलम्पिक में सबसे पहले सिडनी 2000 में शामिल किया और तब से यह ओलम्पिक कार्यक्रम का हिस्सा बना हुआ है। ओलम्पिक में शामिल किए जाने के बाद इस खेल को अधिक लोकप्रियता मिली लेकिन अभी तक भारत का कोई भी खिलाड़ी ओलम्पिक ट्रायथलॉन के लिए क्वालीफाई नहीं कर पाया है। ओलम्पिक ट्रायथलॉन में स्विट्जरलैंड और ब्रिटेन ने 2-2 स्वर्ण पदक सहित 5 पदक जीते हैं। ब्रिटेन के एलिस्टेयर ब्राउनली एकमात्र खिलाड़ी हैं जिन्होंने ओलम्पिक ट्रायथलॉन में 2 स्वर्ण पदक जीते हैं। उन्होंने लन्दन 2012 और रियो 2016 में यह कारनामा किया।

ओलम्पिक में अभी तक पुरुष और महिला वर्ग में व्यक्तिगत स्पर्धाओं का आयोजन किया जाता रहा है लेकिन टोक्यो ओलम्पिक 2020 में मिश्रित टीम रिले भी शामिल कर दी गयी। मिश्रित टीम रिले में दो पुरुष और दो महिला खिलाड़ी भाग लेते हैं। इनमें से प्रत्येक खिलाड़ी को 300 मीटर तैराकी, आठ किमी. साइकिलिंग और दो किमी. दौड़ने के बाद अपनी टीम के अगले सदस्य को रिले पकड़ानी होती है।

वॉलीबॉल और बीच वॉलीबॉल

वॉलीबॉल एक ऐसा खेल जो गाँवों से लेकर शहरों तक लोकप्रिय रहा है क्योंकि इसमें बहुत अधिक साजोसामान की जरूरत नहीं पड़ती और बहुत बड़े मैदान की भी आवश्यकता नहीं होती है। अगर आपके पास मैदान है, एक वॉलीबॉल यानी गेंद है, नेट यानी जाली है और उसे लगाने के लिए दो खंबे हैं तो फिर आपका काम बन गया। वॉलीबॉल की शुरुआत उम्रदराज लोगों के लिए की गयी थी क्योंकि इसमें बास्केटबॉल की तुलना में कम दमखम लगता है लेकिन यह जल्द ही युवाओं के बीच भी लोकप्रिय हो गया।

बास्केटबॉल और वॉलीबॉल दोनों की शुरुआत अमेरिका के मैसाचुसेट्स में हुई थी। असल में 1895 में विलियम जी मोर्गन ने बास्केटबॉल को देखकर उम्रदराज लोगों के लिए कम दमखम वाला खेल शुरू किया और उसे 'मिंटोनेट' नाम दिया। एक स्थानीय प्रोफेसर ने देखा कि इस खेल में गेंद नेट के ऊपर से फेंका जा रहा है तो फिर इसका नाम वॉलीबॉल रख दिया गया। इसके बाद तो यह खेल एशियाई देशों विशेषकर जापान में काफी लोकप्रिय हो गया। अन्तरराष्ट्रीय वॉलीबॉल महासंघ (एफआईवीबी) का गठन 1947 में किया गया था। इसके चार साल बाद भारतीय वॉलीबॉल महासंघ का गठन हुआ।

बॉलीबॉल के बारे में

अन्तरराष्ट्रीय वॉलीबॉल महासंघ के अनुसार वॉलीबॉल के कोर्ट का आकार 18 मीटर लम्बा और 9 मीटर चौड़ा होना चाहिए। कोर्ट दो भागों में विभक्त होता है और इसके बीच में नेट लगायी जाती है। इस तरह से कोर्ट का एक हिस्सा 9 मीटर लम्बा और इतने ही मीटर चौड़ा होता है। नेट का ऊपरी हिस्सा 2.43 मीटर पर होना चाहिए। महिलाओं के लिए यह ऊँचाई 2.24 मीटर होती

है। वॉलीबॉल का वजन 260 ग्राम से कम और 290 ग्राम से अधिक नहीं होना चाहिए।

वॉलीबॉल में एक टीम में छह खिलाड़ी होते हैं जिनकी अलग-अलग भूमिकाएँ होती हैं। इसमें मुख्य रूप से पाँच पोजीशन होती हैं जिन्हें सेंटर्स, मिडल ब्लॉकर्स, आउटसाइड हिटर, वीकसाइड हिटर और लीबरो कहा जाता है। वॉलीबॉल अमूमन पाँच सेट तक खेला जाता है। इसमें जो टीम अंक हासिल करती है उसे ही सर्विस करनी होती है। वॉलीबॉल को इंडोर और समुद्री तटों पर भी खेला जाता है जिसे 'बीच वॉलीबॉल' कहते हैं।

बीच वॉलीबॉल

बीच वॉलीबॉल की शुरुआत 1920 में कैलिफोर्निया में पारिवारिक मनोरंजन के लिए की गयी थी लेकिन यह जल्द ही यूरोपीय देशों में भी लोकप्रिय हो गया। सबसे पहले कैलिफोर्निया के सैंटा मोनिका क्लब ने केवल इसे दो-दो खिलाड़ियों के साथ इस खेल को खेलने का प्रयोग किया जो सफल रहा। वॉलीबॉल में जहाँ छह खिलाड़ी भाग लेते हैं वहीं बीच वॉलीबॉल में दो-दो खिलाड़ियों के बीच खेला जाता है और इसमें स्थानापन्न की व्यवस्था भी नहीं होती है। मतलब बीच वॉलीबॉल में एक पक्ष में दो खिलाड़ी होते हैं। वॉलीबॉल इंडोर हार्डकोर्ट पर जबकि बीच वॉलीबॉल रेत पर खेला जाता है। बीच वॉलीबॉल में खेल तीन सेट तक चलता है। इसमें पहले दो सेट में 21 अंक तक पहुँचना होता है जबकि तीसरे और अन्तिम सेट में 15 अंक हासिल करने होते हैं। वॉलीबॉल और बीच वॉलीबॉल दोनों में दो अंकों के अन्तर पर किसी टीम को सेट का विजेता माना जाता है। मतलब अगर स्कोर 24-24 है तो इसके बाद दो अंकों का अन्तर होने पर ही सेट समाप्त माना जाएगा। बीच वॉलीबॉल में एक ब्लाकर्स और एक डिफेंडर होता है। बीच वॉलीबाल में कोर्ट 16 मीटर लम्बा और 8 मीटर चौड़ा होता है। इसके नेट की ऊँचाई पुरुषों के लिए 2.43 मीटर और महिलाओं के लिए 2.24 मीटर होती है। गेंद का वजन 260 से 280 ग्राम के बीच होता है।

ओलम्पिक में वॉलीबॉल और बीच वॉलीबॉल

वॉलीबॉल को ओलम्पिक में पहली बार 1964 में टोक्यो ओलम्पिक में शामिल किया गया और तब से यह हमेशा ओलम्पिक कार्यक्रम का हिस्सा रहा है। सोवियत रूस ने इस खेल में सर्वाधिक पदक जीते हैं लेकिन इसमें किसी एक देश का दबदबा नहीं रहा है। क्यूबा, चीन और ब्राजील ने भी वॉलीबॉल

में अच्छा प्रदर्शन किया है। सोवियत रूस के नाम पर वॉलीबॉल में 8 स्वर्ण सहित 18 पदक दर्ज हैं। उसने पुरुष और महिला वर्ग में 4-4 स्वर्ण पदक जीते हैं। ब्राजील 5 स्वर्ण सहित 10 पदक लेकर दूसरे स्थान पर है। ब्राजील और अमेरिका ने पुरुष वर्ग में 3-3 जबकि चीन और क्यूबा ने महिला वर्ग में 3-3 स्वर्ण पदक जीते हैं। भारत ओलम्पिक में अब तक वॉलीबॉल प्रतियोगिता के लिए क्वालीफाई नहीं कर पाया है।

बीच वॉलीबॉल अटलांटा ओलम्पिक 1996 में पहली बार ओलम्पिक खेलों का हिस्सा बना। अमेरिका ने इस खेल में अब तक 6 स्वर्ण सहित 10 पदक जीते हैं। ब्राजील के नाम पर हालाँकि 13 पदक दर्ज हैं लेकिन इसमें केवल 3 स्वर्ण शामिल हैं। जर्मनी (2 स्वर्ण) और आस्ट्रेलिया (1 स्वर्ण) खिताब जीतनेवाले अन्य देश हैं। अमेरिका की मिस्टी मे ट्रीनर और केरी वाल्श जेनिंग्स ने 2004 से 2012 तक लगातार तीन ओलम्पिक में महिला बीच वॉलीबॉल का स्वर्ण पदक जीता था। भारत कभी ओलम्पिक में इस खेल का हिस्सा नहीं रहा।

भारोत्तोलन

ताकत, कौशल और तकनीक के अद्‌भुत संयोजन का नाम है भारोत्तोलन जिसका बहुत पुराना इतिहास रहा है। भार उठाने की प्रतियोगिताएँ प्राचीन समय में होती रही थी। तब भार के रूप में पत्थरों का उपयोग किया जाता था। मिस्र और यूनान की सभ्यताओं में भारोत्तोलन की प्रतियोगिताएँ होती थीं। जर्मनी, स्विट्‌जरलैंड और स्पेन के कुछ क्षेत्रों में आज भी पत्थर उठाने की प्रतियोगिताएँ होती हैं। इस तरह की प्रतियोगिताओं में एक सर्वाधिक समय तक पत्थर उठाये रखनेवाले को विजेता घोषित किया जाता है।

भारोत्तोलन के आधुनिक स्वरूप की शुरुआत 18वीं और 19वीं सदी में हुई। कई युवा थिएटरों में अपने दमखम का परिचय देते थे। लन्दन में 1891 में भारोत्तोलन की अन्तरराष्ट्रीय प्रतियोगिता का आयोजन किया गया। इस खेल को पहले ओलम्पिक खेलों में भी जगह मिली। अन्तरराष्ट्रीय भारोत्तोलन महासंघ की स्थापना 1905 में की गयी। भारत में भारतीय भारोत्तोलन महासंघ इस खेल का संचालन करता है।

भारोत्तोलन के बारे में

भारोत्तोलक बनने के लिए शारीरिक और मानसिक रूप से मजबूत होना बेहद जरूरी होता है। इसके लिए विशेष प्रशिक्षण लेना भी जरूरी है क्योंकि इसमें तकनीक अहम स्थान रखती है। भारोत्तोलन में स्नैच तथा क्लीन एवं जर्क दो तकनीक होती हैं। स्नैच में वजन को सीधे सिर के ऊपर उठाना होता है जबकि क्लीन एवं जर्क में दो चरणों में भार उठाया जाता है। इसमें भारोत्तोलक पहले कंधे तक भार उठाता और फिर उसे सिर के ऊपर ले जाता है। भारोत्तोलक भार उठाने के बाद हाथ सिर के ऊपर तक ले जाता है और इस बीच शरीर को

सीधा रखता है तभी उसके प्रयास को सफल माना जाता है। प्रत्येक खिलाड़ी को तीन मौके मिलते हैं तथा सर्वाधिक भार उठानेवाला खिलाड़ी विजेता बनता है। इसमें खिलाड़ियों के लिए उनके वजन के अनुसार वजन वर्ग होते हैं। कई प्रतियोगिताओं में स्नैच, क्लीन एवं जर्क और ओवरऑल वजन के लिए पदक दिए जाते हैं लेकिन बड़ी प्रतियोगिताओं में ऐसा नहीं है तथा ओवरऑल वजन के अनुसार ही स्थानों का निर्धारण किया जाता है।

ओलम्पिक में भारोत्तोलन

भारोत्तोलन शुरू से ही ओलम्पिक का अंग रहा है लेकिन बीच में तीन खेलों 1900, 1908 और 1912 में यह ओलम्पिक कार्यक्रम का हिस्सा नहीं था। महिलाओं ने भारोत्तोलन में सिडनी ओलम्पिक 2000 से भाग लेना शुरू किया था। ओलम्पिक में भी भारोत्तोलन में समय के साथ परिवर्तन हुए है। सिडनी ओलम्पिक से पुरुष आठ और महिलाएँ सात वजन वर्गों में उतरते हैं। इस तरह से भारोत्तोलन में कुल 15 स्वर्ण पदक दांव पर लगे होते हैं।

भारोत्तोलन में पहले आस्ट्रिया, जर्मनी और फ्रांस का दबदबा रहा लेकिन 1950 के दशक के बाद सोवियत संघ के भारोत्तोलक अपना जलवा दिखाने लगे। बाद में चीन, तुर्की, यूनान और ईरान के भारोत्तोलकों ने भी अपनी जीवन्त उपस्थिति दर्ज करायी। महिलाओं में शुरू से ही चीन ने अपनी विशेष छाप छोड़ी। सोवियत संघ, संयुक्त टीम और रूस के प्रदर्शन की बात करें तो उनके नाम पर कुल मिलाकर 89 पदक जीते हैं जिसमें 48 स्वर्ण पदक शामिल हैं। उसके बाद चीन (31 स्वर्ण), अमेरिका (16 स्वर्ण) और बुल्गारिया (12 स्वर्ण) का नम्बर आता है।

तुर्की के हालिल मुतलु और नैम सुलेमनोगलु तथा यूनान के पायरोस दिमास और काखी काखसविलिस ने ओलम्पिक में 3-3 स्वर्ण पदक जीते हैं। महिलाओं में चीन की चेन याक्विंग और लियु चुनहोंग के नाम पर 2-2 स्वर्ण पदक दर्ज हैं। हंगरी के इमरे फोल्डी और जर्मनी के रोनी वालेर और इंगो स्टीनहोफेल ने पाँच-पाँच ओलम्पिक में भाग लिया है।

ओलम्पिक भारोत्तोलन में भारत

सिडनी ओलम्पिक 2000 में पहली बार महिलाओं को भारोत्तोलन में प्रवेश मिला और कर्णम मल्लेश्वरी ने कांस्य पदक जीतकर इतिहास रचने में देर नहीं लगायी। उन्होंने महिलाओं के 69 किग्रा. भार वर्ग के स्नैच में 110 और क्लीन

एवं जर्क में 130 किग्रा. वजन के साथ कुल 240 किग्रा. भार उठाकर तीसरा स्थान हासिल किया था। यह 19 सितम्बर 2000 का दिन था जब मल्लेश्वरी भारतीय खेलों की नयी रानी बनकर उभरी थीं। मल्लेश्वरी की निगाह हालाँकि स्वर्ण पर लगी थी। उन्होंने क्लीन एवं जर्क के अपने आखिरी प्रयास में 137.5 किग्रा. भार उठाने का फैसला किया ताकि वह चीन की लिन वीनिंग और हंगरी की एर्जबेट मार्कस को पीछे छोड़ सकें। अभ्यास में वह इतना वजन उठा चुकी थीं लेकिन निर्णायक मोड़ पर लड़खड़ाने के कारण मल्लेश्वरी यह वजन नहीं उठा पायीं। इससे पहले वह कांस्य पदक अपने लिए सुनिश्चित कर चुकी थीं और इस तरह से ओलम्पिक पदक जीतनेवाली पहली भारतीय महिला खिलाड़ी बनी थीं। वह इससे पहले 1994 में विश्व चैम्पियनशिप में स्वर्ण पदक जीतनेवाले पहली भारतीय महिला भारोत्तोलक बनी थीं।

ओलम्पिक में मल्लेश्वरी के शानदार प्रदर्शन के चार साल बाद एथेंस ओलम्पिक 2004 में कुंजारानी देवी महिलाओं के 48 किग्रा. भार वर्ग में चौथे स्थान पर रही थीं जो किसी भारतीय का इन खेलों में दूसरा सर्वश्रेष्ठ प्रदर्शन है। भारतीय पुरुषों ने 1948 लन्दन ओलम्पिक से भारोत्तोलन में हिस्सा लेना शुरू कर दिया था लेकिन कोई भी भारोत्तोलक अपने प्रतिद्वन्द्वियों के लिए चुनौती पेश नहीं कर पाया।

कुश्ती

रामायण और महाभारत काल से भारत में खेली जा रही है कुश्ती। उस समय भीम और जरासंध के बीच का मुकाबला शारीरिक दमखम, दांव और रणनीति का बेमिसाल उदाहरण माना जाता है। लगभग इसी दौर में यानी ईसा से 3000 वर्ष पूर्व बेबीलोन और मिस्त्र में भी कुश्ती जैसा खेल प्रचलन में था। बेबीलोन में उरुक के राजा गिलगामेश और इनकिडु के बीच के मुकाबले का आज भी कुश्ती के इतिहास में अहम स्थान है। जब 708 ईसा पूर्व प्राचीन ओलम्पिक खेल हुए तो कुश्ती उसका भी अहम अंग थी और इसके सैकड़ों वर्ष बाद 1886 में आधुनिक ओलम्पिक खेलों में भी यह खेल शामिल था। अखाड़ों में पसीना बहाते पहलवान कभी अपनी पारिवारिक परम्परा को बनाये रखने या फिर अपनी शारीरिक ताकत का लोहा मनवाने के लिए कुश्ती करते थे लेकिन आज का पहलवान अन्तरराष्ट्रीय स्तर पर देश का नाम रोशन करने के लिए अखाड़े में उतरता है।

अखाड़ों में बसती है कुश्ती की जान

भारत में हरियाणा, पंजाब, दिल्ली और महाराष्ट्र से सबसे अधिक पहलवान निकले हैं क्योंकि यहाँ कई अखाड़े हैं जिन्होंने बच्चों को बचपन से ही पहलवानी सिखानी शुरू कर दी थी। अगर कोई पहलवान बनना चाहता है कि उसके लिए यही सही होगा कि वह किसी अच्छे अखाड़े से जुड़े जहाँ उसे न सिर्फ कुश्ती के दाँव-पेच सीखने को मिलेंगे बल्कि एक पहलवान के खान-पान का भी पता चलेगा। किसी भी खेल में पौष्टिक भोजन और फिटनेस काफी मायने रखती है लेकिन कुश्ती में खान-पान पर विशेष ध्यान दिया जाता है।

भारत में दिल्ली और हरियाणा में कई मशहूर अखाड़े हैं जहाँ से कई नामी पहलवान निकले हैं। इनमें गुरु हनुमान अखाड़ा काफी मशहूर रहा जो एक समय अन्तरराष्ट्रीय पहलवान तैयार करने की खान माना जाता था। गुरु हनुमान ने अपना पूरा जीवन कुश्ती को समर्पित कर दिया था। करतार सिंह, सतपाल सिंह, राजीव तोमर, सुजीत मान, अनुज चौधरी जैसे पहलवान इसी अखाड़े की देन हैं। दिल्ली में ही छत्रसाल स्टेडिमय अखाड़ा है जहाँ से ओलम्पिक पदक विजेता सुशील कुमार और योगेश्वर दत्त निकले हैं। बजरंग पूनिया भी इस अखाड़े से जुड़े हैं। इसके अलावा दिल्ली में चाँदरूप अखाड़ा और चन्दगीराम अखाड़ा भी काफी मशहूर रहे हैं। दिल्ली में इंदिरा गांधी स्टेडियम में कुश्ती के शिविरों का आयोजन किया जाता है।

मुंबई में लक्ष्मी नारायण व्यायामशाला, पुणे का महात्मा फुले अखाड़ा, पुणे में ही सेना खेल संस्थान, हरियाणा में गुरु श्यामलाल अखाड़ा, रोहतक का सर छोटूराम स्टेडियम और मेहरचन्द अखाड़ा, गोहाना में योगेश्वर दत्त कुश्ती अकादमी, भिवानी में फोगाट परिवार की अकादमी, हिसार में कमला देवी खेल विकास अकादमी आदि प्रमुख हैं। इसके अलावा उत्तर प्रदेश और पंजाब में भी कुश्ती के अखाड़े हैं। लखनऊ में साइ सब सेंटर, कर्नाटक के बेल्लारी, गुजरात के नडियाड, हरियाणा के बहालगढ़ (सोनीपत) और पंजाब के जालंधर (जगजीत कुश्ती अकादमी) में भारतीय खेल प्राधिकरण (साइ) से मान्यता प्राप्त कुश्ती अकादमियाँ हैं।

ओलम्पिक में कुश्ती

ओलम्पिक चाहे प्राचीन हों या आधुनिक, कुश्ती उनका अहम हिस्सा रही। प्राचीन ओलम्पिक में कुश्ती का जिक्र होने पर यूनान के पहलवान मिलो आफ कार्टन का नाम बरबस ही जुबान पर आ जाता है। ईसा पूर्व 708 में हुए ओलम्पिक खेलों में कुश्ती पेंटाथलान का हिस्सा थी और इसी से पेंटाथलान के विजेता का निर्धारण होता था। चक्का फेंक, भाला फेंक, लम्बी कूद और पैदल चाल के बाद यह आखिरी स्पर्द्धा होती थी। मिलो आफ कार्टर प्राचीन ओलम्पिक के मशहूर पहलवान थे। वह छह बार ओलम्पिक चैम्पियन (540 से 516 ईसा पूर्व), दस बार इस्थेमिक खेलों के चैम्पियन, नौ बार नेमीन खेलों और पाँच बार पाइथिक खेलों के विजेता रहे।

पहले ओलम्पिक खेलों के लिए जिन दस खेलों का चयन किया गया था उनमें कुश्ती भी शामिल थी। एथेंस में पहले ओलम्पिक खेलों में कोई भार वर्ग

नहीं थे और इसमें भाग लेनेवाले पाँचों पहलवानों ने पेशेवर ग्रीको रोमन शैली के नियमों के हिसाब से पहलवानी की थी। कोई समय भी निर्धारित नहीं था और किसी एक पहलवान के जीतने तक मुकाबला चलता रहता था। ओलम्पिक कुश्ती के पहले चैम्पियन जर्मनी के कार्ल शूमान थे। पहले ओलम्पिक खेलों के बाद केवल पेरिस में 1900 में खेले गए ओलम्पिक खेल ऐसे रहे जिनमें कुश्ती शामिल नहीं थी। यह भी संयोग है कि तब पेशेवर कुश्ती काफी प्रचलित थी। फ्रीस्टाइल कुश्ती सेंट लुई में 2004 में हुए ओलम्पिक खेलों में पहली बार शामिल की गयी। इसमें अधिकतर अमेरिकी पहलवानों ने भाग लिया था और इसलिए दांव पर 21 में से 17 पदक अमेरिका ने जीते थे। पहली बार लन्दन ओलम्पिक 2008 में फ्रीस्टाइल और ग्रीको रोमन दोनों शैली के मुकाबले में आयोजित किए गए लेकिन इसके चार साल बाद स्टाकहोम ओलम्पिक 2012 में फ्रीस्टाइल कुश्ती फिर से नदारद थी।

अन्तरराष्ट्रीय कुश्ती महासंघ (फिला) के गठन के बाद कई देशों ने इस खेल को अपनाया। उत्तर यूरोप के देशों ने कई वर्षों तक ग्रीको रोमन कुश्ती में तो फ्रीस्टाइल कुश्ती में इंग्लैंड और अमेरिका ने दबदबा बनाये रखा। बाद के वर्षों में मध्य एशियाई देशों ने भी कुश्ती में विशेष छाप छोड़ी। विघटन से पहले सोवियत संघ ने ओलम्पिक कुश्ती में 116 पदक जीते थे जिसमें रिकॉर्ड 62 स्वर्ण पदक शामिल थे। अमेरिका ने भी 2016 रियो ओलम्पिक खेलों तक कुश्ती में 54 स्वर्ण सहित कुल 133 पदक अपने नाम किए थे। सोवियत संघ के टूटने के बाद रूस ने 1996 से लेकर 2016 तक छह ओलम्पिक खेलों में कुश्ती में 56 पदक जीते जिनमें 30 स्वर्ण पदक शामिल हैं। रूस का जहाँ ग्रीको रोमन और फ्रीस्टाइल दोनों में समान दबदबा रहा वहीं अमेरिका के पहलवान मुख्य रूप से फ्रीस्टाइल कुश्ती के लिए जाने जाते हैं। यूरोपीय देश जैसे कि स्वीडन फिनलैंड, हंगरी, बुल्गारिया, रोमानिया, पोलैंड और इटली आदि की ग्रीको रोमन कुश्ती पर अच्छी पकड़ रही है जबकि जापान, तुर्की और ईरान जैसे एशियाई देशों ने फ्रीस्टाइल में अधिक सफलता हासिल की है।

ओलम्पिक के दिग्गज पहलवान

ओलम्पिक में यूं तो कई पहलवानों ने अपनी विशिष्ट छाप छोड़ी लेकिन जर्मनी के विल्फ्रेड डीट्रिच का ओलम्पिक में गजब का रिकॉर्ड है। उन्होंने 1956 से 1972 तक लगातार पाँच ओलम्पिक खेलों में भाग लिया तथा 5 पदक जीते थे। पहले सोवियत संघ और बाद में रूस की तरफ से भाग लेनेवाले अलेक्सांद्र

कारेलिन ने 1988 से 2000 तक लगातार चार ओलम्पिक में भाग लिया। इनमें से पहले तीन ओलम्पिक खेलों में उन्होंने ग्रीको रोमन सुपर हैवीवेट का स्वर्ण पदक जीता था जबकि सिडनी 2000 में उन्हें रजत पदक से संतोष करना पड़ा था।

लगातार तीन ओलम्पिक खेलों में स्वर्ण पदक जीतनेवाले पहलवानों में सोवियत संघ के अलेक्सांद्र मेदवेद भी शामिल हैं, लेकिन उन्होंने 1964 से 1972 तक अलग-अलग भार वर्गों में खिताब जीते थे। स्वीडन के कार्ल वेस्टरग्रेन और इवान योहानसन और रूस के बुवाइसा सायतियेव के नाम पर भी कुश्ती में 3-3 ओलम्पिक स्वर्ण पदक दर्ज हैं। योहानसन उन दो पहलवानों में शामिल हैं जिन्होंने किसी एक ओलम्पिक में दोनों शैलियों में स्वर्ण पदक जीते थे। योहानसन ने 1932 के लास एंजिल्स ओलम्पिक में 2 स्वर्ण पदक हासिल किए थे। दिलचस्प तथ्य यह है कि उन्होंने तब ग्रीको रोमन में वेल्टरवेट और फ्रीस्टाइल में मिडिलवेट में भाग लिया था। योहानसन के अलावा एस्तोनिया के क्रिस्तियान पालुसालु ने 1936 में हैवीवेट में 2 स्वर्ण पदक हासिल किए थे।

महिलाओं को पहले कुश्ती से दूर रखा जाता था लेकिन 2004 से ओलम्पिक में महिला पहलवान भी भाग लेने लगी हैं। गीता फोगाट ओलम्पिक में भाग लेनेवाली पहली भारतीय महिला पहलवान थीं। उन्होंने 2012 के लन्दन ओलम्पिक खेलों में भारत का प्रतिनिधित्व किया था। ओलम्पिक में महिला पहलवानों के प्रदर्शन का जिक्र करने पर जापान की साओरी योशिदा और काओरी इचो के प्रदर्शन को भला कौन भुला सकता है। इन दोनों ने 2004 से 2012 तक लगातार तीन ओलम्पिक खेलों में क्रमशः लाइटवेट और मिडिलवेट में स्वर्ण पदक जीते। साओरी योशिदा अपने जमाने के मशहूर पहलवान योशिकात्सु योशिदा की बेटी हैं जिन्होंने 1964 के टोक्यो ओलम्पिक में 52 किग्रा. भार वर्ग में स्वर्ण और इसके एक साल बाद विश्व चैम्पियनशिप का खिताब जीता था।

ओलम्पिक कुश्ती में भारत

भारत ने ओलम्पिक में आधिकारिक तौर पर पहली बार 1920 में एंटवर्प में हुए खेलों में भाग लिया। भारत ने केवल पाँच खिलाड़ियों को भेजा था जिनमें दो पहलवान भी शामिल थे। इसके बाद 1924, 1928, 1932 और 1976 के ओलम्पिक खेल ही ऐसे रहे जिनमें भारत ने कुश्ती में हिस्सा नहीं लिया। भारतीय शुरू से ही फ्रीस्टाइल शैली की कुश्ती खेलते रहे हैं और इसलिए ओलम्पिक में उन्हें हमेशा इस शैली में अपना भाग्य आजमाया। बीच में 1964 के टोक्यो और 1968 के मैक्सिको सिटी ओलम्पिक खेल अपवाद रहे जिसमें कुछ भारतीय

पहलवानों ने ग्रीको रोमन शैली में हिस्सा लिया था। रणधीर सिंह, इस शख्स के नाम से बहुत कम भारतीय खेल प्रेमी परिचित होंगे लेकिन यही वह पहलवान थे जो 1920 में भारत को पहला ओलम्पिक पदक दिलाने के बेहद करीब पहुँच गए थे। किसी भारतीय ने ओलम्पिक में पहला व्यक्तिगत पदक कुश्ती में ही जीता था। यह खिलाड़ी पहलवान खशाबा जाधव थे जिन्होंने हेलसिंकी ओलम्पिक 1952 में बैंथमवेट में कांस्य पदक जीतकर केवल कुश्ती ही नहीं बल्कि भारतीय खेलों में भी नया इतिहास रचा था। इसके बाद कुछ अवसरों पर भारतीय पहलवानों ने पदक की उम्मीद जगायी लेकिन सफलता आखिरकार 56 साल बाद 2008 में सुशील कुमार ने दिलायी। दिल्ली के पहलवान सुशील ने बीजिंग ओलम्पिक खेलों में कांस्य पदक जीता और फिर 2012 में लन्दन ओलम्पिक में रजत पदक जीतकर इतिहास रचा। लन्दन खेलों में सुशील के साथी योगेश्वर दत्त ने भी कांस्य पदक हासिल किया था। इसके चार साल बाद रियो ओलम्पिक में साक्षी मलिक ने महिला वर्ग में कांस्य पदक हासिल किया। इस तरह से भारत ने ओलम्पिक कुश्ती में 5 पदक जीते हैं लेकिन उसे अब भी स्वर्ण पदक का इन्तजार है।

भारतीय कुश्ती के इतिहास में 23 जुलाई 1952 का दिन विशेष स्थान रखता है क्योंकि इसी दिन जाधव ने बैंथमवेट में कांस्य पदक जीता था। महाराष्ट्र के गोलेश्वर में 15 नवम्बर 1926 को जन्मे जाधव शीर्ष तीन पहलवानों में पहुँचे थे। उन्होंने पहले राउंड में कनाडा के एड्रियन पोलिक्विन पर 14 मिनट 25 सेकेंड तक चले मुकाबले में जीत दर्ज की और अगले राउंड में मैक्सिको के लियांड्रो बासुर्तो को केवल पाँच मिनट 20 सेकेंड में धूल चटायी। वह जर्मनी के फर्डिनेंड शिमिज को 2-1 से हराकर फाइनल राउंड में पहुँचे थे। चोटी के तीन पहलवानों के बीच राउंड रोबिन आधार पर मुकाबले होने थे। जाधव फाइनल राउंड के पहले मुकाबले में सोवियत संघ के राशिद मामदबायेव से 0-3 से हार गए। उन्हें अगले मुकाबले में जापान के सोहाची इशी ने इसी अन्तर से हराया था।

इसके बाद बीजिंग ओलम्पिक 2008 में सुशील ने कुश्ती में भारत को पदक दिलाया। सुशील की शुरुआत हालाँकि अच्छी नहीं रही थी। क्वालीफाइंग राउंड में बाई मिलने के बाद वह अन्तिम सोलह के राउंड में यूक्रेन के आंद्रेई स्टैडनिक से हार गए थे। किस्मत ने सुशील का साथ दिया और स्टैडनिक फाइनल में वह जगह बनाने में सफल रहे जिससे इस भारतीय पहलवान को रेपेशाज में भिड़ने का मौका मिला। सुशील ने इसके बाद कुछ घंटों के अन्दर ही तीन कुश्तियाँ जीतकर पदक अपने नाम कर लिया। सुशील ने रेपेशाज के पहले राउंड में

अमेरिका के डग श्वाब को, दूसरे राउंड में बेलारूस के अल्बर्ट बातिरोव को और फाइनल राउंड में कजाखस्तान के लियोनिड स्पिरडिनोव को हराकर कांस्य पदक जीता था।

सुशील ने इसके बाद लन्दन ओलम्पिक में रजत पदक जीतकर भारतीय खेलों में नया इतिहास रचा तो योगेश्वर ने भी कांस्य पदक हासिल किया। नजफगढ़ के बापरोला में 26 मई 1983 को जन्मे इस पहलवान ने क्वार्टर फाइनल में उज्बेकिस्तान के इख्तियोर नवरूजोव को 3-1 से हराकर पहली बार ओलम्पिक सेमीफाइनल में प्रवेश किया और फिर कजाखस्तान के अखजुरेक तनातारोव 6-3 से हराया। सुशील फाइनल में हालाँकि जापान के तात्सुहिरो योनेमित्सु से 0-1, 1-3 से हार गए।

इससे एक दिन पहले योगेश्वर दत्त ने 60 किग्रा. में कांस्य पदक जीता था। वह हालाँकि रूस के बेसिक कुदखोव से हार गए। किस्मत योगेश्वर के साथ थी और कुदखोव फाइनल में पहुँच गए। इस तरह से भारतीय पहलवान को रेपेशाज खेलने का मौका मिल गया। उन्होंने इसका पूरा फायदा उठाया तथा प्यूर्तोरिका के फ्रैंकलिन गोमेज और ईरान के मसूद इस्माइलपुवर को हराने के बाद फाइनल राउंड में उत्तर कोरिया के रि जोंग म्योंग को पस्त करके कांस्य पदक जीता।

रियो ओलम्पिक 2016 में साक्षी मलिक महिलाओं के 58 किग्रा. के क्वार्टर फाइनल में वेलारिया कोबलोवा से हार गयी। रूसी पहलवान फाइनल में पहुँच गयी और फिर साक्षी ने रेपेशाज में प्योरदोरजिन ओरखोन और कजाखस्तान की आइसुलु टाइनिबेकोवा को हराया और इस तरह से ओलम्पिक में पदक जीतनेवाली पहली भारतीय महिला पहलवान बनी।

ओलम्पिक में शामिल नए खेल

स्केटबोर्डिंग

स्केटबोर्डिंग के बारे में कहा जाता है कि यह खेल अमेरिका के पश्चिमी तट पर 1940 के दशक में शुरू हुआ और जब इससे पहिये जुड़े तो यह युवाओं में काफी लोकप्रिय हो गया। स्केटबोर्ड एक छोटा बोर्ड होता है जिसके नीचे दोनों तरफ दो छोटे पहिये लगे होते हैं। इसमें भाग लेनेवाले खिलाड़ियों को स्केटर्स या स्केटबोर्डर्स कहा जाता है जो जंप, फ्लिप और मिड एयर स्पिन जैसी कलाओं का प्रदर्शन करके अंक हासिल करते हैं।

ओलम्पिक में यह खेल महिला एवं पुरुष दोनों वर्गों में शामिल हैं। इसमें पार्क और स्ट्रीट की दो स्पर्धाएँ शामिल हैं। दोनों स्पर्धाओं में प्रारंभिक और फाइनल चरण होता है। प्रारंभिक चरण में 20 स्केटर्स चार हीट में शामिल होते हैं। प्रत्येक हीट में पाँच-पाँच खिलाड़ी होते हैं। इसमें पहले आठ स्थानों पर रहनेवाले स्केटर्स फाइनल में जगह बनाते हैं।

स्पोर्ट क्लाइमिंग

स्पोर्ट क्लाइमिंग ने पिछले दो दशकों में काफी लोकप्रियता हासिल की है और यही वजह है कि अब उसे ओलम्पिक कार्यक्रम में शामिल कर दिया गया है। यह 1985 की बात है जब इटली में तुरिन के करीब बार्डोनेचिया में एकत्रित होकर कुछ खिलाड़ियों ने एक खेल में हिस्सा लिया जिसे 'स्पोर्टरोसिया' नाम दिया गया। इसमें प्रतिभागियों को निश्चित समय के अन्दर चढ़ाई करनी थी। यह एक तरह से स्पोर्ट क्लाइमिंग की पहली प्रतियोगिता थी।

कृत्रिम दीवार पर चढ़ने की पहली प्रतियोगिता 1986 में फ्रांस के लियोन के पास स्थित वॉलक्स एन वेलिन में आयोजित की गयी और 1990 के दशक तक यह अन्तरराष्ट्रीय खेल बन गया और अब ओलम्पिक में भी शामिल हो गया। ओलम्पिक में पुरुष और महिला दोनों वर्गों में इसका आयोजन होगा। कुल 40 खिलाड़ी इसमें हिस्सा लेते हैं जिन्हें 20-20 के दो समूहों में बाँटा जाता है। इसमें बोल्डिंग, लीड क्लाइमिंग और स्पीड के राउंड होते हैं।

सर्फिंग

सर्फिंग पानी से जुड़ा खेल है जिसमें खिलाड़ी को बोर्ड के सहारे लहरों के साथ 'राइड' करनी होती है। सर्फिंग को ओलम्पिक में शामिल करने की सिफारिश बहुत पहले की गयी थी। ओलम्पिक फ्रीस्टाइल तैराकी में तीन बार के चैम्पियन ड्यूक कहानमोकु ने 1920 के एंटवर्प ओलम्पिक में सर्फिंग को शामिल करने को कहा था लेकिन उनका सपना 100 साल बाद जाकर पूरा हुआ। हवाई के रहनेवाले कहानमोकु को आधुनिक सर्फिंग का जनक कहा जाता है। अमेरिका के केली स्लैटर ने 11 बार पेशेवर विश्व चैम्पियन जीती जबकि अमेरिका की महिला लीनी बीचले ने 1998 से 2003 के बीच लगातार छह पेशेवर खिताब जीते।

प्रतियोगिता में सर्फर को यह अधिकार होता है कि वह अपनी दिशा यानी बायें या दायें का फैसला करे। ओलम्पिक में पुरुष और महिला दोनों वर्गों में प्रतियोगिताएँ होंगी। एक हीट में चार खिलाड़ी होते हैं जिनमें से शीर्ष पर रहनेवाले दो खिलाड़ी अगले दौर में जगह बनाते हैं।

ब्रेक डांस

अब तक सड़कों पर थिरकनेवाले युवाओं के लिए यह अच्छी खबर है कि ब्रेक डांस को ओलम्पिक में शामिल कर दिया गया है। अन्तरराष्ट्रीय ओलम्पिक समिति ने पेरिस में 2024 में होनेवाले ओलम्पिक खेलों में ब्रेक डांस को शामिल किया है। ऐसा युवा वर्ग को लुभाने के लिए किया गया है। ब्रेक डासिंग को ओलम्पिक में ब्रेकिंग के नाम से जाना जाएगा जैसा कि इसे पिछली सदी के आठवें दशक में अमेरिका में कहा जाता था। पेरिस ओलम्पिक खेलों के आयोजकों ने दो साल पहले ब्यूनस आयर्स में युवा ओलम्पिक खेलों में ब्रेकिंग के सफल आयोजन के बाद इसे ग्रीष्मकालीन ओलम्पिक में शामिल करने की सिफारिश की थी।

ओलम्पिक में क्रिकेट और अन्य खेल

भारतीय उप महाद्वीप में बेहद लोकप्रिय क्रिकेट भी कभी ओलम्पिक का हिस्सा था, यह सुनकर कुछ लोग हैरान हो सकते हैं लेकिन असलियत यही है कि एक बार ओलम्पिक में क्रिकेट भी शामिल था। यह पेरिस में 1900 में खेले गए खेलों की बात है जब क्रिकेट को ओलम्पिक में जगह मिली थी। इसमें तब केवल दो टीमों ग्रेट ब्रिटेन और फ्रांस ने हिस्सा लिया था। केवल एक मैच खेला गया जो 19 और 20 अगस्त दो दिन में समाप्त हो गया था। ब्रिटेन ने 158 रन से जीत दर्ज करके स्वर्ण पदक जीता था।

क्रिकेट को फिर से ओलम्पिक में शामिल करने के प्रयास किए जा रहे हैं। अन्तरराष्ट्रीय ओलम्पिक समिति (आईओसी) और अन्तरराष्ट्रीय क्रिकेट परिषद (आईसीसी) के बीच बातचीत चल रही है। ऐसी सम्भावना जतायी जा रही है कि लास एंजिल्स में 2028 में होनेवाले ओलम्पिक खेलों में क्रिकेट के सबसे छोटे प्रारूप ट्वेंटी (20) को शामिल किया ज़ा सकता है।

पेरिस ओलम्पिक 1900 में क्रोक्वेट नामक एक अन्य खेल शामिल था जिसमें डंडे से लकड़ी या प्लास्टिक की गेंद को मारा जाता है। फ्रांस इस खेल में भाग लेनेवाला अकेला देश था जिसमें सात पुरुष और तीन महिला खिलाड़ियों ने भाग लिया। इसमें सिंगल्स वन बॉल, सिंगल्स टू बॉल और युगल तीन स्पर्धाएँ आयोजित की गयीं। स्वाभाविक था कि सभी पदक फ्रांस ने जीते थे। क्रोक्वेट जहाँ घास पर खेला जाता था वहीं अमेरिका में हार्डकोर्ट पर रॉक नामक खेल होता था जो सेंट लुई 2004 में ओलम्पिक खेलों का हिस्सा बना था। तब इसमें केवल अमेरिका के चार खिलाड़ियों ने हिस्सा लिया था।

पेरिस 1900 में बास्क पेलोटा नामक खेल भी शामिल था। यह स्क्वाश से मिलता-जुलता खेल है। इसमें तब दो देशों स्पेन और फ्रांस ने भाग लिया था। स्पेन ने स्वर्ण पदक जीता था।

रस्साकसी भी कभी ओलम्पिक का हिस्सा रही थी। असल में पेरिस 1900 में रस्साकसी को ओलम्पिक में जगह मिली और यह एंटवर्प 1920 तक ओलम्पिक कार्यक्रम का हिस्सा रही। रस्साकसी पाँच ओलम्पिक खेलों में शामिल रही और ब्रिटेन ने हर बार इसमें पदक जरूर जीता। इनमें 2 स्वर्ण पदक भी शामिल हैं।

पोलो अब भले ही ओलम्पिक कार्यक्रम में शामिल नहीं है लेकिन कभी यह ओलम्पिक खेलों का अहम अंग था। पोलो 1900, 1908, 1920, 1924 और 1936 ओलम्पिक खेलों में शामिल था। ग्रेट ब्रिटेन और अर्जेंटीना ने 2-2 स्वर्ण पदक पोलो में भी जीते हैं।

सेंट लुई 1904 और लन्दन 1908 में लैक्रोस खेल भी शामिल था। यह लैक्रोस स्टिक और लैक्रोस बॉल से खेला जानेवाला खेल है। इन दोनों ओलम्पिक में कनाडा इस खेल में चैम्पियन रहा था। इसके बाद 1928, 1932 और 1948 ओलम्पिक खेलों में लैक्रोस प्रदर्शनी खेल के रूप में शामिल था।

लन्दन 1908 में जीउ दे पॉम नामक खेल भी ओलम्पिक खेलों का हिस्सा था। यह टेनिस जैसा खेल है जिसमें तब अमेरिका और ब्रिटेन के खिलाड़ियों ने भाग लिया था। इन खेलों में वाटर मोटरस्पोर्ट्स भी शामिल था जिसमें ब्रिटेन और फ्रांस ने हिस्सा लिया था।

टोक्यो ओलम्पिक में भारत

टोक्यो में 1964 के बाद दूसरी बार ओलम्पिक खेलों का आयोजन पहले 24 जुलाई से 9 अगस्त, 2020 के बीच होना था लेकिन कोविड-19 महामारी के कारण इन खेलों को एक साल के लिए स्थगित कर दिया गया। इसके बाद टोक्यो ओलम्पिक खेल 23 जुलाई से 8 अगस्त, 2021 के बीच किया गया। भारत ने इन खेलों में एक स्वर्ण, दो रजत और चार कांस्य पदक सहित सात पदक जीतकर ओलम्पिक खेलों में अभी तक का अपना सर्वश्रेष्ठ प्रदर्शन किया। नीरज चोपड़ा ने भाला फेंक में सोने का तमगा जीतकर इतिहास रचा तो पी.वी. सिंधू अपना दूसरा पदक जीतने में सफल रही। भारतीय पुरुष हॉकी टीम ने कांस्य पदक जीतकर 1980 से चले आ रहे पदक के इन्तजार को खत्म किया।

भारत ने टोक्यो खेलों में 126 खिलाड़ी उतारे थे जिनमें पुरुष और महिला हॉकी टीमों के 36 खिलाड़ी भी शामिल थे। नीरज ने जहाँ एथलेटिक्स में पहला पदक जीतकर भारतीय खेलों में अपना नाम स्वर्णिम अक्षरों में लिखवाया वहीं भारोत्तोलक मीराबाई चानू और पहलवान रवि दहिया ने रजत पदक जीते। बैडमिंटन खिलाड़ी पी.वी. सिंधू, मुक्केबाज लवलीना बोरगोहेन, पहलवान बजरंग पूनिया और पुरुष हॉकी टीम कांस्य पदक जीतने में सफल रही। इस तरह से भारत ने सात पदक जीतकर अपना नया रिकॉर्ड बनाया। इससे पहले भारत ने 2012 में लंदन ओलम्पिक में छह पदक जीते थे। भारत टोक्यो ओलम्पिक की पदक तालिका में 48वें स्थान पर रहा। टोक्यो ओलम्पिक खेलों में भारत के कुछ यादगार पलों की झलक—

नीरज चोपड़ा ने रचा इतिहास

नीरज चोपड़ा निश्चित तौर पर भारतीय खेलों का नया सितारा बनकर उभरा। इस 23 वर्षीय एथलीट ने वह कर दिखाया जिसे पिछले 100 वर्षों में कोई भारतीय खिलाड़ी नहीं कर पाया था। एथलेटिक्स में पदक और वह भी स्वर्ण पदक। भारत ने आधिकारिक रूप से पहली बार 1920 में ओलम्पिक में पदार्पण किया था लेकिन तब से कोई भी भारतीय एथलीट एथलेटिक्स में पदक नहीं जीत पाया था। मिल्खा सिंह और पी.टी. उषा मामूली अन्तर से पदक से चूक गए थे और उन्हें चौथे स्थान से सन्तोष करना पड़ा था।

नीरज चोपड़ा का भाला फेंक में जीता गया स्वर्ण पदक ओलम्पिक खेलों में भारत का दूसरा व्यक्तिगत स्वर्ण पदक भी है। इससे पहले बीजिंग ओलम्पिक खेल 2008 में अभिनव बिन्द्रा ने निशानेबाजी में सोने का तमगा जीता था।

चोपड़ा को शुरू से ही पदक का दावेदार माना जा रहा था लेकिन वह स्वर्ण पदक जीतकर इतिहास रच जाएँगे इसकी पक्की सम्भावना नहीं थी। चोपड़ा हालाँकि अपने क्वालिफिकेशन ग्रुप में शीर्ष पर रहे और इसके बाद फाइनल में उन्होंने अपने पहले प्रयास में 87.03 मीटर भाला फेंका। चोपड़ा ने अपने इस प्रदर्शन में सुधार करते हुए 87.58 मीटर भाला फेंककर अपने प्रतिद्वंद्वियों को काफी पीछे छोड़ दिया। असल में चोपड़ा का कोई भी प्रतिद्वंद्वी 87 मीटर की दूरी तक भी नहीं पहुँच पाया था जिससे पता चलता है इस भारतीय खिलाड़ी ने कितने दबदबे वाला प्रदर्शन किया था। इस तरह से 87.58 मीटर भारतीय खेलों में अमिट संख्या बन गई। भारत को चोपड़ा के रूप में एथलेटिक्स ही नहीं खेलों का नया स्टार मिल गया।

एथलेटिक्स में ही मोहम्मद अनस, अरोकिया राजीव, नोह निर्मल टॉम और अमोल जैकब ने पुरुषों की 4×400 मीटर रिले में एशियाई रिकॉर्ड बनाया लेकिन इसके बावजूद वह फाइनल में जगह नहीं बना पाए।

कुश्ती में आठ साल बाद आए दो पदक

कुश्ती में आठ साल बाद दो भारतीय पहलवानों ने पदक हासिल किए। रवि कुमार दहिया ने पुरुष फ्रीस्टाइल कुश्ती के 57 किग्रा. भार वर्ग में रजत जबकि बजरंग पूनिया ने 65 किग्रा. में कांस्य पदक जीता। इससे पहले लंदन ओलम्पिक 2012 में सुशील कुमार ने रजत और योगेश्वर दत्त ने कांस्य पदक जीता था।

दहिया ने शुरू से दमदार प्रदर्शन किया लेकिन वह फाइनल में रूस के जौर रिजवानोविच उगेव से हार गए। दूसरी तरफ पूनिया को शुरू से ही स्वर्ण पदक का दावेदार माना जा रहा था लेकिन सेमीफाइनल की हार के कारण उनका यह सपना पूरा नहीं हो पाया। पूनिया ने हालाँकि कांस्य पदक के मुकाबले में कजाकिस्तान के दौलत नियाजबेकोव को हराकर ओलम्पिक पदक जीतने का सपना पूरा किया।

दीपक पूनिया (86 किग्रा.) भी सेमीफाइनल तक पहुँचे थे लेकिन लगातार दो मुकाबले हारने के कारण उन्हें कांस्य पदक भी नहीं मिल पाया। महिलाओं में विनेश फोगाट (53 किग्रा.) से उम्मीद थी लेकिन वह क्वार्टर फाइनल से आगे नहीं बढ़ पायी।

पी.वी. सिंधू ने जीता दूसरा पदक

भारतीय बैडमिंटन स्टार पी.वी. सिंधू टोक्यो खेलों में स्वर्ण पदक जीतने का सपना तो पूरा नहीं कर पाई लेकिन उन्होंने लगातार दूसरे ओलम्पिक में पदक जीतकर नया रिकॉर्ड बनाया। सिंधू ओलम्पिक में दो पदक जीतने वाली पहली भारतीय महिला खिलाड़ी बनी। वह पहलवान सुशील कुमार (बीजिंग ओलम्पिक 2008 में कांस्य और लंदन ओलम्पिक 2012 में रजत) के बाद ओलम्पिक में दो व्यक्तिगत पदक जीतने वाली दूसरी भारतीय खिलाड़ी बनी।

सिंधू ने अपने ग्रुप में आसानी से जीत दर्ज की तथा फिर मिया ब्लिचफेल्ट और अकाने यामागुची को सीधे गेम में हराकर सेमीफाइनल में जगह बनाई। सिंधू हालाँकि सेमीफाइनल में विश्व की नम्बर एक खिलाड़ी ताइ जु यिंग की चुनौती से पार नहीं पा सकी। उनका स्वर्ण पदक जीतने का सपना टूट गया लेकिन उन्होंने अपने हौसले पस्त नहीं होने दिए और तीसरे स्थान के मुकाबले में ही बिंग जियाओ को सीधे गेम में हराकर कांस्य पदक जीतने में सफल रही।

हॉकी में 41 साल का सूखा खत्म

ओलम्पिक में कभी भारतीय हॉकी का दबदबा रहा था। भारत ने ओलम्पिक हॉकी में आठ स्वर्ण पदक जीते जिनमें से छह स्वर्ण पदक उसने लगातार जीते थे लेकिन भारतीय हॉकी के लिए ओलम्पिक के लिहाज से पिछले चार दशक काफी निराशाजनक रहे। वह इस बीच पदक से मीलों दूर रही लेकिन टोक्यो खेलों में पुरुष हॉकी टीम ने कांस्य पदक जीतकर पिछले 41 साल के सूखे को खत्म किया। भारत ने इससे पहले मास्को ओलम्पिक 1980 में स्वर्ण पदक जीता था।

भारतीय पुरुष टीम ने टोक्यो खेलों में न्यूजीलैंड को 3-2 से हराकर शानदार शुरुआत की लेकिन अगले मैच में उसे आस्ट्रेलिया से 1-7 से करारी हार का सामना करना पड़ा। भारतीय खिलाड़ियों ने हालाँकि मनोबल नहीं गिरने दिया तथा स्पेन को 3-0, अर्जेंटीना को 3-1 और मेजबान जापान को 5-3 से हराकर क्वार्टर फाइनल में प्रवेश किया।

भारतीय टीम ने क्वार्टर फाइनल में ग्रेट ब्रिटेन को 3-1 से हराया लेकिन सेमीफाइनल में उसे बेल्जियम से 3-5 से हार का सामना करना पड़ा। अब भारत का लक्ष्य कांस्य पदक था जिसमें उसका मुकाबला जर्मनी से था। भारतीय टीम ने जर्मनी के खिलाफ 1-3 से पिछड़ने के बाद बेहतरीन वापसी करके 5-4 से जीत दर्ज की।

भारतीय महिला टीम ने भी क्वार्टर फाइनल में आस्ट्रेलिया को 1-0 से हराकर सबको चौंका दिया था लेकिन सेमीफाइनल में वह अर्जेंटीना से 1-2 से हार गई। कांस्य पदक के लिए खेले मुकाबले में भी उसे ग्रेट ब्रिटेन से 3-4 से करीबी अन्तर से हार का सामना करना पड़ा था।

मीराबाई चानू ने दिलाई थी शानदार शुरुआत

भारोत्तोलक मीराबाई चानू ने महिलाओं के 49 किग्रा. भार वर्ग में रजत पदक जीतकर खेलों के पहले दिन ही भारत को शानदार शुरुआत दिलाई। वह कर्णम मल्लेश्वरी (सिडनी ओलम्पिक, 2000 में कांस्य पदक) के बाद ओलम्पिक में पदक जीतने वाली दूसरी भारतीय भारोत्तोलक बनी।

ओलम्पिक से पहले एशियाई चैंपियनशिप में महिलाओं के 49 किग्रा. में क्लीन एवं जर्क में 119 किग्रा. भार उठाकर विश्व रिकॉर्ड बनाने वाली चानू ने ओलम्पिक में स्नैच में 87 किग्रा. और क्लीन एवं जर्क में 115 किग्रा. भार उठाया। इस तरह से उन्होंने कुल 202 किग्रा. भार उठाकर रजत पदक जीता।

लवलीना ने रखी मुक्केबाजों की लाज

भारत ने मुक्केबाजी में पाँच पुरुष और चार महिला मुक्केबाज टोक्यो भेजे थे लेकिन केवल लवलीना बोरगोहेन ही पदक (कांस्य पदक) जीत पाई। भारतीय मुक्केबाजों को पदक का प्रबल दावेदार माना जा रहा था लेकिन अमित पंघाल, विकास कृष्ण, मनीष कौशिक, सतीश कुमार, एमसी मेरीकोम, पूजा रानी जैसे मुक्केबाजों ने निराश किया।

विश्व चैंपियनशिप में कांस्य पदक जीतने वाली लवलीना ने वेल्टरवेट में पहले दौर में बाई मिलने के बाद जर्मनी की नादिन अपेट्ज और चीनी ताइपै की चेन नीन चिन को हराकर सेमीफाइनल में जगह बनाई जहाँ उन्हें तुर्की की विश्व चैंपियन बुसानेज सुमरनेली से हार का सामना करना पड़ा। इस तरह से लवलीना को कांस्य पदक से संतोष करना पड़ा। उनसे पहले मेरीकोम ने लंदन ओलम्पिक, 2012 में कांस्य पदक जीता था।

अन्य खेलों में भारतीयों का प्रदर्शन

भारतीय महिला गोल्फर अदिति अशोक गोल्फ में अन्तिम दौर तक पदक की दौड़ में बनी थी लेकिन आखिरी क्षणों में पिछड़ने के कारण उन्हें चौथे स्थान से संतोष करना पड़ा। तलवारबाजी में भवानी देवी ओलम्पिक के लिए क्वालीफाई करने और एक बाउट जीतने वाली पहली भारतीय तलवारबाज बनी। मनिका बत्रा टेबल टेनिस एकल में राउंड 32 में पहुँचने वाली पहली भारतीय महिला खिलाड़ी बनी। तैराक सजन प्रकाश और श्रीहरि नटराज ने 'ए' कट हासिल करके ओलम्पिक के लिए क्वालीफाई किया था लेकिन टोक्यो में वे कोई कमाल नहीं दिखा सके।

भारत को टोक्यो ओलम्पिक से पहले पदक की सबसे अधिक उम्मीद निशानेबाजों से थी लेकिन रियो ओलम्पिक की तरह यहाँ भी भारत को निशानेबाजी में कोई पदक नहीं मिला। भारत ने निशानेबाजी में रिकॉर्ड 15 कोटा स्थान हासिल किए थे। निशानेबाजों को ओलम्पिक से पहले क्रोएशिया में अभ्यास कराया गया लेकिन टोक्यो में कोई भी निशानेबाज सटीक निशाना लगाकर पदक के करीब भी नहीं पहुँच पाया। सौरभ चौधरी ने पुरुषों की 10 मीटर एयर पिस्टल के क्वालीफिकेशन में पहला स्थान हासिल किया लेकिन फाइनल में वह सातवें स्थान पर रहे। तीरंदाजी, जिम्नास्टिक, जूडो, रोइंग, सेलिंग, घुड़सवारी, टेनिस आदि खेलों में भी भारतीय उपस्थिति दर्ज कराने तक ही सीमित रहे।

❂❂❂